JOY FIELDING

dis au revoir à maman

traduit de l'américain par Inès Heugel

Éditions J'ai Lu

Ce roman a paru sous le titre original :

KISS MAMMY GOOD BYE

PROLOGUE

La MG blanche s'arrêta net devant un petit bungalow, au milieu des arbres.

– Sa voiture n'est pas là, dit Donna.

Les mots s'étranglaient dans sa gorge. Laissant le moteur en marche, elle sortit de la voiture et se précipita vers la maison.

Elle chercha fébrilement la clé dans son sac et mit, dans son agitation, un certain temps à ouvrir la porte. La chaleur, pensa-t-elle en pénétrant dans la maison.

– Adam! Sharon! cria-t-elle, consciente du trémolo dans sa voix.

Elle se mit à courir comme une folle dans le minuscule bungalow. Il faisait presque nuit et elle ne songeait pas à allumer.

– Adam! Sharon! Je veux... je veux que vous soyez là.

Il lui sembla qu'elle rentrait d'un long voyage; la maison était bien rangée, tranquille, sans vie. Donna sentit les larmes ruisseler sur ses joues. Il n'y avait personne... Elle s'immobilisa un court instant sur le seuil de la chambre de son fils, regarda le petit lit et la poupée Superman négligemment jetée sur l'oreiller.

– Adam! appela-t-elle, désespérée.

Elle voyait bien que la pièce était vide, que son fils n'était pas là. Soudain, un frisson la parcourut tout entière. Elle se dirigea vers le lit de l'enfant, s'agenouilla et, soulevant un pan du dessus-de-lit à carreaux, regarda sous le lit.

Qu'est-ce que je suis en train de faire? se demanda-t-elle. Sans chercher de réponse à sa question, elle se précipita dans la chambre de sa fille.

Le berceau était bien là, paisible, vide. Lorsque Donna fit irruption dans la pièce, le mobile placé à la tête du lit se mit à osciller lentement puis, tandis qu'elle faisait plusieurs fois le tour de la chambre, de plus en plus vite. Elle inspecta le vaisselier blanc, le fauteuil à bascule en bois tourné et, suspendu à un mur, le grand arbre en patchwork qu'elle avait fait elle-même. Sa fille n'était pas là.

D'un geste brusque, elle tira la porte de l'armoire et, après quelques secondes d'hésitation, se décida à l'ouvrir complètement. Que faisait-elle? Qu'espérait-elle trouver là? Il n'y avait personne. Où étaient passés ses enfants? « Sharon! Adam! » Son cri déchira le silence.

« Où êtes-vous? Où vous a-t-il emmenés? » Mes petits, pensait-elle, en proie à une terreur panique. Les gros titres qu'elle avait lus récemment défilaient devant ses yeux : un père frappe ses six enfants à mort; un père divorcé précipite ses enfants du neuvième étage; un père pend ses enfants avant de se faire justice.

Ce qu'elle recherchait sous le lit d'Adam ou dans l'armoire de Sharon, n'était-ce pas la preuve qu'ils étaient morts? Donna eut l'impression que les murs allaient s'écrouler sur elle et la laisser sans vie comme le reste de la maison. Après avoir jeté machinalement un dernier coup d'œil circulaire, elle quitta les lieux en courant.

PREMIÈRE PARTIE

LE PASSÉ

1

– Pourriez-vous préciser ce que vous entendez par « comportement bizarre »?

– Préciser, de quelle façon?

L'avocat sourit, en homme habitué à se mettre au niveau de son interlocuteur, et dit :

– Pourriez-vous nous donner des exemples de ce que vous appelez le « comportement bizarre » de votre femme, ces dernières années?

– Oh oui, certainement, dit l'homme en hochant la tête.

Donna Cressy était assise bien droite sur le bord de la chaise inconfortable et regardait l'homme qui était debout à la barre des témoins. Cet homme avait été son mari pendant six ans. Il s'appelait Victor Cressy et avait trente-huit ans, six ans de plus qu'elle. Il était en train de détruire l'image qu'elle avait d'elle-même, de disséquer chaque phrase prononcée par elle au cours de leur vie commune, chaque inflexion de voix, chaque événement mineur. Il donnait sa vision des choses. Elle esquissa un sourire : pourquoi leur divorce aurait-il été différent de leur mariage?

Elle le dévisageait. Elle aurait voulu être l'une de ces

héroïnes de roman qui regardent leur ancien amant en se demandant ce qu'elles ont bien pu lui trouver. Mais non. Il avait toujours ce visage agréable (d'une beauté, il est vrai, un peu conventionnelle), cette expression ouverte, ces beaux yeux clairs contrastant avec ces cheveux bruns, ce regard pénétrant, ces traits sensibles et bien dessinés, cette bouche charnue, cette voix nette, toujours empreinte d'une certaine déférence...

– Elle a cessé de conduire, dit Victor en prenant un air étonné. (Manifestement, c'était une chose qui dépassait son entendement.)

– Comment cela? Du jour au lendemain? demanda l'avocat. A la suite d'un accident?

Donna devait bien admettre qu'il avait choisi un bon avocat. Victor lui avait dit que c'était le meilleur de Floride. Rien d'étonnant à cela : Victor devait toujours s'offrir ce qu'il y avait de mieux. Au début, elle l'avait admiré pour ça; par la suite, son admiration s'était transformée en mépris. Curieux comme on peut prendre en grippe certaines choses que l'on a aimées, pensa-t-elle. Curieux aussi le naturel avec lequel un avocat expérimenté et un client bien entraîné peuvent arriver à présenter les choses. Son propre défenseur lui avait bien dit qu'un bon avocat ne pose jamais une question sans être sûr de la réponse.

– Non, répondit Victor. Elle conduit depuis qu'elle a seize ans et n'a jamais eu, à ma connaissance, le moindre accident; pas même un pare-chocs cabossé.

– Lorsque vous étiez jeunes mariés, conduisait-elle souvent?

– Toujours. Pour notre second anniversaire de mariage, je lui ai acheté une petite Toyota. Elle était ravie.

– Et un beau jour, comme ça, elle a cessé de conduire?

– Exactement. Elle a refusé de se mettre au volant.

– Vous a-t-elle expliqué pourquoi?

– Elle a simplement dit qu'elle ne voulait plus conduire.

L'avocat de Victor, Ed Gerber, fronça les sourcils et pinça les lèvres.

Pas facile à faire, pensa Donna.

– Quand cela s'est-il produit exactement?

– Il y a environ deux ans. Non. Peut-être un peu plus. C'était à l'époque où elle était enceinte de Sharon, qui a dix-huit mois maintenant, cela doit donc faire deux ans. (Sa voix était grave, posée.)

– Elle n'a plus conduit depuis?

– Pas à ma connaissance.

– Et rien, selon vous, ne justifie cette décision?

– Non. Je... (Il s'arrêta comme s'il hésitait à poursuivre.) Je l'ai vue un jour se mettre au volant, il y a un an de ça. Elle croyait que je dormais.

– Que vous dormiez? Quelle heure était-il?

– Un peu plus de 3 heures du matin.

– Que faisait-elle dehors à 3 heures du matin?

– Objection.

C'était la voix de son avocat à elle. Maître Stamler. Même taille, même corpulence que maître Gerber. A peu près le même âge. Interchangeables, si ce n'est, comme l'avait dit Victor, que Gerber était le meilleur.

– Pardon. Je vais reformuler ma question. Quelle tenue portait votre femme cette nuit-là?

– Elle était en chemise de nuit.

– Et où étaient les enfants?

– A la maison. Ils dormaient.

– Pourriez-vous nous décrire avec précision ce que vous avez vu?

Victor se troubla et Donna vit que ce n'était pas de la comédie. Pardonnez-leur, mon Père, ils ne savent pas ce qu'ils font. Victor avait juré de dire la vérité. Il la disait. Seulement, c'était sa vérité à lui. Elle aurait plus tard la possibilité de dire la sienne. Sa dernière chance.

J'ai entendu la porte d'entrée se refermer et j'ai

regardé par la fenêtre. J'ai vu Donna monter dans sa voiture. J'étais très surpris qu'elle veuille conduire de nouveau et encore plus qu'elle sorte à une heure pareille. C'était bien avant que je ne découvre sa liaison avec le Dr Segal.

– Objection. Rien ne prouve que Mme Cressy avait l'intention de retrouver le Dr Segal cette nuit-là.

– Accordée.

Le juge. Mêmes taille et corpulence que Stamler et Gerber. Peut-être une vingtaine d'années de plus.

– Mme Cressy est-elle allée quelque part?

– Non. Elle a mis le contact, mais elle est restée là, comme paralysée. Ensuite elle s'est mise à trembler. Puis elle a arrêté le moteur et elle est rentrée. Je suis allé dans le salon pour voir si elle allait bien et j'ai remarqué qu'elle avait pleuré. Je lui ai demandé ce qu'elle avait.

– Qu'a-t-elle répondu?

– Elle m'a dit que je pouvais aller me recoucher. Et elle a regagné sa chambre.

– Sa chambre? Vous faisiez chambre à part?

– Oui.

Victor semblait profondément embarrassé par cet aveu.

– Pourquoi?

– Donna en avait décidé ainsi.

– Depuis le début?

– Non. Oh, non. (Il semblait désolé.) N'oubliez pas que nous avons deux enfants.

Maître Gerber esquissa un sourire. Le juge lui-même prit un air bienveillant. Seule, Donna restait impassible.

– Non. Elle... enfin... Elle m'a dit qu'elle ne voulait plus partager mon lit le jour où elle a su qu'elle était enceinte de notre second enfant.

– Avez-vous trouvé cela bizarre?

– Un peu. Vous savez, elle refusait déjà depuis un certain temps, à de rares exceptions près.

Il prit une mine de chien battu. Donna aurait voulu lui envoyer un coup de poing dans la figure.

– Votre femme refusait d'avoir des relations sexuelles avec vous?

– Oui, monsieur, dit-il dans un souffle.

– Vous donnait-elle des explications?

Au diable les explications, pensa Donna.

– Elle a commencé par dire qu'elle était trop fatiguée tant elle s'occupait d'Adam... Il a quatre ans.

Donna regardait fixement Victor, incrédule. Il lui avait dit un jour qu'il était capable de vendre du sable à des Arabes. C'était sans doute vrai. Il était d'ailleurs considéré comme le meilleur courtier de la Prudential. Mais, en huit ans de Floride, elle avait assisté à la métamorphose d'un Yankee du Connecticut en un Sudiste bon teint, dont la voix avait même pris une intonation légèrement chantante. Elle avait cru à sa nouvelle identité.

– Elle disait simplement qu'elle était trop fatiguée tant elle s'occupait d'Adam, était-il en train de répéter.

« Tant elle... » Jamais il n'employait cette expression. Et cette petite touche sentimentale : « ... Il a quatre ans » s'engluait dans sa tête comme de la mélasse.

Elle avait marché, comme elle voyait le juge marcher maintenant. Elle sentit soudain la panique l'envahir. Se retournant, elle chercha Mel des yeux. Il était bien là. Il lui sourit mais elle le sentait aussi angoissé qu'elle. Elle se tourna de nouveau vers la barre des témoins et fut assaillie par une idée qu'elle avait toujours rejetée depuis son départ : et s'il gagnait? Elle se moquait d'avoir les torts, de voir son adultère étalé au grand jour (après tout, elle était bien une femme adultère) mais, en entendant Victor parler avec son mélodieux accent du Sud, elle comprit qu'elle risquait vraiment de perdre ses enfants – sa seule raison de vivre, son équilibre.

Son équilibre?

Que pensait Victor de son équilibre?

– Et puis, elle était si souvent malade.

– Malade?

– Elle était continuellement enrhumée et quand elle n'avait pas de rhume, elle avait la grippe. Elle restait au lit des journées entières.

– Et qui s'occupait des enfants?

– Une voisine, Mme Adilman. Etant veuve, elle avait la possibilité de venir à la maison.

– Mme Cressy avait-elle un médecin traitant?

Le sourire de Victor exprima à la fois l'ironie et le regret.

– Au début, elle consultait mon vieux médecin de famille, le Dr Mitchelson. Lorsque celui-ci a pris sa retraite, elle n'a plus vu, pendant un certain temps, que son gynécologue, le Dr Harris. Jusqu'au moment où elle a rencontré le Dr Segal. Alors, du jour au lendemain, c'est lui qui est devenu notre médecin traitant.

– Le Dr Melvin Segal?

– Oui.

– Il a commencé par soigner votre femme?

– Et mes enfants.

– Vous n'aviez donc pas de pédiatre?

Pour la première fois de la matinée, la voix de Victor enfla de colère, ce qui produisit un certain effet :

– Nous avions un excellent pédiatre. Le meilleur. Le Dr Wellington, Paul Wellington. Mais Donna ne voulait rien entendre, et tenait absolument à ce que le Dr Segal soigne Adam et Sharon.

– Vous a-t-elle expliqué pourquoi?

– Elle ne m'a donné aucune explication satisfaisante.

L'avocat marqua une pause. Tel le vagabond du poème de Robert Frost, il se trouvait devant un embranchement : deux routes se présentaient à lui et il devait en choisir une : celle de l'adultère ou celle de la « bizarrerie » de Donna. Il opta pour la seconde : il voulait prouver que la santé mentale de Donna était déficiente, poursuivant ainsi sa première idée; à la différence du poète, il savait qu'il pourrait prendre la seconde route plus tard.

– Nous reviendrons au Dr Segal dans un instant, monsieur Cressy, enchaîna Me Gerber, déridant son front tout en tordant sa bouche de la plus curieuse façon. Pour le moment, j'aimerais que nous en restions au comportement étrange de votre femme. Pourriez-vous nous en fournir d'autres exemples?

Victor leva les yeux vers Donna puis baissa la tête.

– Eh bien, juste après la naissance de Sharon, elle s'est mise à détester son physique et a décidé de changer la couleur de ses cheveux.

– Ça n'a rien d'extraordinaire de la part d'une femme, dit Me Gerber avec un petit rire entendu.

Victor eut le bon goût de rester impassible. D'un débit de plus en plus rapide, il poursuivit :

– Non, ça n'a rien d'extraordinaire. Au début, je n'ai pas prêté une attention particulière à ce détail; cependant, Donna savait bien que je la préférais avec les cheveux longs et naturels. (Il marqua une pause pour mesurer l'effet de ses paroles sur l'auditoire : il voulait que cela fût bien clair : elle avait tout fait pour le contrarier.) Elle a commencé par se faire faire quelques reflets dorés. Cela ne lui allait pas trop mal. Une semaine plus tard, elle a décidé que cela ne lui plaisait pas et elle a voulu des mèches blondes, réparties irrégulièrement. Ensuite, elle a déclaré qu'elle ne pouvait garder les cheveux longs que s'ils étaient d'un blond uni : elle les a décolorés en blond platine. Puis, comme elle trouvait que le soleil les faisait jaunir, elle est passée au blond vénitien et, quelques semaines plus tard encore, au roux flamboyant. (Il se tut pour reprendre son souffle.)

Donna repensa à ses cheveux roux. Elle qui espérait ressembler à Tina Louise! C'était plutôt Annie la petite orpheline qui lui était apparue dans la glace.

– Le roux n'a pas duré plus longtemps que le reste. Elle est devenue auburn puis aile-de-corbeau. Seulement, ses cheveux étaient tellement abîmés par les décolorations et les teintures successives qu'elle a dû les faire raccourcir. Pendant quelque temps, elle a repris sa couleur naturelle et les a portés mi-longs, comme aujourd'hui. Un soir, j'ai eu le malheur de lui dire que cela lui allait très bien et, le lendemain, lorsqu'elle est venue prendre son petit déjeuner, j'ai eu du mal à la reconnaître. Elle semblait sortie d'un camp de concentration : elle s'était pratiquement rasé la tête. Elle qui était si maigre... (Il hocha la tête, troublé.)

– Que pensaient ses amies de tous ces changements? demanda l'avocat de Victor.

– A l'époque, répondit prudemment Victor, elle n'avait pas beaucoup d'amies. En tout cas, personne ne venait jamais chez nous. (Un silence significatif s'ensuivit, Victor jeta à Mel un regard furtif.)

– Mme Adilman m'a demandé un jour si Donna allait bien.

– Objection, Votre Honneur... Ce sont des propos rapportés.

– Accordée.

Victor attendit que son avocat le remît sur la voie. Me Gerber poursuivit avec subtilité :

– Qu'avez-vous personnellement pensé de tous ces changements, monsieur Cressy?

– Je pensais qu'elle traversait une mauvaise passe après la naissance du bébé. J'avais entendu dire que certaines femmes perdent un peu la tête à ces moments-là.

– Objection, Votre Honneur. Vraiment...

– Accordée. Vous vous aventurez sur un terrain dangereux, maître.

Me Gerber baissa la tête d'un air modeste et poursuivit son interrogatoire :

– Les choses se sont-elles arrangées par la suite?

– Non. Elles n'ont fait qu'empirer.

Donna avait un pied ankylosé. Elle se rappelait une phrase de sa mère : c'est toujours avant l'aube que la nuit est la plus sombre. Elle secoua son pied, sentit des picotements dans ses terminaisons nerveuses et sourit. Si elle avait encore des terminaisons nerveuses, c'est donc qu'elle était vivante. Elle aperçut Victor qui clignait légèrement les yeux : il se demandait le pourquoi de ce sourire et tenait à montrer sa désapprobation. Va te faire foutre, pensa-t-elle, en regrettant de ne pas pouvoir le lui crier bien haut : elle était là pour prouver qu'elle était une bonne mère, qu'elle était capable de garder et d'élever les enfants qu'elle avait mis au monde. Elle entendait Victor raconter d'une voix monocorde toutes les humiliations qu'elle lui avait fait subir. Elle refusait de recevoir chez elle même les collègues ou les clients potentiels de son mari et, lorsqu'ils sortaient, elle se montrait toujours agressive, grossière et ne cessait de le rabaisser en public. Ou bien c'était l'inverse : elle n'ouvrait pas la bouche de la soirée. Un vrai cauchemar; ni lui ni personne ne savait jamais comment elle allait réagir. Et puis il y a eu cette histoire de nettoyage.

Victor raconta l'histoire comme s'il le faisait pour la première fois :

– Après la naissance de Sharon, Donna devait se lever chaque nuit vers 2 heures du matin pour la nourrir. Après quoi, elle la recouchait. Mais au lieu d'aller se recoucher elle-même, elle a pris l'habitude de faire le ménage. Elle nettoyait le salon, la salle à manger, la cuisine, parfois même le carrelage. Lorsque Sharon a cessé de réclamer sa tétée – ce qui s'est produit assez rapidement –, Donna a continué à se lever vers 2 heures ou 3 heures du matin pour faire son ménage. Cela lui prenait une heure environ. Une nuit, je l'ai trouvée en train de faire la vaisselle. (Il s'interrompit un instant avant de poursuivre tristement :) Nous avons une machine à laver la vaisselle.

Qui est cette pauvre folle dont on parle? se demandait Donna. Car cela ne faisait aucun doute : cette Mme Cressy était folle.

Donna se mit, malgré elle, à évoquer le jour où le concept d'enfer s'était imposé à elle. Elle avait alors vingt-six ans, vivait seule, sortait avec un tas de types et savourait pleinement son indépendance. Quelques collègues de chez McFaddon avaient décidé de fêter le week-end du 4 juillet chez les parents de l'un d'eux, dans le Nord. Elle était donc partie avec eux; ils avaient passé d'excellents moments. Vint l'heure de tout remettre en ordre. De minuit à 2 heures du matin, elle s'était dévouée pour laver la vaisselle, la machine ayant décidé de prendre son week-end de vacances comme tout le monde. Elle croyait en avoir fini et se tenait là, épuisée, les mains gonflées par l'eau chaude et le détergent, lorsqu'elle avait vu arriver l'un de ses collègues les bras chargés d'une nouvelle pile d'assiettes. Elle avait pensé une fois de plus au livre d'Albert Camus, *Le mythe de Sisyphe*, qu'elle avait étudié en classe. D'après l'ancien mythe grec, Sisyphe avait provoqué la colère des dieux – pour une raison qui lui avait toujours échappé –, et ceux-ci l'avaient condamné à pousser un très lourd rocher jusqu'au sommet d'une haute montagne. Mais au moment où Sisyphe était près d'atteindre son but, le rocher dégringolait. Et Sisyphe reprenait inlassablement son ascension. Camus posait la question suivante qui, a priori, pouvait paraître ridicule : Sisyphe était-il heureux? Et, chose plus ridicule encore, il en concluait que oui, il l'était : il savait d'avance qu'il ne réussirait jamais, qu'en dépit de tout, il devrait continuer à pousser son rocher. Pour l'éternité. En n'ayant aucun espoir de réussite, il gagnait son salut. En connaissant et acceptant son destin, il était maître de celui-ci.

Tout en continuant de laver sa vaiselle, Donna avait médité sur cette théorie de l'existence et, voyant son évier toujours aussi plein, en avait conclu que si chacun devait avoir un enfer sur mesure, le sien serait rempli d'assiettes à laver. Cette histoire de vaisselle l'avait fait réfléchir sur le problème de l'existence de l'enfer, mieux, sans doute, que n'importe quel sermon dominical. Pour la première fois, Donna Cressy avait eu peur de la mort.

Assise dans l'austère salle d'audience, elle entendait toutes sortes de détails superficiels mais précis qui faisaient d'elle une maniaque de la propreté se levant au milieu de la nuit pour faire le travail d'une machine à laver. A les entendre, qui aurait osé affirmer qu'elle était en pleine possession de toutes ses facultés? Devait-on accorder à une femme qui, en l'espace de quelques mois, avait eu la chevelure de Lana Turner, de Lucille Ball, de Dorothy Lamour et de Mia Farrow le droit d'élever deux jeunes enfants parfaitement normaux? Sûrement pas. Et ça ne faisait que commencer. On n'avait pas encore parlé de sa conduite immorale, de Mel, des enfants eux-mêmes. Victor était le premier témoin appelé à la barre. D'autres allaient suivre, unanimes pour la condamner. Et elle ne pouvait compter que sur elle-même. Une fois de plus, elle se surprit à sourire : leur divorce était bien à l'image de leur mariage.

Puis elle remarqua que le juge la regardait avec insistance, essayant sans doute d'interpréter ce sourire qu'il trouvait déplacé. Il doit croire que je suis dingue, se dit-elle.

Le marteau du juge s'abattit sur la table pour ajourner l'audience.

Avant qu'elle ait eu le temps de se lever, Victor était là, devant elle, le visage empreint d'une expression aimable :

– Pouvons-nous bavarder un instant?

– Non, dit-elle en se levant et en repoussant sa chaise.

Son avocat, à l'autre bout de la salle, était en train de parler à Mel.

– Donna, je t'en prie, sois raisonnable.

Elle ne chercha pas à cacher son étonnement :

– Comment veux-tu que je sois raisonnable? Comment peux-tu imaginer que la femme que tu viens de décrire avec tant de conviction puisse être raisonnable? Comme d'habitude, Victor, tu es trop optimiste.

Elle se mit à gratter sa main gauche, juste au-dessus du pouce.

– Toujours ton urticaire?

Elle interrompit son geste :

– Tu as oublié d'en parler ce matin. Mais il n'est pas trop tard. Tu te débrouilleras bien pour mettre le sujet sur le tapis.

Il lui prit la main :

– Donna, je t'en prie, ne te mets pas dans des états pareils.

– Lâche-moi.

– Je veux simplement t'éviter de nouvelles souffrances, de nouvelles humiliations.

– Tu as l'intention de renoncer à demander la garde des enfants?

Il eut l'air sincèrement ennuyé.

– Tu sais bien que je ne peux pas faire une chose pareille.

– Tu ne penses tout de même pas que je suis incapable d'élever mes enfants?

– Ce sont aussi les miens, lui rappela-t-il, et je fais ce que je crois devoir faire.

Mel s'approcha de Donna.

– Tu ne gagneras pas, tu sais. Le juge va entendre mon son de cloche. Il ne te laissera pas m'arracher mes enfants.

Victor dévisagea Donna puis Mel avec une haine

non déguisée. Lorsque son regard se posa de nouveau sur Donna, il était glacial; la voix était cassante, le ton catégorique.

– Je te promets, dit-il en détachant chaque syllabe, que même si tu gagnes, tu perdras.

– Qu'entends-tu par là? demanda Donna.

Il lui tourna le dos et, quelques secondes plus tard, il avait quitté la salle.

2

Elle laissa le téléphone sonner trois fois et, comme personne ne voulait répondre, elle décrocha :

– Agence McFaddon, dit-elle d'une voix neutre. Donna Edmunds à l'appareil... Ne quittez pas. Je vais voir s'il est là. (Elle se pencha vers l'homme assis en face d'elle :) C'est pour toi, Scott. Tu es là?

– Femme ou homme?

– Femme, sans aucun doute.

– Voix sexy ou pas?

– Tout à fait sexy.

– Alors, je suis tout à fait là.

Il prit la communication. Donna raccrocha lorsqu'elle entendit Scott Raxlen susurrer :

– Allô?... Oh oui, bien sûr, madame Camping. Veuillez ne pas quitter. (Appuyant rapidement sur un autre bouton, il regarda Donna d'un air furieux :) Merci bien! Tu aurais pu me dire que c'était une cliente!

– Tu ne me l'as pas demandé.

– Sympa! Tu sais bien que j'ai la migraine.

– Dis plutôt la gueule de bois!

Il sourit :

– Sacrée soirée, dit-il en se tournant pour reprendre sa conversation avec Mme Dolores Camping.

– Tu es restée jusqu'à quelle heure? demanda Irv Warrack. (Il jeta un coup d'œil par-dessus l'épaule de Donna.) Qu'est-ce que tu nous concoctes, là?

– Je suis rentrée avant toi, lui rappela-t-elle et, lui montrant sa planche à dessin : C'est le projet Peterson.

– C'est bien. Ça va plaire à McFaddon. (Il fit semblant d'avoir un cigare entre les doigts :) Vous avez un grand avenir devant vous, mon petit.

Elle fit la moue.

– Ça ne va pas? demanda-t-il, surpris.

Donna posa son stylo :

– Oh, ça va à peu près. Enfin, je n'en sais rien. Je ne suis pas sûre d'avoir envie de faire ce métier jusqu'à la fin de mes jours. (Elle échangea un regard amical avec son collègue :) J'ai l'impression d'être dans une phase transitoire. Tu trouves ça prétentieux?

Il sourit :

– Seulement un peu, ma chérie. (Irv Warrack poursuivit, en se penchant vers elle comme un conspirateur :) Quand on a trouvé : « Résidence Mayflower – une idée dans le vent pour des Américains dans le vent », on sait ce qu'on doit faire jusqu'à la fin de ses jours. Tu ne crois pas?

Elle rit.

– Bon, j'y vais, dit-il en se redressant.

– Où vas-tu?

– Je rentre. Je suis mort. Pas toi?

– Ce n'est même pas l'heure du déjeuner.

– Il est très tard. (Il se dirigea vers la porte.) Je dois me reposer. Je sors ton amie ce soir.

– Susan?

– Oui. C'est une fille terrible. Tu me remplaces, d'accord? (Il ouvrit la porte.) Au fait, est-ce que ton copain s'est repointé?

– Quel copain?

– Celui que tu ne quittais pas des yeux, hier soir.

Donna était ahurie. C'était donc si évident!
– N'oublie pas que je suis partie avant toi!
– Ah oui, c'est vrai. Bon week-end! (Il sortit.)
– Warrack déconnecte? demanda Scott Raxlen qui venait de raccrocher.
Donna hocha la tête.
– Bonne idée. (Il se leva :) Je crois que je vais rentrer aussi. Soigner mon mal au crâne.
Donna regarda autour d'elle :
– Qu'est-ce que vous avez tous? On fait une petite soirée pour fêter le succès d'une campagne...
– « Résidence Mayflower – une idée dans le vent pour des Américains dans le vent »...
– Et tout le monde s'écroule le lendemain matin. Rhonda n'a même pas fait une apparition. Irv disparaît cinq heures avant la fermeture des bureaux; toi, tu t'apprêtes à en faire autant...
– Qui c'était, ce type?
– Quel type?
– Celui dont Warrack parlait.
Donna secoua la tête :
– Je ne sais pas comment tu fais. Tu as deux paires d'oreilles ou quoi?
– Qui c'était?
– Je ne sais pas. On nous a présentés et il a disparu.
– Bravo. Il a très bien fait.
– Rentre chez toi, Scott.
– Tu me remplaces?
Donna le poussa légèrement vers la porte. Elle s'assit de nouveau devant sa planche à dessin. Mais le cœur n'y était pas. Peut-être ferais-je mieux de rentrer chez moi, comme les autres. Non, ce n'est pas possible. Pourquoi suis-je aussi poire? se demanda-t-elle tout haut. Je reste toujours la dernière.
Elle se remémora la réunion de la veille, offerte par le client satisfait. Elle revit immédiatement le visage de l'inconnu. Quelle belle gueule il a, pensa-t-elle en

décrochant le téléphone. Elle éprouva soudain le besoin de se confier à quelqu'un : « Susan Reid, s'il vous plaît. Merci. » Elle attendit quelques secondes. « Oui, d'accord. Je ne quitte pas. ». Elle ne ferait rien de la journée, c'était évident. Elle jeta un coup d'œil circulaire :

– Parfait, dit-elle dans le récepteur. Je suis toute seule. Comment? Oh, pardon. Je croyais parler à Susan Reid. Ça va être long?... Merci.

Cinq minutes plus tard, elle obtenait Susan Reid :

– Ma vieille, tu es une dame difficile à joindre. Ça fait dix minutes que j'attends. Je suis très occupée, tu sais. (Elle se tut. Elle regardait par la fenêtre qui donnait sur Royal Palm Road, artère pittoresque, en plein cœur du quartier à la mode de Palm Beach.) Comment?... Oh, pardon. Bon, Susan, il faut que je te quitte. Je ne peux pas te parler plus longtemps... Non... Comment?... Non. Ecoute, il faut que je parte. Il est là. Lui. Un type terrible que j'ai rencontré la nuit dernière. Il arrive avec une bouteille et deux verres. Je crois que c'est du champagne. Oui, maintenant j'en suis sûre. Je rêve! Tu ne peux pas savoir comme mon cœur bat! Bon, je te laisse. Il arrive. C'est incroyable. Je te rappelle. Au revoir.

Elle raccrocha au moment précis où Victor entrait.

– Bonjour, dit-il d'un air affairé en posant les verres sur le bureau et en débouchant la bouteille.

Le bouchon fut projeté à l'autre bout de la pièce.

– Bien visé! dit Donna le plus naturellement possible.

Il sourit et riva son regard d'un bleu transparent dans celui de Donna également bleu. Il versa le champagne dans les deux verres, lui en tendit un et prit l'autre. Ils trinquèrent. Donna avait peur qu'il entende son ventre gargouiller. C'était presque l'heure de déjeuner et elle n'avait rien avalé depuis la veille.

– A notre santé, dit-il en souriant.

Est-ce qu'il se ficherait de moi, par hasard? se demanda-t-elle.

– Je m'appelle Victor Cressy.

– Je ne l'ai pas oublié.

– J'en suis flatté.

Il but une longue gorgée de champagne. Donna en fit autant.

S'il savait à quel point je ne l'ai pas oublié, pensa-t-elle. Elle revit le moment où on le lui avait présenté la veille au soir : « Donna, voici Victor Cressy, le meilleur assureur de l'hémisphère. » Après quoi, Victor Cressy avait disparu. Une nuit entière à fantasmer à partir de quelques mots. Elle avait pourtant tout essayé – discrètement, bien sûr – pour se rapprocher de lui! Ils ne s'étaient plus parlé de la soirée. Il n'était pas venu la trouver, n'avait pas essayé d'attirer son attention. Après quelques regards furtifs jetés sur ce qu'elle considérait comme un profil superbe et un visage extraordinairement beau, elle l'avait complètement perdu de vue. Quand elle s'était décidée à demander où il était passé, on lui avait répondu qu'il était parti.

Et maintenant, il était là, devant elle.

Tandis qu'il parlait, elle regardait sa bouche sensuelle. Sa lèvre supérieure, un peu plus charnue que l'autre, lui donnait l'air boudeur d'un brillant élève de terminale. Avec, peut-être, un je ne sais quoi de fils à papa... Elle se demandait pourquoi elle trouvait son expression si séduisante, l'arrogance et l'insolence n'ayant jamais été placées bien haut sur son échelle des valeurs. Sa voix était ferme mais pas autoritaire. Manifestement, c'était un homme sûr de lui, qui savait ce qu'il voulait. Il parlait avec aisance, sans chercher ses mots. Il évoqua la soirée de la veille, l'agréable surprise qu'il avait eue lorsqu'il l'avait aperçue au milieu des vieilles dames en robes imprimées fuchsia et cheveux assortis. Il avait été particulièrement séduit, disait-il, par le contraste créé par ses cheveux châtains et sa robe d'un mauve discret.

D'un mauve discret, tels étaient ses propres termes.

– Vous êtes toujours aussi occupée? lui demanda-t-il.

Elle sourit, se rendant compte qu'elle avait à peine prononcé deux mots depuis qu'il était arrivé, ayant préféré le regarder, l'écouter parler.

– Vous pouvez vous libérer maintenant? demanda-t-il soudain.

Elle regarda autour d'elle et se leva aussitôt. Oh, Donna, entendit-elle une voix lui souffler, tu ferais mieux de te faire désirer un peu.

Il se leva également :

– Dépêchons-nous, alors.

Elle le suivit jusqu'à la porte.

– Pourquoi devons-nous nous dépêcher?

Eh oui, elle parlait!

– Nous pourrions aller dîner quelque part?

– Ce n'est pas tout à fait l'heure du dîner, dit-elle.

Elle ferma la porte du bureau à clé, sans même se donner la peine de laisser un mot. Et si quelqu'un venait? Tant pis...

– Nous déjeunerons dans l'avion.

– Dans l'avion?

– Le restaurant où je vous emmène, dit-il non sans une certaine suffisance, se trouve à New York.

Il ouvrit la portière de sa Cadillac Séville bleu clair, attendit qu'elle se soit installée, referma et alla se mettre au volant.

S'agirait-il de ce qu'on appelle communément un coup de foudre? se demanda-t-elle.

– Ce qui est dommage, c'est de dîner si tôt. J'avais oublié qu'en Floride, les avions n'atterrissent pas après minuit.

– Oh non, c'est formidable, au contraire! répliqua-t-elle vivement. C'est très amusant de dîner avant 7 heures. (Ils se mirent à rire.)

– Je n'arrive pas à croire que c'est moi qui suis là.

Elle rit de nouveau. Pourquoi était-elle si nerveuse? Elle n'avait pas à s'en faire. Il n'avait pas retenu de chambre d'hôtel, c'était évident. Il n'avait donc pas l'intention de passer la nuit avec elle. Mais, justement, pourquoi? Avait-il décidé, sur la route de l'aéroport, qu'elle n'était pas aussi séduisante qu'il l'avait cru au premier abord? Non, ce n'était pas possible. Il n'aurait pas commandé une seconde bouteille de Dom Pérignon s'il ne l'avait pas trouvée séduisante...

– Dites-moi, vous faites souvent ce genre de truc? se hasarda-t-elle à lui demander, accompagnant ses paroles d'un geste destiné à lui faire saisir ce qu'elle entendait par « ce genre de truc ».

– Exceptionnellement. (C'était sa façon à lui de lui faire comprendre qu'elle était une exception, mais qu'il y en avait eu d'autres.)

– C'est cher payé, pour une première impression, non?

– Enfin, cela dépend des points de vue. (Il se tut un instant avant de poursuivre :) Voyez-vous, il y a des gens qui veulent mourir en laissant un million de dollars. Moi, je préfère mourir en *devant* un million de dollars.

Elle se mit à rire.

– Je préfère votre façon de voir les choses.

Elle baissa les yeux.

– Que regardez-vous? demanda-t-il à brûle-pourpoint.

– Vos mains, dit-elle, surprise par sa propre réponse.

– Pourquoi?

– Parce que ma mère m'a toujours dit qu'il fallait regarder les mains des hommes.

– Pourquoi?

– Parce que c'est avec ses mains qu'un homme fait l'amour. (Zut! pensa-t-elle. Qu'est-ce que je raconte?)

– Votre mère m'a l'air d'une femme intéressante. J'aimerais bien faire sa connaissance.

– Elle est morte, dit-elle d'une voix calme. D'un cancer.

Il lui prit les deux mains.

– Parlez-moi d'elle.

– Non, dit-elle en secouant la tête.

– Pourquoi?

Elle haussa les épaules :

– Il m'est difficile de parler d'elle à quelqu'un que je vois pour la première fois. C'est tout.

– Je suis vexé, dit-il.

– Oh non, non. Vraiment. Je ne voulais pas... C'est parce qu'en général, quand je parle d'elle, je me mets toujours à pleurer. Et pourtant, cela fait dix ans qu'elle est morte. Je sais que c'est idiot...

– Je ne trouve pas. Cela ne me gêne pas que vous pleuriez.

Donna garda le silence. Sa mère lui souriait. Ce garçon te plairait, maman.

– Elle était si belle, déclara-t-elle. C'était vraiment une femme extraordinaire. Je pouvais tout lui dire. Vous ne pouvez pas savoir combien elle me manque. (Elle le regarda dans les yeux, essayant de chasser une nouvelle image de sa mère qui se superposait à l'ancienne : le beau visage souriant avait fait place à un visage émacié, à la peau transparente, bleutée.) Je donnerais n'importe quoi pour pouvoir lui parler de nouveau.

– Que lui diriez-vous?

Elle leva les yeux vers le plafond pour essayer de refouler ses larmes.

– Je ne sais pas. (Elle se mit à rire. Elle regarda de nouveau le visage de Victor :) Je lui demanderais conseil.

– A quel sujet?

– En général... Je ne sais pas. Je m'étais toujours dit que si j'avais du mal à prendre ma décision, si j'avais un choix à faire ou même si je ne savais pas quoi me mettre, elle serait là. C'est parfois agréable d'avoir quelqu'un pour prendre les décisions à votre place... Vous ne croyez pas?

– C'est pour ça que vous m'avez laissé choisir votre menu? Oui, cela me paraît parfaitement normal.

Elle jeta un coup d'œil autour d'elle. La salle était plongée dans la pénombre. Bien qu'il fût très tôt, presque toutes les tables étaient occupées.

– Je pensais que vous deviez connaître les spécialités de la maison, dit-elle, tout en pensant qu'un homme qui fait plusieurs heures de vol et dépense des centaines de dollars pour aller dans un restaurant précis, doit savoir ce qu'il a envie de manger.

» Pourquoi avez-vous dit que le homard devait cuire sept minutes et demie, exactement? reprit-elle.

– C'est un truc que m'a appris l'un de mes profs quand j'étais au lycée. Je le revois sur son estrade en train de crier : " Le homard doit toujours cuire sept minutes et demie exactement. "

– Pourquoi?

Victor sourit :

– Je n'en sais fichtre rien. C'était un cours de maths pas comme les autres. Sur la précision, je crois. Enfin, je ne sais plus. Cela fait si longtemps. Tout ce dont je me souviens – à part les sept minutes et demie –, c'est qu'à chaque fois que nous avions une interrogation ou un examen écrits, je mêlais des vers de poésie haiku – de ma composition – aux formules d'arithmétique que je trouvais sèches et ennuyeuses.

Donna s'étonna :

– De poésie haiku?

– Oui, vous savez, ces vers japonais de dix-sept pieds. Il s'agit, à partir d'une structure très rigide, de créer une image d'une clarté parfaite.

– Pourquoi vous amusiez-vous à faire ça?

Il réfléchit en souriant :

– Je ne sais pas. Peut-être pour montrer à ce vieux prof que la poésie pouvait être aussi précise que les mathématiques. Peut-être, tout simplement, pour m'amuser. (Il se tut un instant, puis :) Pourquoi riez-vous?

– Cela me fait tellement plaisir de *parler* avec quelqu'un, répondit-elle avec chaleur. La plupart des garçons avec qui je suis sortie ces derniers temps n'avaient pas grand-chose à dire, surtout pas sur la poésie haiku. Ils s'arrangeaient toujours pour amener la conversation sur le sexe.

Elle se tut, se rendant brusquement compte qu'elle ne faisait que ça, depuis quelque temps.

– Vous êtes de New York? demanda-t-elle.

– Du Connecticut.

– Votre famille vit toujours là-bas?

– Mon père est mort lorsque j'avais cinq ans.

– Mon père aussi, mais j'avais vingt-trois ans. Et votre mère?

– Morte.

– Nous sommes deux pauvres orphelins, dit-elle en souriant tristement. J'ai une sœur, Joan, qui vit à Radcliffe.

– Moi, je suis fils unique.

On leur servit un énorme homard.

Tout en mangeant, ils parlaient, échangeaient des plaisanteries et riaient beaucoup.

Elle : Vous habitez à Palm Beach même?

Lui : J'ai une maison à Lantana. Et vous?

Elle : Un appartement à West Palm.

Silence. Champagne.

Elle : Comment se fait-il que vous ayez une maison?

Elle retint sa respiration. Il ne répondit pas. Vous n'êtes pas marié, si? Bien sûr! C'était ça! Il était marié! Voilà pourquoi il devait être rentré le soir même. Evidemment, il était marié!

Lui : Je ne suis pas marié.

Elle : En êtes-vous sûr?

Lui : Absolument.

De nouveau, le silence. Desserts. Cafés. L'addition, s'il vous plaît.

Lui : Pourquoi vous grattez-vous les mains?
Elle : C'est nerveux.
Lui : Pourquoi êtes-vous nerveuse?
Elle : Comme ça...

Il la tint serrée dans ses bras sur le chemin de l'aéroport. Dans l'avion, ils somnolèrent l'un contre l'autre.

Ils montèrent dans la Séville qui les attendait et décidèrent d'aller faire un petit tour au bord de l'océan. Ils écoutèrent le grondement des vagues. Rêvait-elle? Elle ne se lassait pas de regarder son beau visage. Il n'est pas du tout exclu que je tombe amoureuse de ce garçon, se dit-elle, non sans une certaine appréhension. Il y avait des années qu'elle n'avait pas flirté dans une voiture. Elle essaya de se souvenir de ses petits amis de l'époque et, peu à peu, une dizaine d'amants occasionnels lui revinrent en mémoire. Une fois ou deux, elle avait bien failli tomber amoureuse, mais les relations s'étaient détériorées; le rocher de Sisyphe était redescendu au bas de la pente.

Cette fois, c'était différent.

Les lèvres de Victor étaient douces. Il prenait son temps. Il embrassait comme un amoureux romantique, pas comme un adolescent excité. Sa mère avait raison : il avait des mains qui ne trompaient pas. « Pourquoi t'arrêtes-tu? » s'entendit-elle demander. Victor appuya doucement sa tête sur celle de Donna. Celle-ci sentait son souffle lui caresser gentiment la joue.

– Aussi vrai que j'aime la mer, chuchota-t-il, je n'ai jamais aimé faire l'amour sur le siège avant d'une voiture. Ni sur le siège arrière, d'ailleurs.

Donna ne fut pas autrement surprise par ses paroles. Elle brûlait d'envie de demander : « On va chez toi ou chez moi? » Mais elle se tut et attendit.

– De plus, ajouta-t-il, j'aime finir ce que je commence.

– Pourquoi ne pourriez-vous pas finir? demanda-t-elle, surprise une fois de plus par l'impatience et la déception qu'elle notait dans sa propre voix.

Ils éclatèrent de rire,

– Parce que je dois me lever très tôt, répondit-il en lui prenant la main.

– Vous partez en voyage? (En elle, une voix lui disait : C'était trop beau pour être vrai; il part à l'aube pour le fin fond de l'Afrique. La voix était si forte, si puissante qu'elle n'entendit pas sa réponse.) Où allez-vous? cria-t-elle.

Il répéta avec un petit sourire :

– En prison.

Ils se laissèrent envelopper par un long silence.

3

Le dimanche suivant, à 7 heures du soir, elle alla le chercher à la prison de West Palm Beach. Il était souriant et ne semblait pas trop atteint par ses deux jours d'incarcération. Vêtu d'un jean et d'une chemise ouverte, il lui parut encore plus beau que dans son souvenir. On l'avait laissé sortir dix minutes avant l'heure et il était là, à l'attendre.

– Relâché pour bonne conduite, plaisanta-t-il en prenant place à côté d'elle.

Il la serra immédiatement dans ses bras et l'embrassa tendrement. Ses lèvres étaient d'une incroyable douceur.

– Sérieusement, dit-elle, je n'arrive pas à croire à cette histoire.

Et surtout à la façon dont mon cœur bondit dans ma poitrine, se dit-elle. Elle remit la voiture en marche.

La prison de West Palm Beach était située dans l'une des rues principales du quartier ouest, juste à côté d'un cimetière de voitures. Vue de l'extérieur, on aurait dit un de ces magasins passablement délabrés qui s'élevaient dans cette partie de la ville. (La séparation entre l'est et l'ouest était une affaire d'argent : West Palm avait un côté vieillot tandis qu'à Palm Beach, rien ne trahissait l'usure ou la vieillesse à l'exception, peut-être, de la population.)

– Vous démarrez toujours aussi rapidement? dit Victor d'un air détaché. Ça doit user vos pneus.

Donna sourit.

– En tout cas, moi, j'ai compris, dit-il solennellement. Je ne brûlerai plus jamais un stop.

– Je croyais que vous ne l'aviez pas brûlé.

– Ils n'étaient pas de mon avis.

– Mais c'est parce que vous n'étiez pas d'accord avec eux que vous avez choisi de passer ces deux jours en prison plutôt que de payer l'amende. Réaction discutable, même si vous étiez innocent. Et maintenant, vous dites que vous êtes coupable?

– Officiellement, oui, approuva-t-il en hochant la tête. De toute façon, je ne pouvais pas le reconnaître, avec tout le foin que j'avais fait... C'est une question de principe, vous savez. (Il se mit à rire.)

Elle rit également, sans savoir pourquoi. Dans son for intérieur, elle essayait non sans mal de se mettre dans la peau de ce garçon qui préférait passer deux jours en prison plutôt que payer une contravention pour une infraction qu'il admettait maintenant avoir commise. Et tout cela, pour une question de principe!

Ils traversèrent un pont et arrivèrent sur South Ocean Boulevard.

– Alors, c'était comment? demanda-t-elle. Dur?

– Deux jours d'isolement complet.

– C'est vrai?

– J'étais tout seul.

– Il n'y avait pas d'autre détenu?

Il secoua la tête.

– Alors, vous n'avez pas été violé?

Pourquoi ne lui parlait-elle que de sexe?

– Je pensais garder cela pour ce soir, dit-il. (Ils échangèrent un long regard.) Le feu est rouge!

Elle freina brutalement et ils furent projetés en avant. Elle vit qu'elle s'était arrêtée une bonne quinzaine de mètres avant le feu rouge. Heureusement, il n'y avait pas de voiture derrière eux.

– Pardon, dit-il, je croyais qu'il était plus près.

Le cœur de Donna battait la chamade.

– C'est OK. J'aurais dû surveiller la route.

– Seriez-vous vexée si je vous demandais la permission de prendre le volant? demanda-t-il soudain.

– Vous voulez conduire?

– Si vous n'avez rien contre. (Il s'interrompit et sourit.) Pour différentes raisons, je me sens un peu nerveux, ce soir. Conduire est toujours pour moi une détente.

– Alors, allez-y. Cela ne me dérange pas du tout, dit-elle sincèrement.

Victor ouvrit la portière et Donna se glissa à sa place tandis qu'il faisait le tour de la Mustang rouge.

– C'est mieux ainsi, dit-il en prenant le volant.

Elle acquiesça. Le feu passa au vert juste à ce moment-là. Bon signe, pensa-t-elle. Elle jeta sur lui un rapide coup d'œil. Les petites rides qu'il avait autour des yeux lui donnaient un air sympathique.

– On rentre? demanda-t-il doucement, sans attendre la réponse.

Donna n'en revenait pas de ce qui lui arrivait. Elle s'était attendue à ce qu'il soit un bon et même un excellent amant (bien qu'elle ait essayé, les deux jours précédents, de se convaincre qu'il serait mauvais, qu'il y aurait bien quelque chose qui clocherait); pourtant, même ses fantasmes étaient en deçà de la réalité. Il était carrément fantastique.

Elle n'avait jamais eu un amant aussi soucieux de lui faire plaisir. Sa dévotion – elle ne trouvait pas d'autre mot – était sans limites. Il ne désirait qu'une chose : la rendre heureuse. Et elle était folle de joie.

Ils avaient parcouru en silence le chemin menant de la voiture à chez lui. Il lui avait pris la main et, après avoir traversé l'entrée, le salon, la salle à manger et la cuisine, toutes pièces bien en ordre, arrangées avec goût, il l'avait entraînée vers l'arrière de la maison où se trouvaient les chambres.

Etant donné la longueur du couloir, Donna pensa qu'il devait y en avoir trois ou quatre. Ils entrèrent dans la première, décorée dans les tons bleus et beiges (mer et sable, plaisanta-t-il tranquillement en la conduisant vers le lit). Il commença à l'embrasser tout autour de la bouche.

Il la déshabilla en silence. Ses mains en disaient plus long que tous les discours. Lorsqu'elle voulut lui déboutonner sa chemise, Victor recula légèrement; « C'est moi, dit-il d'une voix grave en défaisant le premier bouton. C'est moi qui fais tout. » Donna n'avait jamais rien entendu de plus excitant que ces cinq petits mots-là.

Elle le regarda enlever sa chemise, ses chaussures et ses chaussettes. Lorsqu'il retira son jean et son slip, elle se dit qu'elle devrait peut-être détourner les yeux, mais son plaisir était trop grand; jamais elle n'avait vu de garçon aussi beau.

Tout ce qu'il faisait, il le faisait à la perfection. La façon dont il la touchait, dont il la caressait. Et il ne demandait rien en échange.

– Cela t'ennuierait-il beaucoup si je te disais que je suis amoureux de toi?

Elle se mit à pleurer. Elle le serra si fort qu'elle eut l'impression qu'ils ne formaient plus qu'un seul corps.

Deux mois plus tard, ils parlaient mariage, attablés

au *Hamburger Heaven* devant un steak aux champignons.

– Quand? demanda-t-elle en le ramenant à son bureau, après le déjeuner.

– Dès que je peux m'organiser.

Elle le sentit soudain se raidir.

– Qu'est-ce que tu as?

– Excuse-moi, ma chérie, dit-il d'un air sincèrement désolé. Ça m'énerve de te voir tenir le volant de cette façon.

Elle avait négligemment posé les mains sur la partie inférieure du volant, comme cela lui était habituel.

– S'il arrivait la moindre chose, poursuivit-il, si un imbécile commettait une imprudence, tu n'aurais pas le temps de reprendre le volant en main pour l'éviter. Tu pourrais avoir un sérieux pépin.

Elle rectifia la position.

– C'est vrai, dit-elle, il faut que je fasse attention à moi, maintenant.

Elle arrêta la voiture devant le bureau de Victor, un grand immeuble en stuc jaune canari. Un homme trapu, de taille moyenne, passa à côté d'eux avant de s'engouffrer dans l'immense hall d'entrée.

– Ce n'est pas Dany Vogel? demanda-t-elle. (Victor acquiesça.) Toujours cette brouille idiote?

Il secoua la tête :

– J'attends qu'il me fasse des excuses.

– Mais il t'en a fait.

Victor sortit de la voiture puis se pencha :

– Choisis toi-même ceux que tu veux inviter. Fais une liste. En ce qui me concerne, moins il y aura de monde, mieux ce sera. (Il se redressa.)

– Victor? (Il se pencha de nouveau :) Victor, je t'aime.

– Je t'aime, mon ange, répondit-il en fermant doucement la portière.

Donna le suivit des yeux jusqu'à ce qu'il fût entré dans l'immeuble. Il ne se retourna pas. Il n'était pas homme à se retourner. Jamais. Il était si sûr de tout ce qu'il faisait.

– Maman! s'exclama-t-elle, se rendant subitement compte qu'elle connaissait peu le garçon qu'elle allait épouser. Dis-moi que j'ai pris la bonne décision.

Pour toute réponse, elle entendit à la radio la voix d'un speaker annoncer qu'il était 2 heures, l'heure des nouvelles.

Cela faisait plus d'une heure qu'elle était assise là, à lire et à relire un nom, toujours le même : Lenore Cressy. En face du nom, de la même encre noire que les autres noms, adresses et téléphones alignés dans le petit carnet de cuir noir, était écrite une adresse dans le Connecticut, suivie d'un numéro de téléphone. Lenore Cressy. Donna était fascinée par ce nom.

Victor lui avait dit qu'il n'avait jamais été marié, que sa mère était morte, qu'il était fils unique; qui était donc cette femme? Peut-être une tante ou une cousine. Une parente en tout cas. Donna était perplexe. Ils devaient se marier dans moins de quinze jours et il ne lui avait demandé que deux choses : qu'elle s'occupe des fleurs et qu'elle contacte les photographes. Seulement deux coups de fil à donner. Mais voilà qu'elle était déjà dépassée par les événements. Elle essaya de se concentrer sur ce qu'elle avait à faire. Ils avaient choisi des roses jaunes et blanches, ainsi que des marguerites, fleurs que Victor aimait particulièrement. Elle regarda autour d'elle. Elle était heureuse qu'il ait choisi de célébrer leur mariage dans cette maison où ils allaient bientôt vivre ensemble.

La liste des gens qu'il désirait inviter ne comportait que cinq noms. Il y aurait donc une vingtaine de personnes en tout. Elle n'avait pas pris le carnet de Victor par indiscrétion mais pour y chercher le numéro de téléphone d'un fleuriste qui, avait-il dit, était meilleur que celui recommandé par une amie de Donna. Maison Corolle, lettre C, sept noms avant Cressy, Lenore.

Elle décrocha le récepteur et composa le numéro.

– Corolle, dit d'un ton ennuyé une femme à la voix nasillarde.

– Je voudrais passer une commande, dit Donna en pensant à autre chose.

– Que désirez-vous?

Donna dut expliquer deux fois de suite qu'elle désirait commander des fleurs pour son mariage, oui, son propre mariage, et qu'elle voulait en remplir son salon, oui, de cinq mètres sur quatre, oui, un mélange de roses et de marguerites. Avec bouquet de noces assorti.

Elle avait décidé de porter une simple robe de soie blanche que Victor avait vue en vitrine chez Bonwit Teller, avenue Worth, plutôt qu'une autre bleu pâle qu'elle avait aperçue chez Saks.

Son coup de téléphone avec la dame qui parlait du nez se prolongea vingt-cinq minutes. Une fois cet exploit accompli, il ne lui restait plus qu'à appeler les photographes Messinger et Edwards que Victor lui avait indiqués comme étant les meilleurs de Palm Beach. Leur numéro se trouvait également dans son carnet. Elle voulait tourner la page, mais Lenore Cressy l'en empêchait. Les doigts de Donna jouaient machinalement sur le cadran. Qui était Lenore Cressy? Elle n'avait qu'à composer le numéro pour le savoir. Et après? Elle découvrirait l'existence d'une vieille cousine dont Victor n'avait aucune envie de parler et qu'il ne voudrait à aucun prix inviter à son mariage.

Mais appeler cette femme serait commettre une indiscrétion et Donna détestait l'indiscrétion. Elle passa rapidement à la lettre M. Elle saurait bientôt qui était Lenore Cressy. D'une façon plus directe et plus honnête : elle poserait tout simplement la question à Victor.

4

La querelle s'amorça de façon imperceptible. Par la suite, aucun des deux ne devait se rappeler à quel moment les choses s'étaient envenimées, comment une simple conversation s'était transformée en discussion puis en dispute. Leur première dispute.

– J'ai appelé le fleuriste, dit Donna.

– Et alors?

– Tout est arrangé. Roses jaunes et blanches. Et marguerites. Ce que tu voulais.

– Je croyais que c'était ce que *tu* voulais, dit Victor, étonné.

– Oui, dit-elle en souriant. Des roses blanches et des marguerites. Ça fera très bien. (Victor était un homme de goût.)

– Si tu préfères, on peut commander des roses roses, proposa-t-il. Le rose était la couleur qu'elle avait avancée en premier.

– Non, dit-elle. (Après tout, Victor avait aussi le droit de donner son avis. C'était lui le marié.) Jaune et blanc, ce sera très joli.

Il sourit :

– Je pensais qu'avec les couleurs de la pièce...

Donna jeta un coup d'œil circulaire sur le salon de Victor. Il était gai, ensoleillé et s'harmonisait avec les couleurs de la Floride. Les murs blancs mettaient en valeur les nombreuses lithographies aux couleurs vives, un Estève notamment auprès du petit bar jaune pâle, une série de cœurs, œuvre de Jim Dine, suspendue au-dessus d'un fauteuil jaune canari et un imposant Rosenquist placé au-dessus du grand canapé recouvert de tissu à fleurs vert et blanc. Perpendiculairement au canapé et séparé de celui-ci par une table basse en verre surmontée d'une lampe noire, se trouvait un petit canapé à deux places vert amande

Les différents jaunes et verts rehaussaient le vert menthe du tapis moelleux qui couvrait le sol sur toute sa longueur. Le tout était agréable de proportions. Victor avait un sens aigu, presque inné, des formes et des volumes. Il aimait que les choses fonctionnent, mais ce qui l'intéressait au plus haut point était de savoir pourquoi elles fonctionnaient. En art, c'était la même chose. Il était non seulement un collectionneur averti, mais mettait un point d'honneur à en savoir aussi long que les marchands qu'il fréquentait. Il s'informait, travaillait la question. Il se trompait rarement.

– Rien d'autre? demanda-t-il.

– J'ai appelé les photographes.

– Lesquels?

– Messinger et Edwards, répondit Donna. Ils viendront à 4 heures.

– Pourquoi 4 heures?

La question de Victor étonna Donna.

– Je pensais que ce serait commode. Une heure avant la cérémonie. Tu sais, ils pourront prendre quelques photos sur le vif... (Sa voix s'éteignit.) Pourquoi? 4 heures, ça ne te va pas?

– Si, si. Ce n'est pas l'heure que j'aurais choisie, mais elle me convient tout à fait.

– Quelle heure aurais-tu choisie?

– 4 heures, ça ira, dit-il en secouant la tête.

Elle changea de sujet :

– J'ai acheté la robe de chez Bonwit. Je l'ai essayée. Elle me va très bien. Tu avais raison.

Il sourit, satisfait.

– Tu te rends bien compte que tu devras la porter longtemps avant la cérémonie, puisque tu as convoqué les photographes à 4 heures.

– Tu veux que je recule le rendez-vous?

– Non, ça ira. Mais il faut que tu acceptes les conséquences de tes actes, que tu saches que ta robe sera froissée au moment de la cérémonie.

– Tu crois que 5 heures serait préférable?

– A 5 heures, nous nous marions. Tu as déjà oublié!

– Quand, alors? Plus tard?

– Non, nous serons trop occupés pour poser pour les photographes.

– Quand, alors? répéta-t-elle.

– Je t'ai dit que 4 heures, ça allait.

– Mais tu m'as dit que ce n'était pas l'heure que tu aurais choisie.

– J'ai changé d'avis. Je reconnais que tu as eu raison. Je suis d'accord avec toi.

Elle haussa le ton :

– Alors, qu'est-ce que c'est que cette histoire d'accepter les conséquences de mes actes?

– Que veux-tu que je te dise? demanda-t-il d'une voix rauque. Je t'ai dit que j'étais d'accord avec toi.

Elle ne savait pas pourquoi elle se sentait si mal à l'aise. Elle n'avait qu'une envie : l'assommer avec la lithographie de Miro suspendue au-dessus de sa tête.

– Qui est Lenore Cressy? demanda-t-elle, sentant immédiatement que le moment était mal choisi.

Au regard qu'il lui décocha, elle comprit que le moment serait toujours mal choisi.

– Qui t'a parlé de Lenore Cressy? Elle a téléphoné pendant mon absence?

– Non.

Donna se sentait de plus en plus mal à l'aise. C'était évident : il n'aurait pas bondi de son siège pour une vieille cousine.

– Tu n'as pas répondu à ma question, dit-elle en gardant son calme. J'ai vu son nom dans ton carnet d'adresses, en cherchant le numéro de Corolle. Pourquoi es-tu si troublé? Qui est-ce?

– Tu l'as appelée?

– Bien sûr que non. Ce n'est pas mon genre.

Elle eut envie d'ajouter qu'elle avait bien failli le faire, mais elle préféra garder le renseignement pour elle.

– Qui est-ce?

Un silence prolongé. Le visage de Victor se détendit un peu.

– Tu ne te contenterais pas d'une réponse du genre " quelqu'un de pas intéressant "?

Elle lui sourit et secoua la tête.

– C'est ma mère, dit-il en s'asseyant de nouveau.

Donna, abasourdie, resta sans voix. Au bout d'un long moment, elle s'exclama :

– Ta mère! Tu m'avais dit qu'elle était morte!

– Oui, dit-il, du moins en ce qui me concerne.

– Qu'est-ce que tu racontes? demanda-t-elle en se levant.

Il se leva également et fit quelques pas.

– Je dis qu'en ce qui me concerne, ma mère est morte. Depuis plus de trois ans.

– Ce qui veut dire?

– Mais qu'est-ce qui te prend?

– Qu'est-ce qui te prend! On doit se marier dans quinze jours et tout d'un coup, j'apprends que tu m'as menti et que ta mère est vivante.

– Calme-toi. Inutile de me traiter de tous les noms!

– Je t'ai traité de tous les noms?

– Tu viens de me traiter de menteur. Je ne t'ai jamais menti.

– Tu m'as dit que ta mère était morte.

– En ce qui me concerne, elle est morte.

– Alors, pourquoi as-tu inscrit son numéro de téléphone dans ton carnet?

Long silence. Donna avait la gorge serrée, elle sentait les larmes lui monter aux yeux.

– Je ne sais pas, finit-il par dire. Je ne sais pas.

Donna se laissa retomber dans son fauteuil.

– Tu ferais mieux de me dire la vérité.

– C'est la vérité. Ça s'est passé il y a plus de trois ans. C'est mort et enterré.

Il se tut. Elle le regardait, attendant qu'il poursuive.

Elle n'essuyait même pas les larmes qui commençaient à ruisseler le long de ses joues.

– Tu vas faire couler ton rimmel, dit-il gentiment, presque timidement.

– Raconte, dit-elle. (Ses mains étaient glacées.)

Il s'assit à côté d'elle et lui prit les mains. Elle se raidit... Il lui semblait que ses mains ne lui appartenaient plus, qu'elles étaient mortes.

– Je t'aime, dit-il.

Elle se mit à rire.

– Maintenant tu vas me raconter que tu as aussi une femme qui est officiellement vivante mais que cela n'a pas d'importance parce que pour toi c'est comme si elle était morte en même temps que ta mère.

Elle le regarda dans les yeux, pour se convaincre que ce qu'elle venait de dire n'était qu'une mauvaise plaisanterie. Il n'ajouta rien.

– Non, dit-elle en essayant de retirer ses mains de celles de Victor. Non, ce n'est pas possible, ce n'est pas vrai...

– Ecoute-moi, dit-il en haussant le ton. Tais-toi deux minutes et écoute-moi.

– Je n'ai que faire de tes ordres.

– Ferme-la, cria-t-il, si tu veux savoir la vérité.

– Tu ne crois pas que c'est un peu tard pour la vérité ?

– Ah bon, hurla-t-il. C'est un peu tard. C'est tout ce que tu trouves à me dire ? (Il lâcha sa main presque violemment, se leva et se mit à arpenter la pièce comme un ours en cage.) Tu ne veux pas savoir la vérité ? Tu te fiches des mensonges, des contrevérités ; tu es d'accord pour me traiter de menteur, mais quand tu as l'occasion d'entendre la vérité, ça ne t'intéresse plus ?

Donna bondit et se mit, elle aussi, à hurler :

– Cesse de tourner la situation à ton avantage, de laisser entendre que c'est moi qui suis coupable.

– La balle est dans ton camp, Donna, poursuivit-il. Il n'est pas question de culpabilité. Pourquoi te sens-tu visée? Je te parle de vérité; tu veux l'entendre, oui ou non?

– Tu as retourné la situation d'une manière incroyable.

– Que veux-tu faire, Donna? Renvoyer la balle ou simplement sortir du court?

– Epargne-moi ce genre de métaphore, veux-tu.

Il y eut un moment de silence.

– Que veux-tu, Donna? répéta-t-il. A toi de choisir!

– A moi! dit Donna à voix basse en se frappant la poitrine. A moi de choisir!

– Je suis prêt à te dire la vérité si tu veux bien l'entendre.

– Si je veux bien l'entendre, répéta-t-elle, en se rasseyant comme un automate.

Ils restèrent muets pendant plusieurs minutes. Puis Donna releva la tête et regarda Victor droit dans les yeux, lui faisant ainsi comprendre qu'elle était prête à l'entendre. Victor respira longuement.

– Merci, dit-il. (Il se tut de nouveau.) Il y a un peu plus de cinq ans, peut-être six, commença-t-il en choisissant ses mots, j'ai fait la connaissance d'une fille que j'ai épousée. Elle s'appelait Janine Gauntly.

Donna respira profondément pour ne pas s'évanouir.

– Ecoute-moi, poursuivit-il, en remarquant son trouble. Nous avons divorcé. Je te jure que c'est vrai. Ça s'est passé avant que je vienne m'installer ici. Notre mariage a été un fiasco. Pourquoi? Je n'en ai pas la moindre idée. Ça n'a pas marché, voilà tout. Au bout de deux ans, nous nous sommes fait une raison et j'ai déménagé. Nous n'avions pas d'enfants. Tout semblait simple. Mais ça ne l'était pas. (Il s'interrompit pour soigner l'effet de suspens que ses paroles produisaient.) Il y avait ma mère.

Donna expira le plus silencieusement possible. Il lui semblait qu'elle avait le mal de mer. Elle se taisait et attendait qu'il poursuive :

– Je t'ai dit que j'étais fils unique et c'est vrai. Mes parents n'ont jamais pu avoir d'autres enfants. Après ma naissance, ma mère a fait plusieurs fausses couches, dont une alors qu'elle était enceinte de six mois. C'était une petite fille. Ma mère ne s'en est jamais remise et – je sais que ça va te paraître incroyable –, elle s'est mise à considérer Janine comme sa fille. Elles étaient très proches l'une de l'autre. Trop proches. (Il s'interrompit un moment.) Lorsque je me disputais avec Janine, elle prenait toujours son parti. C'était comme si Janine avait été la fille et moi le gendre. Et, à tort ou à raison, j'en souffrais. Mais je l'acceptais. C'était supportable tant que je vivais avec Janine. Lorsque nous avons rompu, je savais que ce serait dur pour ma mère. Mais ce que je ne savais pas, c'est que, même après mon départ, elle allait continuer à voir Janine et à lui parler tous les jours comme avant. (Il s'arrêta, guettant dans les yeux de Donna une lueur de compréhension. Il n'y lut que de l'étonnement. Elle fronçait légèrement les sourcils.) Elle continuait, me semblait-il, à prendre le parti d'une femme qui m'avait rendu malheureux pendant deux ans. Peut-être que je m'exprime mal, je ne sais pas, mais je me suis senti trahi. Trahi, c'est le mot. Je ne pouvais pas supporter l'idée qu'elles restent amies. Janine et moi, c'était fini, je voulais qu'elle sorte de ma vie. (Il parlait d'un ton de plus en plus véhément.) A la fin, j'ai mis ma mère au pied du mur. C'était Janine ou moi, son fils. (Il secoua la tête.) Tu trouves peut-être cette réaction puérile ou très enfant gâté. Mais c'était très important pour moi, c'est tout.

Il lui était de plus en plus difficile de poursuivre.

– Je... j'ai expliqué à ma mère ce que je ressentais. Je ne doutais pas du choix qu'elle allait faire. Ce n'est pas qu'elle ait fait un mauvais choix, c'est que... (Il s'arrêta une seconde avant de reprendre :) Elle a hésité. (Il se tut de nouveau, manifestement incapable de comprendre comment elle avait pu faire une chose pareille.) Je lui demande de choisir entre son propre fils et quelqu'un qu'elle ne connaît que depuis deux ans et elle hésite. Alors je lui ai dit que, pour moi, son choix était clair, que nous n'avions plus rien à nous dire et que je n'avais plus qu'à sortir de sa vie. C'est ce que j'ai fait. J'ai quitté mon travail, j'ai fait mes valises et suis venu ici, en Floride. (Il regarda Donna tendrement.) Ferme la bouche, lui dit-il gentiment, tu vas gober une mouche.

Elle ignora la plaisanterie.

– Tu as pris tes cliques et tes claques et tu as tout quitté, dit-elle sidérée.

– Je n'ai rien quitté. Il n'y avait rien à quitter.

– Tu n'as pas revu ta mère depuis?

Il secoua la tête.

– Sait-elle où tu habites?

– Oui.

– Et alors?

– Rien. Elle m'a appelé plusieurs fois, mais je n'ai rien à lui dire.

– Même au bout de plusieurs années?

– Il y a des blessures qui ne se referment pas.

– Les mères ne vivent pas éternellement, dit Donna d'un ton monocorde. Ce qu'elle a fait est-il vraiment impardonnable?

Victor secoua la tête, confus.

– Je l'ai cru, dit-il. J'ai peut-être tort, mais je sais que je ne me sens pas prêt à la revoir. (Il s'assit à côté de Donna.) Je n'ai jamais eu l'intention de te mentir. Quand je t'ai dit qu'elle était morte, je ne savais pas que j'allais te demander de m'épouser deux mois plus tard. Ensuite, et surtout après que tu m'as parlé de ta mère et des sentiments que tu avais pour elle, je ne savais plus comment te dire la vérité. Je savais que tu ne me comprendrais pas. Moi qui m'enorgueillis d'avoir un certain bon sens, j'ai agi de la façon la plus aberrante qui soit.

Donna acquiesça silencieusement.

– Et ton ex-femme?

– Oui?

Donna sentit de nouveau la colère monter en elle.

– Pourquoi ne m'as-tu pas dit que tu avais déjà été marié?

– En ce qui me concerne, seul le présent comptait – compte – pour moi.

– Cesse de répéter toujours la même chose.

– Quoi?

– En ce qui me concerne, tu n'arrêtes pas de dire ça! Malheureusement, ce qui te concerne est en contradiction avec les faits... Tu ne crois pas que j'avais le droit d'être au courant?

– Non. Non, je ne vois pas ce que mon premier mariage a affaire avec nous. Il n'y a pas d'enfants. Je n'ai pas revu Janine depuis des années et je n'ai pas l'intention de la revoir. Je n'ai jamais compris et je ne comprends toujours pas pourquoi des erreurs de jeunesse devraient peser sur notre couple. T'ai-je jamais questionnée sur ton passé?

– Ce n'est pas la même chose! Je n'ai jamais été mariée.

– Je ne t'ai jamais posé la question...

– Tu n'en as pas eu besoin. Je t'ai raconté toute ma vie.

– Eh bien, je ne suis pas comme toi. Est-ce un crime?

– La question n'est pas là.

– Où est la question, au juste?

– La question est que tu aurais dû me le dire.

Il s'approcha d'elle lentement et posa un genou à terre.

– Ça aurait changé quelque chose? Tes sentiments auraient-ils été différents si tu avais su que j'avais été marié?

– Pas à ce moment-là.

– Et maintenant?

A la grande surprise de Donna, les yeux de Victor se remplirent de larmes.

– Cela change-t-il tes sentiments pour moi?

Elle secoua la tête.

– Je n'en sais rien... J'ai l'impression que quelqu'un m'a rouée de coups.

Il lui caressa le bras comme pour la rassurer.

– Pardon, dit-il, j'ai eu tort; j'ai été idiot; je ne peux rien te dire de plus. (Il s'assit à côté d'elle.) Je ne commets pas souvent d'erreurs. Alors quand ça m'arrive, je n'aime pas m'appesantir sur elles.

Ils se regardaient en pleurant tous les deux.

– Mais pourquoi? Les erreurs rendent plus humain.

– Tu ne me trouves pas humain... Donna, je t'aime tant.

Ils tombèrent dans les bras l'un de l'autre en sanglotant.

Donna était en proie à tant de sentiments contradictoires qu'elle ne savait plus qui elle était, ni où elle était.

– Dis-moi que tu m'aimes.

– Je t'aime, avoua-t-elle en pleurant, je t'aime. (Elle reprit rapidement ses esprits et ajouta :) Mais je ne sais plus si nous devons...

– Si nous devons quoi?...

– Peut-être devrions-nous remettre les choses à plus tard?

– Pour quelle raison? Ou tu m'aimes ou tu ne m'aimes pas.

– L'amour n'est pas tout.

– Que te faut-il d'autre?

– La confiance.

Il s'éloigna d'elle.

Ou étaient ses bras? Elle voulait être dans ses bras. Où étaient ses douces paroles d'excuses? Elle voulait encore les entendre. Elle voulait être rassurée, qu'il lui redise qu'il l'aimait et que tout allait s'arranger. Il ouvrit la bouche pour parler. Elle attendait des paroles douces et apaisantes. Mais la voix était froide et cassante.

– Je ne peux plus rien faire, dit-il. J'ai fait de mon mieux pour t'expliquer ces choses. Je t'ai fait des excuses. Que puis-je faire de plus? Rien. Tu peux accepter mes excuses ou les refuser. Je t'aime; je veux t'épouser. Si tu crois que tu ne peux plus me faire confiance, eh bien, dans ce cas, je n'y peux rien. La confiance exige du temps. Elle exige aussi une certaine dose de foi aveugle. On l'a ou on ne l'a pas. Je peux te dire que je t'aime et que dorénavant je répondrai à toutes tes questions le plus franchement, le plus honnêtement possible. Je peux te promettre que je ne tricherai jamais avec toi. Jamais. Je peux te le promettre. Mais je ne peux pas te le prouver. Tu dois me faire confiance à cent pour cent.

– Je croyais que le mariage était une association à cinquante pour cent.

– Qui t'a dit ça? demanda-t-il en esquissant un sourire. (Sa voix s'était de nouveau radoucie.) Un idiot sans doute. (Il lui caressa le visage.) Si tu crois qu'il suffit de faire la moitié du chemin...

Elle sourit à travers ses larmes.

– Et si l'autre ne fait pas l'autre moitié? poursuivit-il. Il te reste deux solutions : ou bien tu restes sur tes positions, et tout est fini, c'est l'échec, ou bien tu fais encore un quart, trente pour cent ou même tout le reste du chemin, tu prends l'autre dans tes bras et tu lui dis que tu l'aimes, même s'il s'entête à dire qu'il a raison et que tu as tort, même si tu sais qu'il est ridicule – il y a de grandes chances qu'il le sache aussi, mais il refuse de l'admettre. (Il s'arrêta.) Fais encore un bout de chemin, Donna, supplia-t-il. Fais-moi confiance, je sais que je suis ridicule, mais je t'aime. Ne remettons pas notre mariage à plus tard. Regardons devant nous, ne revenons plus en arrière. (Il prit le visage de Donna entre ses mains :) Marions-nous.

Les photographes arrivèrent à 4 heures un quart. Donna était prête depuis plus de trois quarts d'heure. Malgré l'air conditionné, elle commençait à se sentir moins fraîche et son moral s'en ressentait. Elle se regardait sans cesse dans la glace, pour ajuster et réajuster quelques mèches. Victor lui répétait que ce qu'elle faisait ne servait à rien, que ses cheveux allaient être encore plus rebelles. Lorsque, après beaucoup d'efforts, il lui sembla tout de même que sa coiffure était à peu près réussie, Victor la dévisagea et lui dit : « Qu'est-ce que tu as fabriqué? C'était mieux avant. » Elle continua son manège, mais plus discrètement. Ses mains commencèrent à la démanger. Victor lui dit de cesser de se gratter. « C'est nerveux », dit-elle. Elle avait envie de lui crier que si elle était nerveuse, c'était à cause de lui. Elle avait envie de lui dire de la fermer et de foutre le camp dans le Connecticut. Elle avait envie de mettre à sac cette pièce pleine de fleurs qui, malgré son air de fête, commençait à ressembler à une chapelle ardente. Elle avait envie d'envoyer valser ses chaussures, de déchirer sa robe, son voile, de jeter son bouquet et de prendre ses jambes à son cou.

Elle se demandait ce que Victor éprouvait.

La sonnette retentit. Il était 4 heures un quart. Les photographes étaient là, se confondant en excuses. Installation du matériel, photos, la mariée, le marié, les deux ensemble, assis tous les deux, photos formidables. Les invités qui arrivent en avance, le traiteur et les extras qui arrivent en retard, toujours les mêmes excuses; installation des tables. D'autres invités, la mêlée, félicitations, télégramme de la sœur de Donna s'excusant (elle aussi) de ne pouvoir être là (examen d'esthéticienne), tous mes souhaits de bonheur, l'officier ministériel et son adjoint à l'heure, en voilà qui n'ont pas besoin de s'excuser. Chacun à sa place. Le silence absolu fait suite au brouhaha. L'officier ministériel en train de parler de la solennité de l'occasion, des perspectives de bonheur. Entrepreneurs, pensait-elle. Elle voyait bouger les lèvres de l'homme sans entendre ce qu'il disait, tellement ses oreilles bourdonnaient; ses mains la démangeaient toujours, puis elle sentit les lèvres de Victor contre les siennes, entendit les cris joyeux des invités. Elle comprit que c'était fini. Fini. Qu'est-ce qui était fini? Qu'est-ce qui commençait?

Elle se tourna vers Victor. Il la regardait, rayonnant de fierté. Quels sont les sentiments de Victor? se demandait-elle. « Je me demandais, lui dit-elle plus tard entre deux bouchées et les félicitations répétées des invités enivrés, comment tu as pu, comme cela, faire tes valises et quitter le Connecticut en laissant tout derrière toi? »

Elle avait déjà quatre ou cinq verres dans le nez.

– Et alors? demanda-t-il sans le moindre agacement. Il avait bu à peu près autant qu'elle.

– Eh bien, je me demandais simplement ce qui arriverait si ça n'allait pas entre nous. Enfin, est-ce que tu ferais tes valises? Est-ce que tu quitterais le bel Etat de Floride? Est-ce que tu me déclarerais morte avant de partir pour une destination inconnue?

Il lui sourit amoureusement, sa voix était douce et caressante. Elle sentit les frissons familiers parcourir son corps tout entier.

– Je t'effacerais de la carte, dit-il tendrement, en l'embrassant.

La jeune Mme Victor Cressy passa la plus grande partie de sa nuit de noces à vomir dans les toilettes.

5

Donna le vit se lever de son siège, traverser la salle d'audience et passer à côté d'elle pour se placer à la barre des témoins. Son pas était saccadé. Elle observait cet homme qui allait témoigner contre elle. Il était de taille moyenne, d'âge moyen. En fait, tout chez lui était moyen : âge moyen, classe moyenne, Américain moyen. Moyen. Donna trouvait curieuse la consonance de ce mot. Moyen : à force de le répéter, il ne voulait plus rien dire. Moyen... Moyen.

Ses cheveux étaient bruns, soigneusement rabattus sur un côté pour cacher une calvitie naissante. De nouveau, elle rit intérieurement sur le sens de certains mots. Comment une calvitie pouvait-elle être naissante? Naître ou ne pas naître! Elle pouvait raconter n'importe quoi, puisqu'elle était dingue. Car elle était sûre que telle serait la conclusion du témoignage qui allait suivre. Donna Cressy, profession : dingue. Incapable d'élever ses deux jeunes enfants. Elle cessa de rire. Au diable ce type que je ne connais même pas.

L'idée soudaine qu'elle n'avait jamais vu cet individu qui allait confirmer et rendre ainsi plus crédible le portrait que Victor avait fait d'elle l'énerva au plus haut point. Elle se tourna vers Mel qui s'était rapproché d'elle et leva les sourcils d'un air interrogateur pour lui demander s'il connaissait cet homme. Mel, d'un léger haussement d'épaules – comme cela se fait dans une vente aux enchères – répondit par la négative.

Donna se tourna de nouveau vers la barre des témoins. L'homme qui allait prêter serment n'avait aucun signe particulier, si ce n'est que sa peau semblait trop grande pour lui. A part ça, il n'était ni beau ni laid. Incolore, inodore et sans saveur. Le genre de type qui n'a jamais de promotion dans son travail parce qu'on oublie son existence. Quelqu'un de tout à fait... moyen.

Sa voix était calme, pas désagréable. Donna se pencha un peu en avant. Elle tenait à entendre ce qu'il allait dire. Il déclina ses nom, adresse et profession.

– Danny Vogel, dit-il en s'efforçant de ne pas regarder dans la direction de Donna. 114, 10e Avenue, Lake Worth. Je suis courtier en assurances.

Le juge demanda à Danny Vogel de parler plus fort. Celui-ci acquiesça.

Danny Vogel. Ce nom lui était familier. Peu à peu, une image se précisa dans l'esprit de Donna, un peu comme une photo Polaroïd devient de plus en plus nette.

Elle reconnaissait aussi l'adresse. Elle était allée chez lui. En voiture. Elle frissonna. Mais oui, c'était un collègue de Victor. Bien sûr qu'elle le connaissait. Mais il avait perdu énormément de poids depuis qu'elle l'avait vu. Voilà pourquoi elle ne l'avait pas reconnu tout de suite. Mais elle ne s'expliquait toujours pas ce qu'il faisait là. Elle ne se rappelait pas quand il était venu chez elle pour la dernière fois; il n'avait même jamais vu les enfants. Comment pouvait-il juger de ses qualités de mère?

– Depuis combien de temps connaissez vous M. Victor Cressy? demanda Me Ed Gerber.

D'une voix claire et forte montrant qu'il avait compris la leçon, Danny Vogel répondit :

– Environ huit ans. Nous travaillons dans la même compagnie.

– Vous considérez-vous comme un bon ami de Victor Cressy?

– Oui, monsieur le juge, dit-il, guettant une approbation de Victor.

– Et Mme Cressy?

– Je la connaissais moins bien, déclara-t-il en regardant toujours dans la direction de Victor.

Moins bien, pensa Donna. Il ne me connaissait pas du tout. A peine. Quelques rencontres. Bonjour, bonsoir, oui, je prendrai encore un verre. Moins bien! Quel culot! Tu n'as même pas assisté à notre mariage, pensa-t-elle en essayant de capter son regard. Et pourquoi n'y as-tu pas assisté? Demande-lui, toi, Gerber, le meilleur avocat de Floride, demande à M. Danny Vogel pourquoi il n'a pas assisté au mariage de son excellent ami, alors que la femme de celui-ci, qu'il connaissait « moins bien », avait insisté pour qu'on l'invitât.

– Quelle est votre opinion sur Victor Cressy? demanda Ed Gerber.

– De quel point de vue? demanda le témoin.

Donna sourit malgré elle. Question piège, maître Gerber, pensa-t-elle.

– D'une façon générale, dit l'avocat, en tant qu'homme, ami, collègue.

Donna sentait que Danny Vogel dressait une liste dans sa tête. Manifestement, c'était un homme habitué à écouter les autres et à exécuter les ordres de ses clients.

– En tant qu'homme, commença-t-il lentement, Victor Cressy est fort, solide, dynamique. Il est intelligent, saisit les choses très rapidement dans leurs moindres détails. Il est aussi exigeant envers lui-même qu'envers les autres. Je l'ai toujours trouvé franc, discipliné, maître de lui. (Il s'interrompit un instant avant de reprendre :) En tant qu'ami, il est loyal, honnête. S'il a quelque chose contre vous, il ne vous le fait pas dire. Il dit exactement ce qu'il pense, ce qui n'est pas toujours la solution la plus facile.

Bien sûr, pensait Donna. Mais est-ce que Victor dit exactement ce qu'il pense, ou est-ce que *tu crois* qu'il dit ce qu'il pense?

– Il est très secret et ne se confie presque jamais. Quand il le fait, on sait que c'est sérieux. Mais il sera toujours là pour vous aider si vous avez des problèmes.

Tu peux rayer de tes papiers Victor Cressy l'homme-qui-est-toujours-là, mon ami.

– En tant que collègue, il travaille beaucoup, se montre très perfectionniste et... (Danny Vogel regarda tout autour de lui comme s'il attendait la venue de l'adjectif adéquat, et conclut :) C'est lui le meilleur.

Bravo, M. Vogel. Tu n'as pas été invité au mariage parce que Victor ne t'avait pas pardonné, valeureux collègue, d'avoir pris langue avec l'un de ses clients potentiels, faute que tu ignorais avoir commise et pour laquelle tu as dû t'excuser pendant un an avant que Victor, cet homme intelligent et loyal, estimant que la punition avait assez duré, daignât te parler de nouveau. Tu as toujours pensé que tu avais été gravement coupable et que Victor avait eu raison de réagir comme il l'avait fait, et de te traiter de cette façon. Ton « bon ami » est un maître manipulateur. Il a l'art non seulement de convaincre les autres qu'il a toujours raison, mais de s'en convaincre lui-même. De faire croire au bien-fondé de tout ce qu'il fait, même si c'est complètement absurde. Quand il a tort, tout le monde se sent coupable! Donna regarda tour à tour le témoin et Victor. Un tel talent était un véritable don du Ciel.

– Et votre opinion sur Mme Cressy?

– La première fois que je l'ai rencontrée, j'ai été très favorablement impressionné. Elle était ravissante et semblait avoir un sens de l'humour très développé...

Pourquoi parle-t-il de moi au passé? se demandait Donna, qui se perdit dans cette pensée.

– ... elle a changé, expliquait Danny Vogel.

– A quelle époque?

– Il m'est difficile de le préciser, car je ne la voyais que rarement, de plus en plus rarement, du reste. (Il avala sa salive.) Lorsque j'ai fait la connaissance de Donna, elle était très expansive. Avec le temps, il semble qu'elle se soit repliée sur elle-même. Elle a cessé de recevoir chez elle.

– Objection, dit l'avocat de Donna en se levant, ce témoin n'est pas à même de dire qui venait ou ne venait pas chez les Cressy.

– Accordée.

Danny Vogel eut l'air troublé.

– Monsieur Vogel, poursuivit Ed Gerber, combien de fois avez-vous été invité chez les Cressy?

Danny réfléchit un instant :

– Les premières années de leur mariage, je dirais

plusieurs fois par an. Après la naissance d'Adam, peut-être une fois. Jamais après la naissance de Sharon. Un jour, déclara-t-il en regardant Ed Gerber qui, sachant ce qu'il allait dire, l'encouragea d'un signe de tête, elle est venue chercher Victor à son bureau. J'attendais avec lui devant la porte car elle était en retard. Je me suis penché pour lui dire bonjour. Victor a proposé que nous venions, Renée et moi, faire un barbecue chez eux un jour de la semaine suivante. Elle a répondu : " Non, c'est absolument hors de question. " Inutile de dire que j'étais très gêné.

– A-t-elle donné la raison de son refus?

– Non. C'était curieux.

– Avez-vous remarqué autre chose de " curieux " chez elle? demanda Ed Gerber en insistant sur le mot " curieux ".

Danny Vogel secoua la tête.

– Pas vraiment. Excepté ses cheveux. Ils étaient couleur carotte; lorsque je l'avais vue quelques semaines plus tôt, ils étaient blonds.

– Donc, vous avez eu l'occasion de voir Donna Cressy à plusieurs reprises?

– Oh, oui. Nous fréquentions à peu près les mêmes gens. Au bureau, tout le monde fraternise. Nous nous recevons tous beaucoup.

– Au fil des années, avez-vous remarqué un changement de comportement chez Donna Cressy, au cours de ces réunions entre amis?

– Comme je vous l'ai dit, elle était de plus en plus repliée sur elle-même, de plus en plus silencieuse. Elle souriait très rarement. Elle était continuellement enrhumée. Il semblait toujours y avoir quelque chose qui n'allait pas.

– Objection, dit Me Stamler, d'un air furieux.

– Accordée, dit le juge. C'est à la Cour de tirer les conclusions qui s'imposent, monsieur Vogel.

Danny Vogel eut l'air sincèrement ennuyé d'avoir mécontenté la Cour.

– Pardon, Votre Honneur, dit-il à voix basse. (Il répéta sa phrase plus fort.)

– Y a-t-il eu chez vous des réunions de ce genre, monsieur Vogel? demanda Ed Gerber.

– Oui, monsieur.

– Aviez-vous invité les Cressy?

Il répondit par l'affirmative.

– Quand?

– Il y a un peu plus de deux ans, pour mon quarantième anniversaire.

Cette date, Donna ne la connaissait que trop bien. Cela faisait vingt-cinq mois, neuf mois exactement avant la naissance de Sharon.

– Pourriez-vous nous décrire précisément ce qui s'est passé lorsque les Cressy sont arrivés chez vous?

Donna repensa à cette soirée. Quelle version allait-il en donner?

– Ils sont arrivés tard. Les derniers. Comme à l'ordinaire, Victor était cordial, amical. Donna, de mauvaise humeur, ne nous a pas octroyé un seul sourire. Elle était visiblement sur la défensive; elle semblait ailleurs.

– Objection.

L'objection ayant été rejetée, le témoin poursuivit sa déposition.

– Elle ne disait rien, toute seule dans son coin, debout, immobile, un verre à la main. Elle était enrhumée; elle reniflait, le visage caché derrière un Kleenex.

On va m'enlever mes enfants parce que je me mouche avec un Kleenex? se demandait Donna, incrédule. Une personne qui se sert d'un Kleenex serait-elle incapable de moucher ses propres enfants! Qu'ils aillent tous au diable. C'était elle qui se levait à 3 heures du matin pour les moucher. (« Maman, Maman, mon nez, mon nez », hurlait Adam dès que son nez était un peu pris.) C'était elle qui les mouchait, qui essuyait leurs larmes et les débarbouillait.

Mais c'était un crime de se moucher lorsqu'on était enrhumé!

Mais, bien sûr, elle était une fois de plus enrhumée; là était le *hic*. Victor avait déjà insinué qu'elle affectionnait particulièrement cette maladie. Les dires des témoins corroboraient. On ne la condamnait pas parce qu'elle se mouchait avec un Kleenex, mais parce qu'elle avait encore un rhume.

– A un moment, je suis allé lui faire la conversation, poursuivait Danny Vogel, mais je peux dire que j'ai pratiquement parlé tout seul.

– Vous souvenez-vous de quoi il a été question?

– Je lui ai dit qu'elle était ravissante. Elle a approuvé.

J'ai approuvé, donc je suis folle.

– Sa voix était rauque. Elle semblait avoir une laryngite, comme cela lui arrivait souvent. Après lui avoir posé quelques questions restées sans réponse, j'en ai conclu qu'il lui était sans doute pénible de parler.

– Quel genre de questions lui avez-vous posées?

Danny Vogel haussa les épaules.

– Je lui ai parlé de son fils Adam. Je lui ai demandé comment il allait, si elle comptait le mettre à la maternelle. Elle n'a rien répondu. Elle me regardait comme si elle avait peur.

– Peur de quoi?

– Je n'en ai pas la moindre idée. Elle ne disait pas un mot.

– Votre Honneur, dit Me Stamler, l'avocat de Donna, je ne vois pas où l'on veut en venir. Que M. Vogel témoigne en faveur de Victor Cressy, c'est très bien. Mais qu'on en reste là. Tout ce qu'il a dit jusqu'à présent sur Mme Cressy me paraît totalement hors de propos. Mme Cressy n'ayant pas répondu à ses questions de manière satisfaisante, M. Vogel semble suggérer que son comportement n'était pas normal. Donna Cressy avait un rhume, une laryngite, cela veut-il dire qu'elle se comportait en déséquilibrée? Pis, qu'elle est une mère indigne?

– Si la Cour veut bien nous accorder une oreille bienveillante, interrompit Ed Gerber, nous avons l'intention de prouver immédiatement que ce témoignage n'est pas hors de propos.

Le juge, un peu réticent, autorisa cependant l'avocat à poursuivre. Celui-ci fit une grimace tout en cherchant à formuler la question qu'il allait poser.

– Le comportement de Mme Cressy au cours de cette soirée vous a-t-il, si je puis dire, mis la puce à l'oreille en ce qui concerne son équilibre psychique?

– Vers le milieu de la soirée, répondit Danny Vogel en choisissant soigneusement ses mots, son comportement a changé du tout au tout. On aurait dit Dr Jekyll et Mr Hyde. Ou Mrs Hyde, ajouta-t-il, satisfait de sa plaisanterie. Elle qui avait passé son temps à renifler en refusant de parler à qui que ce soit, voilà que, tout à coup, elle s'est mise à jacasser, à parler fort. Sa voix était devenue claire, son rhume semblait miraculeusement guéri. Cela a duré jusqu'à la fin de la soirée. Il s'interrompit, s'attendant à une objection. Donna regarda le juge. L'intérêt de celui-ci s'était réveillé. Il écoutait attentivement.

– S'est-il produit quelque chose, selon vous, qui ait occasionné ce changement d'attitude?

– A un moment donné, Donna était toujours à l'endroit même où elle se tenait depuis son arrivée, Victor s'est dirigé vers elle et lui a tendu un Kleenex. Elle lui a donné un coup violent sur le bras. Il a laissé tomber le Kleenex et a bousculé involontairement sa voisine, Mme Harrison je crois, qui a renversé son verre sur sa robe. Donna était agressive. Elle criait; chaque fois que quelqu'un disait quelque chose, elle l'interrompait pour dire le contraire. Elle a grossièrement insulté plusieurs de mes invités. Elle était sans pitié pour Victor. Chaque fois qu'il parlait, elle avait toujours le mot désagréable à la bouche. Elle l'humiliait, énumérait ce qu'elle n'aimait pas chez lui; elle le singeait. C'était très gênant. A la fin, Victor lui a dit qu'il était l'heure de partir. Elle lui a répondu par une remarque ironique, une allusion à la « Voix de son Maître », ou quelque chose d'analogue. Ils sont enfin partis. Je dois dire que tout le monde a poussé un soupir de soulagement.

Ed Gerber ne dit rien pendant un long moment.

– Monsieur Vogel, le comportement de Donna Cressy à cette soirée était-il, selon vous, dû à une trop grande absorption d'alcool?

Danny Vogel parut ravi de la question. Comme un écolier à qui l'on permet enfin de dire un secret, il répondit :

– Non. Comme je vous l'ai dit, elle est restée une grande partie de la soirée à la même place. Elle avait un verre à la main, toujours le même. Elle ne s'est pas resservie...

– Vous avez dit tout à l'heure, reprit Ed Gerber, que Victor Cressy confiait rarement ses problèmes aux autres.

– C'est exact, affirma le témoin.

– Dites-moi – il va de soi que je ne vous demande pas de répéter mot pour mot vos conversations avec Victor Cressy, ce serait déplacé, dit Ed Gerber avec un sourire destiné à Me Stamler –, celui-ci vous a-t-il dit qu'il était inquiet quant au comportement de sa femme?

– Oui, à plusieurs reprises.

– Se faisait-il du souci pour ses enfants?

– Oui, maître.

– Quel genre de père était-il? demanda Ed Gerber.

Une fois de plus, Donna remarqua qu'il parlait au passé. Victor était-il mort, lui aussi?

– Pour autant que j'aie pu en juger, c'était un père formidable. Il s'intéressait énormément à ses enfants. Il lisait tous les livres sur le sujet; il a suivi les cours d'accouchement psychoprophylactique – les deux fois

– avec sa femme. Il est resté avec Donna pendant ses deux accouchements – je crois que celui d'Adam a duré près de vingt-quatre heures.

Vingt-six, espèce de bouffon, aurait voulu crier Donna. C'était moi qui faisais le travail, pas lui, avec ses respirations. C'était moi qui souffrais. Comme vous avez de la chance d'avoir un mari si prévenant, lui disaient les infirmières. Surtout, lors de l'accouchement de Sharon, celle qui avait regardé Victor avec cet air béat. Garce. Donna était furieuse.

– Il insistait pour que Donna suive son régime. Il a été ravi lorsqu'il a su qu'elle allait allaiter les deux enfants. Il trouvait que c'était meilleur pour eux. Il les amenait quelquefois au bureau. On voyait bien qu'il en était fou.

– Avez-vous eu l'occasion de voir Donna avec ses enfants?

Danny Vogel secoua la tête :

– Non.

Ce non, à lui tout seul, semblait une condamnation. Le défenseur de Donna prit immédiatement la contre-offensive.

– Monsieur Vogel, demanda-t-il en articulant nettement chaque syllabe, êtes-vous un psychologue confirmé?

Danny Vogel secoua la tête en souriant :

– Non, maître.

– Avez-vous suivi des cours de sciences du comportement?

– Non, maître.

– Vous avez peut-être fait une maîtrise de psychologie à l'université?

– Non, maître. (Son sourire avait disparu.)

– Nous dirons donc que vous n'avez aucune qualification particulière pour juger du comportement de Mme Cressy?

– Je n'ai que mes yeux et mes oreilles.

– Les yeux et les oreilles peuvent se tromper, monsieur Vogel, nous le savons tous. Une personne étrangère à un couple ne peut pas vraiment savoir ce qui se passe au sein de ce couple, n'est-ce pas, monsieur Vogel?

– Sans doute. Mais le comportement de Donna dépassait...

Me Stamler interrompit brusquement le témoin :

– Seriez-vous spécialiste du comportement féminin? Combien de fois avez-vous été marié, monsieur Vogel?

– Deux fois.

– Vous avez divorcé une fois?

– Oui, maître.

– Et actuellement?

– Je suis séparé de corps, dit-il en baissant la tête.

– Vous ne faites donc pas autorité en matière féminine, n'est-ce pas, monsieur Vogel? Vous avez dit il y a un instant que vous n'aviez jamais vu Donna Cressy avec ses enfants. Est-ce bien exact?

– Oui, maître.

– Vous êtes donc particulièrement mal placé pour donner votre avis sur ses capacités de mère, n'est-ce pas?

– Oui, maître, mais...

– Merci, ce sera tout, monsieur Vogel.

Danny Vogel hésita un instant avant de retourner à sa place. Il regarda Victor qui feignit d'ignorer sa présence, et évita le regard de Donna.

Me Stamler – avait-il seulement un prénom, se demandait Donna – lui toucha la main pour la rassurer. Manifestement, il considérait que la partie adverse avait perdu la première manche. Le témoin avait reconnu qu'il n'était pas qualifié pour juger des aptitudes maternelles de Donna. « Vous êtes donc tout à fait mal placé pour juger de ses capacités de mère, n'est-ce pas? – Oui, mais... » avait répondu le témoin.

L'avocat avait brusquement mis fin au contre-interrogatoire. Toutefois il y avait eu ce « mais ». Il était

gravé sur l'enregistrement. La Cour l'avait ent
Donna l'avait entendu. Le juge l'avait enten
Mais...

Elle répéta ce mot à voix basse – mais, mais, mais, mais –, jusqu'à ce que, comme le mot « moyen », il eût perdu toute signification.

– Raconte-moi une histoire.

Donna baissa les yeux sur son petit garçon. Il venait d'avoir quatre ans. Assis sur son lit, il se frottait le nez avec une couverture bleue.

– Adam, je t'en ai déjà raconté trois. Je t'ai dit que c'était la dernière. Tu m'as promis qu'après, tu allais disparaître sous les couvertures et dormir.

– Je suis sous les couvertures, dit-il, en se lovant comme un chat au fond de son lit.

– Bon.

Donna se leva. Elle était fatiguée et préoccupée, mais elle n'avait pas envie de quitter Adam. Celui-ci le sentit tout de suite.

– S'il te plaît, dit-il, un sourire d'anticipation aux lèvres.

Donna s'assit de nouveau sur le lit, tout près de l'oreiller. D'un bond, Adam s'assit à côté d'elle.

– Bon. Quelle histoire veux-tu que nous lisions?

– Non. Raconte.

– Oh, mon petit chat. Je suis fatiguée. Je ne sais pas...

– Raconte-moi l'histoire du petit garçon qui s'appelait Roger et de la petite fille qui s'appelait Béthanny.

– D'accord, dit-elle. Il était une fois un petit garçon qui s'appelait Roger et une petite fille qui s'appelait Béthanny. Un jour, ils allèrent au jardin.

– Non!

– Non?

– Non. Ils allèrent au zoo voir les girafes.

– C'est moi qui raconte l'histoire ou c'est toi?

Adam rassembla ses idées. Il insista :

te-moi l'histoire du petit garçon qui s'appe-
et de la petite fille qui s'appelait Béthanny,
rent au zoo voir les girafes. Tu me la

cord, dit Donna. Alors donc, ils allèrent au zoo...

– Non, depuis le début. Il était une fois!

– N'exagère pas, coquin.

– Raconte-moi l'histoire du petit garçon qui s'appelait Roger et de la petite fille qui s'appelait Béthanny, et ils allèrent au zoo voir les girafes. Et ils emportèrent des cacahuètes. Mais une pancarte disait : “ Il est interdit de nourrir les animals. ”

– Les quoi?

– Les animals, répondit-il avec humeur.

– Tu veux dire les animaux?

– Oui. Évidemment. Tu es bouchée? Tu me la racontes?

Donna inspira profondément.

– Il était une fois un petit garçon qui s'appelait Roger et une petite fille qui s'appelait Béthanny; ils allèrent au zoo voir les girafes. Et ils emportèrent des cacahuètes. Mais une pancarte disait : “ Il est interdit de nourrir les animaux. ” Ça te va?

Adam hocha la tête.

– Et alors?

– Alors?

– Alors, ils mangèrent eux-mêmes les cacahuètes, dit Donna rapidement, ils s'amusèrent énormément et ils rentrèrent chez eux voir leur maman et ils vécurent très heureux.

Donna l'embrassa tendrement sur le front, se leva et éteignit la lumière.

– Où est ta maman? demanda une petite voix.

Donna, prise au dépourvu, s'immobilisa. C'était la première fois qu'il lui posait ce genre de question et elle ne savait pas quoi répondre. Donner la réponse la plus simple possible. Elle dit d'une voix douce :

– Elle est morte, mon petit chat. Elle est morte depuis longtemps.

– Oh! (Long silence.)

Donna s'apprêtait à quitter la pièce, satisfaite de sa réponse. Ça n'avait pas été trop dur.

– Qu'est-ce que ça veut dire, morte?

Donna s'arrêta de nouveau. Etait-ce vraiment le moment de parler de ça? Elle regarda Adam. Oui, pour lui, c'était le moment. Elle alla s'asseoir de nouveau sur le lit et chercha dans sa tête ce que conseillait le Dr Benjamin Spock en pareille situation.

– Euh, attends un peu.

Elle ne pouvait pas dire à un enfant qui allait s'endormir que mourir, c'était comme s'endormir, et elle butait, sans savoir pourquoi, sur le mot « ciel ». Zut, pensa-t-elle. Tu ne pourrais pas poser ta question dans quelques jours? Comme ça, si Victor gagne son procès, il n'aura qu'à se démerder.

– Non, je vais te le dire, dit-elle tout haut.

Victor n'allait pas gagner. Il n'allait pas lui enlever ses enfants. Adam la regarda, surpris.

– Pourquoi tu cries?

– Excuse-moi. (Le Dr Spock lui revenait en mémoire.) Tout le monde meurt, mon chéri : les fleurs, les gens, les animaux. C'est naturel et ça ne fait pas mal. On s'arrête seulement de vivre. Mais ça arrive surtout aux gens qui sont très vieux. (Adam la regardait fixement.) Tu as compris? Ça te va?

Il acquiesça silencieusement et s'enfonça entre les draps. Une fois encore, Donna l'embrassa sur le front.

– Je t'aime, mon petit chéri.

– Bonsoir, maman.

Donna se dirigea vers la chambre de Sharon : celle-ci était assise dans son berceau.

– Tu es réveillée?

La petite fille ne répondit pas; elle se redressa dans le noir et tendit les bras vers sa mère. Donna la prit et serra le petit corps chaud contre le sien.

– Tu dois faire dodo, tu sais.

Sharon regarda sa mère dans les yeux; gentiment, lentement, avec une précision délibérée, elle leva sa main droite et caressa doucement la joue de Donna. Celle-ci serra de nouveau sa petite fille contre elle.

– Fais dodo, mon tout petit. Je t'aime, mon ange, fais dodo, mon bébé.

Sharon appuya sa tête sur l'épaule de Donna et s'endormit instantanément.

– Maman! cria Adam.

– Je vais le tuer, dit Donna à voix haute en remettant délicatement Sharon dans son petit lit.

– Maman!

– Qu'est-ce qu'il y a, Adam? demanda-t-elle d'un ton sec.

Adam était une fois de plus assis dans son lit.

– Je voudrais te demander quelque chose.

Je t'en prie, ne me demande pas ce qui arrive après la mort, implora-t-elle silencieusement.

– Qu'y a-t-il, chéri?

– Qui est-ce qui m'a fait?

Oh non, pensa Donna. Pas maintenant. Pas la vie et la mort le même soir. Pas après une journée de procès.

– C'est papa et maman.

Il lui jeta un regard plein de curiosité.

– Avec quoi?

– Avec beaucoup, beaucoup d'amour, répondit Donna après quelques secondes d'hésitation.

Elle espérait que Sharon ne lui poserait jamais la même question.

6

– Tu ne respires pas comme il faut.

– Si.

– Non. Tu dois faire l'exercice n° 1. Celui qui vient du ventre. Tu fais le n° 2.

– Je dois faire comme si je sentais une fleur.

– Non. Ça, c'est le 2... Nous sommes en train de faire le 1.

– Je suis fatiguée, dit Donna d'un ton grincheux. (Elle s'assit sur le lit avec peine.) Remettons cela à demain.

Victor ne voulut rien entendre.

– Si tu ne t'entraînes pas à respirer tous les jours, ce n'est pas la peine d'avoir un gosse, grimaça-t-il.

– C'est maintenant que tu me dis ça, maintenant que j'ai pris plus de dix kilos et qu'il ne me reste plus que deux mois à tirer! Ce n'est pas juste, Victor, ce n'est pas juste.

– C'est toi qui n'es pas juste. Pense au gosse.

– Oh Victor, haut les cœurs! Où cst passé ton bel humour? Toi qui es tellement drôle pendant les cours. (Elle alla vers le bar et se servit un verre de ginger ale.) S'ils te voyaient, à la maison!

Il eut l'air contrarié.

– Nous nous entraînerons demain, Victor. Si nous ne respirons pas aujourd'hui, nous n'en mourrons pas. Le bébé non plus.

– Comme tu veux, dit-il à contrecœur. Tu le regretteras.

– Oh, je t'en prie, Victor. (Elle se retenait pour ne pas se mettre en colère. Elle sentait arriver la dispute et préférait l'éviter avant qu'il ne soit trop tard :) Je me demande ce que faisaient les femmes quand l'accouchement sans douleur n'existait pas!

– Elles souffraient beaucoup.

– Mais elles s'en remettaient.

– Quelques-unes.

Son ton péremptoire commençait à la mettre en boule. Elle sentait aussi que, plus son ventre grossissait, moins elle avait de patience :

– Victor, mes rejetons se foutent pas mal de savoir

si j'ai fait ma respiration haletante et superficielle pendant la phase transitionnelle.

C'était les termes qu'ils avaient appris la semaine précédente. Victor haussa les épaules, fit demi-tour et sortit de la pièce. Donna le regarda s'éloigner. En dépit de la colère qu'elle ressentait – colère qu'elle savait disproportionnée avec la situation –, elle avait encore envie de lui. Elle ne lui aurait pas résisté s'il était revenu sur ses pas, s'était approché d'elle, l'avait étendue par terre et..., pensait-elle en contemplant son énorme ventre. C'était sûr.

Dans le passé, leurs querelles s'étaient habituellement terminées de cette façon. La raison pour laquelle, sans doute, le nombre de leurs disputes augmentait était qu'ils n'avaient pas fait l'amour depuis presque un mois. En dépit de ce qu'ils pouvaient lire et de ce que disaient les médecins, Victor craignait de faire du mal au bébé. Sans compter que cela devenait un peu compliqué.

Quelle que fût la violence de leurs disputes, Victor savait désarmer la colère de Donna par une simple plaisanterie. A moins, bien entendu, qu'il ne fût lui-même en colère. C'était alors une tout autre histoire.

Depuis le début de leur mariage, le scénario avait été invariablement le même. Ils avaient fait un voyage de noces éclair à Key West. Il avait détesté l'endroit, elle l'avait adoré : « Moche, trop de gens bizarres, avait-il dit. – Typique, beaucoup d'artistes », avait-elle répondu. La vérité était entre les deux, comme ils l'avaient reconnu plus tard.

Ensuite, ils étaient rentrés à Palm Beach.

Ils avaient souvent de graves dissensions dont Donna ne se rappelait jamais l'origine. Elle savait seulement qu'une simple discussion, un léger désaccord pouvaient rapidement donner lieu à une violente explosion au cours de laquelle chaque mot prononcé pouvait être fatal.

– Qu'est-ce que tu as?
– Rien.
– Tu as quelque chose. Dis-moi quoi.
– Non. Je n'ai rien.
– Alors pourquoi fais-tu la gueule depuis la fin du dîner?
Il était furieux.
– Ce n'est pas grave, ça va passer.
– Tu ne veux pas me dire ce que c'est?
– Non, laisse tomber, je t'en prie.
Ils se turent... pas très longtemps...
– Qu'est-ce que tu as fait à tes cheveux? demanda Victor.
– Comment ça, qu'est-ce que j'ai fait à mes cheveux? Rien, j'ai seulement changé de coiffure.
– Alors, pourquoi dis-tu que tu n'as rien fait?
– Parce que je n'ai rien fait. Je me suis seulement peignée, répondit Donna sur la défensive.
– Différemment.
– Et alors?
– Pas plus tard qu'hier, je t'ai dit que j'aimais la façon dont tu étais coiffée.
– Ah bon?
– Alors tu t'es crue obligée de changer. Evidemment. Ça te ferait mal de faire quelque chose qui me fasse plaisir.
– Qu'est-ce que tu racontes?
– Quand une chose me plaît, il vaut mieux que je m'abstienne de te le dire.
Le ton montait.
– On ne va pas se disputer parce que j'ai changé de coiffure!
– Pourquoi pas?
– Parce que c'est trop bête!
– Bête pour toi peut-être, pas pour moi. Il ne te vient jamais à l'idée qu'une chose insignifiante pour toi puisse avoir de l'importance pour moi. Que je puisse avoir des sentiments différents de ceux de

Donna Cressy? Les cheveux, c'est un détail. Mais c'est la même chose pour tout.

– Tout? demanda Donna avec violence. C'est pourtant bien toi qui m'as dit de ne jamais employer de mots comme « toujours ».

– Je n'ai pas dit « toujours ».

– Tu as dit « tout ». C'est pareil. Ça s'appelle généraliser.

– Ce n'est pas la même chose.

– Pourquoi y a-t-il toujours deux poids et deux mesures?

– Qui est-ce qui généralise, maintenant?

Elle secoua la tête :

– A ce petit jeu-là, je ne risque pas de gagner.

Il répliqua du tac au tac :

– C'est ça, ton problème. Tu penses toujours en termes de force et de faiblesse. Tu ne veux pas discuter. Tu veux seulement gagner.

– Tu dis n'importe quoi.

– Pas du tout.

– Si.

Donna, de plus en plus irritée, essayait de rassembler ses pensées et ses émotions.

– Ridicule, dit-elle, plus à elle-même qu'à Victor.

Il entendit et approuva d'un signe de tête.

– Pourquoi nous disputons-nous, au juste? reprit-elle. (Elle essayait de se rappeler comment les choses avaient commencé.) Ah oui, on parlait de mes cheveux. Mais, au fait, tu as dit que je changeais tout. Quoi, tout?

– Laisse tomber.

– Non. Vidons notre sac, ça ira mieux après.

Il était furieux. Il lui jeta un coup d'œil meurtrier.

– Bon. Il y a un mois, je t'ai dit que j'adorais la façon dont tu faisais la tourte à la tomate : tu n'en as pas refait depuis. Je t'ai dit que tu étais formidable dans ta robe rouge : tu ne l'as jamais remise.

– Elle était trop courte. Démodée. Personne ne porte plus ce genre de robe.

– Tu me coupes la parole. Tu veux que je vide mon sac, oui ou non? L'autre soir, je t'ai dit que j'aimais la crème fraîche.

– Je t'en ai donné...

– Tu m'as donné du fromage blanc. Je déteste ça. Je t'ai dit que j'aimais la crème fraîche mais, comme d'habitude, tu ne m'as pas écouté. Tu prends uniquement ce que tu aimes toi.

– C'est faux. Je pensais te faire plaisir. Alors, c'est pour ça que tu faisais la gueule l'autre soir?

– Quel autre soir?

– Le soir où tu n'as pas dit un mot de tout le dîner. Le soir où tu as reconnu que tu avais quelque chose mais que ça allait passer.

– Et toi, tu ne voulais pas que ça passe. Exactement comme aujourd'hui.

Elle était vraiment furieuse.

– Incroyable! C'est incroyable que tu te mettes en colère parce que je me suis trompée de dessert. C'est incroyable que nous soyons encore en train d'en parler deux jours après!

– Tu ne t'es pas trompée.

– Je l'ai fait exprès?

– Non, pas consciemment.

– Inconsciemment!

– Inutile de crier!

– Qu'est-ce que tu veux dire, merde!

– Inutile d'être grossière!

– Cesse de me dire ce que je dois faire!

– Laissons tomber.

– Non! Je veux que les choses soient tirées au clair. J'ai l'impression de me noyer dans un océan de conneries.

– Conneries pour toi, peut-être.

– Oui, cria-t-elle, conneries pour moi. La tourte à la tomate, la robe rouge, la crème fraîche, les cheveux.

Incroyable que nous nous disputions pour des conneries pareilles. Le problème est ailleurs.

– Puisque tu le dis.

– Oui.

– Alors, pourquoi me demandes-tu mon avis? Qu'est-ce que ça peut bien te faire?

– Tu crois vraiment que j'ai fait exprès de te donner un dessert que tu n'aimes pas?

– J'ai dit que c'était un acte manqué.

– Pour toi, les simples erreurs n'existent pas?

Il était étrangement calme et prenait un ton condescendant.

– Mon ange, dit-il en lui prenant les mains, je ne dis pas que tu le fais exprès. Mais tu ne trouves pas ça bizarre? Tu fais très bien les choses que tu aimes et, celles que j'aime, tu les fais mal ou tu ne les fais pas du tout?

Avec une violence inattendue, elle retira ses mains.

– Espèce de triple con, hurla-t-elle, crétin! Je n'ai jamais entendu pareilles conneries de toute ma vie. Tu es là comme un vrai *petit* dictateur à me dire ce que je dois faire.

– Si tu continues à être grossière, je m'en vais.

– Reste là.

– Qui donne des ordres? Moi ou toi?

– Espèce de salaud!

– Les insultes maintenant. D'abord je suis un dictateur, un *petit* dictateur. Tu as souligné le mot *petit*. Ensuite tu me traites de con et maintenant je suis un salaud.

Donna, furieuse, se mit à sangloter.

– Je n'arrive pas à comprendre pourquoi nous nous disputons si bêtement, dit-elle, en désespoir de cause.

– Nous nous disputons parce que tu refuses de lâcher du lest, parce que tu vas trop loin, et qu'il est ensuite trop tard pour faire machine arrière.

– Ce n'est pas vrai.

– Si. Que crois-tu faire maintenant?

– J'essaie d'aller au fond des choses.
– Le fond des choses, c'est que tu ne m'aimes pas beaucoup.
– Ce n'est pas vrai. Je t'aime.
Il leva un sourcil, l'air sceptique.
– Si, je t'aime, répéta-t-elle en haussant le ton. Oh, pardon.
– Pardon parce que tu m'aimes, c'est ça?
– Non, pas pardon parce que je t'aime, mais pardon parce que j'ai crié, hurla-t-elle.
– Cesse de hurler, Donna. Ça suffit! Tu veux tellement avoir raison, ajouta-t-il lentement – avec tant de conviction que Donna, qui luttait déjà contre son sentiment de culpabilité, se crut obligée de l'écouter jusqu'au bout –, que tu n'arrives pas à comprendre ceci : peu importe qui a raison, qui a tort. Ce qui importe, c'est ce qu'on dit. Moi, je ne t'ai pas insultée.
– Pour toi, ce n'est pas m'insulter que de dire que je fais exprès le contraire de ce que tu aimes! s'exclama-t-elle.
– Ne m'interromps pas...
– Pardon, je croyais que tu avais terminé.
Il leva les mains pour exprimer son impuissance.
– D'accord, puisque tu le dis.
– Non, continue. Je ne voulais pas t'interrompre.
– Tu me laisses dire ce que j'ai à dire?
– Mais où te crois-tu? A une conférence de l'ONU ou quoi? Les gens ont le droit de discuter! Il n'est pas interdit d'intervenir.
– Toi, c'est ta spécialité. Je n'arrive pas à exprimer une seule idée jusqu'au bout.
Donna se mordit la lèvre inférieure.
– Bon, d'accord, je ne t'interromps plus.
Il attendit un moment.
– La raison pour laquelle nous tournons en rond est simple, Donna. Tu me demandes ce que j'ai. Je sais déjà ce qui va arriver, si je te le dis : ce qui arrive maintenant, ce soir. Tout ça parce que tu ne veux pas

entendre ce que j'ai à dire. Tu cherches seulement un prétexte pour me dire que j'ai tort.

– Ce n'est pas...

– Tu m'interromps.

– Pardon.

– Regarde ce qui s'est passé ce soir. Rien ne serait arrivé si tu ne l'avais pas cherché. Je t'ai demandé de laisser tomber. Ça n'aurait pas duré longtemps. Mais non, tu as tenu à vider ton sac, à expliquer que tout cela était bête, con, à proclamer mes torts. Toujours. Si tu ne veux pas entendre ce que j'ai à dire, ne me demande pas ce que j'ai. Mais c'est chaque fois la même chose, Donna. Tu me demandes ce que j'ai et tu finis par dire ce que tu as, toi. Et je me fais traiter de tous les noms et j'ai du mal à oublier. Tu en dis trop, Donna. Tu ne te rends pas compte du mal que tu me fais. Tu t'acharnes sur moi.

– Je m'acharne sur toi?

– Tu ne peux pas t'empêcher de m'interrompre!

Donna faiblissait sous le poids croissant de sa culpabilité. Elle essuya une larme et ne dit plus rien. Il y avait sans doute beaucoup de vrai dans ses paroles. Pourquoi ne pouvait-elle se taire lorsqu'il le lui demandait? Pourquoi le contredisait-elle toujours? Tout allait bien tant qu'elle était d'accord avec lui, qu'elle lui laissait prendre toutes les décisions. Pourquoi cherchait-elle toujours à tirer tout au clair? En fin de compte, ça n'arrangeait rien. D'un autre côté, lui non plus n'oubliait jamais ce qu'il avait sur le cœur. C'était un cercle vicieux.

Elle finissait par demander pardon, par s'accabler de reproches. Victor approuvait silencieusement. Cependant, elle entendait, quelque part en elle-même, la voix de sa mère lui dire : « Ne te laisse embobiner par personne. Dis ce que tu as à dire. » Elle sentait bien que les arguments de Victor étaient spécieux. Mais ils contenaient une part de vérité assez grande pour qu'elle se sente coupable.

Ils passaient le reste de la nuit à faire l'amour, et Donna était toujours surprise de voir que les événements qu'ils venaient de vivre n'affectaient en rien les moments qu'ils passaient au lit. Leur étreinte, au contraire, n'en était que plus intense.

C'était toujours la même chose. Les mêmes causes étaient suivies des mêmes effets.

Pourquoi avait-elle commencé? En quoi cela l'aurait-il gênée de faire ces foutus exercices de respiration? Elle avait de la chance, pourtant, qu'il s'intéresse de si près à sa grossesse. La plupart des maris s'en fichaient complètement. Victor se sentait directement impliqué. Il voulait participer, tout partager avec elle. Et s'il tenait tant à ce qu'elle fasse ses exercices de respiration, c'est qu'il tenait à elle et à leur enfant. Pourquoi lui en voulait-elle autant? Tient-il à toi ou veut-il consolider son emprise sur toi? demanda une petite voix. Sans répondre à cette question, elle le rejoignit dans la chambre.

– Pardon, dit-elle.

Il avait l'air plus abattu qu'à l'ordinaire.

– Tu demandes toujours pardon. Cela ne change rien à rien.

– Je suis nerveuse, ce soir. Je couve un rhume.

– Encore?

– J'ai le nez qui coule.

– Tu n'as rien pris, j'espère.

Il s'en faisait encore pour elle et le futur bébé. Pourquoi avait-il l'air de l'accuser?

– Bien sûr que non. Veux-tu que nous fassions les exercices de respiration?

Il consulta sa montre.

– Il est 11 heures. Trop tard. (Il grimaça comme s'il souffrait.)

– Qu'est-ce que tu as?

– Mal à l'estomac.

Donna ne dit rien. Elle sentit soudain le poids du rocher de Sisyphe sur ses épaules. Elle s'assit sur le lit et commença à se déshabiller. Puis, elle alla dans la salle de bains. Pourquoi se sentait-elle encore plus mal après s'être excusée? Elle s'étendit à côté de lui. Il était couché sur le dos, mains sous la nuque, et regardait le plafond.

Elle le dévisagea pendant quelques minutes et lui dit :

– Je t'aime.

Elle attendit qu'il parle.

– Bon, ça va, dit-il en tendant un bras vers elle.

Il pardonnait. Elle avait le droit de l'approcher. Elle se blottit au creux de son bras et appuya sa tête contre sa poitrine. Elle le caressa doucement.

– Pourquoi m'en fais-tu baver comme ça? demanda-t-il d'une voix douce.

Quelque part au fond de ses tripes, la petite voix de Donna poussa un long cri silencieux.

7

A 3 heures du matin, la poche des eaux creva et le lit fut instantanément trempé. Victor bondit hors du lit.

– Mais qu'est-ce que tu fabriques?

Donna eut un faible sourire exprimant à la fois l'excitation et la satisfaction perverse. Bien fait pour lui, pensa-t-elle. Après quoi, elle se sentit coupable.

Une césarienne fut finalement nécessaire. Un mois plus tôt, le médecin les avait informés que le bébé se présentait par le siège et qu'ils devaient envisager l'éventualité d'une intervention.

Donna passa vingt-six heures dans la salle de travail avant que le médecin décidât d'opérer. Aidée par Victor, elle réussissait parfaitement ses respirations. Victor respirait en même temps qu'elle, la distrayait, lui racontait des histoires, l'encourageait, lui humectait les lèvres avec une éponge imbibée d'eau (comme on le leur avait conseillé au cours) et lui massait le dos sans arrêt.

Donna se montrait coopérative. L'excitation l'aidait à supporter la douleur. Après quinze heures d'efforts, sans nourriture ni sommeil, l'excitation commença à tomber et la douleur se réveilla.

– Je commence à en avoir marre, dit-elle à Victor.

Il l'embrassa sur le front et continua à lui masser le dos.

Au bout de vingt-quatre heures, elle devint agressive.

– C'est ridicule, se lamentait-elle en regardant autour d'elle. Pourquoi ne mettent-ils pas une télé, ici?

La pièce était agréable : l'un des murs était recouvert de papier vert et blanc, les placards étaient peints dans des couleurs vives, et en face du lit de Donna était suspendue une gravure de Kandinsky.

– Je n'ai pas besoin de tous ces trucs, autour de moi.

– C'est l'appareil qui enregistre les battements du cœur du bébé, dit Victor.

Il indiquait une grosse machine reliée à Donna par une espèce de ceinture passée autour de son ventre. On pouvait également lire l'intensité des contractions.

– Tu as une nouvelle contraction, déclara-t-il, visiblement étonné qu'elle arrive si vite après la précédente.

– Merci de me prévenir.

– Elle est forte. Regarde, chérie.

– Pas besoin de regarder. Je la sens! Que crois-tu que je fasse ici?

– C'est passionnant.

– Bon, alors prends ma place. Si c'est toi qui as les contractions. Je pourrai regarder cette foutue machine... j'en ai ma claque!

– Tu dois en être à la phase de transition, dit-il gaiement. Trish a dit qu'on devient très irritable pendant cette phase-là.

– Où est-elle, que je la tue?

Victor se remit à lui masser le dos.

– Tu devrais être heureuse. Si tu en es à la phase de

transition, ça veut dire que c'est bientôt fini, qu'il ne reste plus que deux heures.

Seul un homme peut dire une chose pareille, pensa Donna.

De la pièce voisine leur parvint un cri perçant de femme, suivi d'un chapelet de jurons.

– Elle exprime exactement ma pensée, dit Donna. Bon, j'ai fait ce que j'ai pu. Ras le bol. A toi de jouer, je rentre à la maison.

Elle essaya de se lever.

– Donna, je t'en prie...

– Téléphone-moi quand tout sera terminé, dit-elle en débranchant l'appareil à enregistrer les contractions.

– Donna, je t'en supplie..., dit Victor, désespéré.

– Appelle-moi un taxi, Victor.

Victor alla chercher les infirmières.

– Rabat-joie, dit-elle.

Deux heures plus tard, elle commença à délirer.

– 20th Century Fox! s'exclama-t-elle.

– Que dis-tu? demanda Victor.

– Le Dr Harris m'a posé une question, dit Donna avec humeur.

Celui-ci venait d'arriver et s'était assis au pied du lit.

– Il m'a demandé quelle compagnie a produit le film *Sept ans de réflexion* et je lui ai répondu.

– Mon Dieu!

– C'est tout à fait mon rayon! (Elle se mit à pleurer.) Victor, je t'en prie, peut-on me faire une piqûre? (Elle savait que Victor était contre.)

– Bien sûr, répondit-il immédiatement. Docteur Harris?

Le docteur lui fit une piqûre de Démérol. Bien qu'abrutie, elle sentait la douleur s'intensifier.

– Je ne pense pas que le bébé va se retourner maintenant. (La voix du docteur parvenait de loin aux oreilles de Donna.) Il faut opérer. Nous ne pouvons pas attendre plus longtemps.

Ensuite, tout se passa très vite. On la transporta en salle d'opération. Elle fut placée sur le billard; l'appareil à enregistrer les contractions et Victor étaient toujours avec elle. On la fit mettre sur le côté, en position fœtale, en la priant de ne pas bouger – chose malaisée en pareille situation.

La première piqûre, à effet localisé, était destinée à atténuer la douleur occasionnée par la seconde, l'épidurale, qui, elle, devait provoquer l'insensibilité. Donna grimaça et gémit, en sentant le liquide de l'épidurale s'infiltrer dans sa moelle épinière. C'était comme si on lui labourait le dos à coups de marteau. Trish, la monitrice du cours d'accouchement sans douleur, avait omis de préciser que l'épidurale était une piqûre douloureuse. Elle s'était contentée de dire que la patiente se sentait envahie par une agréable torpeur!

L'infirmière mit un masque à oxygène sur le nez de Donna. Puis elle l'attacha et tendit un drap vert devant ses yeux pour qu'elle ne puisse pas voir l'intervention.

– Je sens tout, dit-elle soudain, vaguement consciente que quelqu'un taillait dans sa chair. Je ne peux pas respirer.

L'anesthésiste lui assura qu'elle respirait parfaitement.

– J'ai le nez bouché.

– C'est une réaction normale, lui dit-il.

Il lui expliqua pourquoi mais elle n'entendit rien. Elle n'entendait plus que le cri strident et merveilleux d'un bébé de quatre kilos qu'on venait de placer devant elle sur le drap.

– Bonjour, Adam, dit-elle, les yeux remplis de larmes.

– C'est une vraie force de la nature, dit Victor avec une fierté non déguisée.

– C'est à cause de tous les gâteaux que tu m'as empêchée de manger.

Il se mit à rire.
– Je t'aime, dit-il.
Elle lui sourit.
– Moi aussi, je t'aime, dit-elle.

Adam passa les trois mois suivants à pleurer. Il pleurait avant les tétées, pendant et après, jour et nuit. Donna pensa qu'elle n'avait pas assez de lait, mais le docteur lui confirma qu'Adam grossissait normalement et Victor la supplia de continuer à l'allaiter. Ensuite, Donna pensa qu'il était peut-être temps de mettre Adam au lait de vache. Le Dr Wellington, son pédiatre, lui conseilla de faire ce dont elle avait envie. Victor, une fois de plus, lui demanda de persévérer.

Adam pleurait quand on le couchait; il pleurait quand on le levait; il pleurait quand on le berçait, quand on le prenait dans les bras; il pleurait dans la voiture et dans son landau. Son visage devenait tout rouge et ses petits poings tout blancs.

En rentrant de son travail, Victor trouvait Donna les yeux rouges, en train de pleurer avec Adam.

– Peut-être ne le tiens-tu pas comme il faut, dit Victor.

– Tiens-le toi-même, alors, répliqua Donna en lui collant le bébé dans les bras sans ménagement. Les hurlements d'Adam redoublèrent.

– Ce n'est pas la peine de faire ça, dit Victor. Ça ne fait que le perturber davantage. (Il changea la position du bébé.)

Adam cessa de pleurer. Victor sourit en essayant de ne pas avoir le triomphe trop facile.

– Voilà, je t'avais bien dit que tout était dans la façon de le tenir.

Adam se remit à crier. Donna ne put s'empêcher de sourire. Bravo, petit, pensa-t-elle.

– Je t'ai dit que tu n'aurais pas dû le transbahuter, dit Victor avec humeur en redonnant le bébé à Donna. Est-ce l'heure de sa tétée?

– Je l'ai nourri il y a une heure. Et deux heures avant.

– Peut-être le nourris-tu trop souvent?

– Pourquoi ne lui demandes-tu pas son avis?

– Tu l'as changé?

– Les bébés se fichent pas mal d'être mouillés.

– Tu n'as pas répondu à ma question.

– Je l'ai changé il y a une heure, juste après sa tétée. Il m'a fait dessus.

– Change-le de nouveau. Peut-être est-il mal à l'aise?

– Pourquoi ne le changes-tu pas toi-même?

Victor prit un air penaud.

– Il est trop petit, Donna. Je le ferai quand il sera plus grand.

– Bien sûr.

– Oh, ne commence pas. J'ai eu une journée suffisamment pénible comme ça.

Donna changea la couche d'Adam. Elle était absolument sèche. Adam continuait à hurler.

A 2 heures du matin, Donna le nourrit de nouveau. A 3 heures, il criait encore. Donna rentra dans leur chambre.

– A toi, dit-elle à Victor qui faisait semblant de dormir.

– Tu veux que je l'allaite? Explique-moi ce qu'il faut que je fasse...

– Je comprends maintenant pourquoi tu voulais à tout prix que je l'allaite.

– Bonne nuit, Donna, dit-il en se tournant de l'autre côté. Adam pleure!

– Eh bien, vas-y. Je l'ai gardé longtemps dans mes bras, je viens de le nourrir; à ton tour d'aller le bercer un peu.

– Donna, demain, je travaille.

– Qu'est-ce que je fais, moi? Je dors toute la journée? Avec ce raffut! J'entends ça *jour et nuit*, moi.

– Demande à Mme Adilman qu'elle vienne t'aider. Elle a dit qu'elle le ferait volontiers.

– C'est ce que j'ai fait. Mais elle n'est pas tellement vaillante. Elle ne peut pas faire grand-chose.

– Pendant ce temps-là, le bébé continue de pleurer.

– Je te rappelle que « le bébé » est aussi ton fils, dit Donna d'un ton sans réplique.

Elle se recoucha. Victor se leva, furieux.

Trois heures plus tard, Adam criait toujours et Victor n'était pas revenu. Donna entra dans la chambre jaune et blanche d'Adam. Elle trouva Adam hurlant dans son berceau et Victor endormi par terre.

La première fois qu'Adam dormit une nuit entière sans pleurer, Donna pensa qu'il était mort. Assise devant la table de la cuisine, elle savourait lentement une tasse de café. Elle aperçut Mme Adilman par la fenêtre et lui fit signe d'entrer.

– Victor est parti travailler plus tôt que d'habitude? demanda Mme Adilman. Il était à peine 8 heures.

– Il est allé passer deux jours à Sarasota, pour affaires.

– Et Adam, il dort? demanda-t-elle d'un air étonné.

Donna posa sa tasse.

– Je crois qu'il est mort. J'ai trop peur d'aller voir.

– Quoi! dit Mme Adilman, stupéfaite.

– Il pleurait lorsque je me suis endormie et il a dû se calmer tout seul. Je me suis réveillée, il y a une demi-heure. La maison est si tranquille que cela me semble anormal.

– Vous n'êtes pas allée voir?

Donna regarda Mme Adilman droit dans les yeux.

– Je sais que ça va vous paraître monstrueux, mais j'avais vraiment envie de boire une tasse de café et je savais que si je le trouvais mort dans sa chambre, je ne pourrais pas le faire. Comme, de toute façon, je serais arrivée trop tard, j'ai pensé qu'il valait mieux que je prenne ma tasse de café avant d'aller dans sa chambre.

Mme Adilman la regarda, absolument ahurie.

Elles allèrent ensemble voir Adam. Il dormait à poings fermés.

Donna retourna dans la cuisine pour se verser une seconde tasse de café.

8

Donna se mit à faire des listes. Chaque matin au réveil, elle dressait la liste des choses qu'elle avait à faire. Maintenant qu'elle ne travaillait plus et qu'Adam s'était enfin adapté à la vie en Floride, elle avait davantage de temps libre. Elle avait le temps de laver le linge, de faire le ménage, d'aller au pressing, d'acheter la nourriture (pour laquelle elle faisait une liste à part), d'aller chez le dentiste, chez le médecin, à la banque, à la quincaillerie, d'organiser de petits dîners, de faire quelques emplettes pour Victor et, bien sûr, d'être là pour nourrir Adam qui, depuis la fameuse nuit où il avait cessé de pleurer, était passé miraculeusement à trois repas par jour.

Un jour, elle dressa deux listes : une pour les choses qu'elle avait à faire, une autre pour les choses qu'elle détestait faire.

Elle détestait :

1. Le ménage.
2. La lessive.
3. Sortir la vaisselle de la machine et la ranger.
4. S'occuper des factures.
5. Appeler les gens que Victor lui disait d'appeler pour leur signaler que certaines choses ne fonctionnaient pas dans la maison.
6. Penser au lendemain.
7. Ses cheveux.
8. Ses vêtements.
9. Son aspect physique.

10. Son corps parce qu'elle n'avait pas retrouvé la ligne.

(Les numéros 6 et 10 n'étaient pas des choses qu'elle détestait faire, mais elle décida de les laisser quand même sur sa liste.)

Donna dressait aussi la liste des choses que Victor lui répétait tous les matins. A la fin de chaque semaine, elle faisait une liste à part des « meilleures ».

1. Tu as du rimmel sur la figure. Tu as oublié de te démaquiller hier soir?

2. Tu as encore ronflé. C'est une sale habitude que tu as attrapée quand tu étais enceinte.

3. Ça ne va pas? On ne dirait pourtant pas que tu as de la fièvre.

4. Qu'est-ce que tu as? Tu es de mauvais poil?

5. Tu crois que tu devrais lui donner autant d'Ovomaltine?

6. Je crois que tu te trompes.

7. Non. Je n'ai pas le temps de prendre mon petit déjeuner. Si seulement tu me réveillais à l'heure...

8. Lui as-tu fait faire son petit renvoi? Je n'ai rien entendu. Tu es sûre?

9. Ne te gratte pas les mains. C'est pour ça que tu as attrapé de l'urticaire. Tu es pire qu'Adam.

10. Non. Je ne critique pas tout ce que tu fais. Tu me cherches ou quoi?

11. Non. Continue. Dis tout ce que tu as à dire, comme ça j'arriverai en retard au bureau.

12. Qu'as-tu fait de mes clés?

13. Tu as jeté l'enveloppe que je t'avais demandé de garder! Ah non, la voilà.

14. Je ne le couvrirais pas autant. Enfin, c'est toi, la mère, tu fais comme tu veux. Tu en sais plus long que moi. Mais je ne crois pas que, bon, enfin, c'est toi qui décides.

15. Tu as quelque chose à faire aujourd'hui?

16. Je ne sais pas, Donna. Mais je crois que huit personnes à dîner est au-dessus de tes forces.

17. Pourquoi ne manges-tu pas un petit pain au son? Je t'ai dit de le faire. C'est excellent contre le rhume.

Elle dressa une liste de leurs sujets de dispute.

1. Il critiquait toujours sa façon de conduire.
2. Il critiquait toujours sa façon de s'habiller et de se coiffer.
3. Il critiquait toujours la façon dont elle tenait la maison.
4. Il critiquait toujours la façon dont elle éduquait Adam. (Elle le gâtait, disait-il.)
5. Il critiquait toujours quelque chose.
6. Elle généralisait toujours.
7. Il ne pouvait rien lui dire sans qu'elle l'accuse de la critiquer.
8. Elle le provoquait.
9. Elle ne le soutenait pas assez moralement.
10. Elle le critiquait toujours.

Ils ne se disputaient jamais : au sujet de leurs beaux-parents respectifs (ils n'en avaient pas); au sujet de l'argent (ils en avaient suffisamment); au sujet du sexe (ils faisaient fréquemment l'amour et c'était toujours aussi bien, quoique, récemment, Donna se sentît trop vidée par leurs disputes pour se montrer vraiment coopérative).

Au fond, ils ne se disputaient que pour des choses sans importance, sachant bien que leur couple n'aurait pas résisté à un désaccord sur des sujets essentiels. En outre, il était difficile pour un mari de se mettre en colère parce que sa femme éternuait ou vomissait sans arrêt. Une semaine sur deux, Donna avait une espèce de laryngite qu'elle attribuait à une baisse de tension due à la fatigue.

Elle fit encore deux listes. L'une pour les choses qu'elle aimait en Victor, l'autre pour celles qu'elle n'aimait pas. Elle les mit côte à côte.

Les choses que j'aime	*Les choses que je n'aime pas*
1. Son sens de l'humour	1. Sa façon de faire la moue
2. Sa persévérance	2. Son entêtement
3. Son sens des responsabilités	3. Il doit toujours tout contrôler
4. Son arrogance	4. Son arrogance
5. Il veut toujours tirer le meilleur des choses et des gens	5. Il attend trop des choses et des gens
6. Son intelligence	6. Il croit tout savoir
7. La sûreté de son jugement	7. Il faut qu'il ait toujours raison
8. Ce qu'il décide de faire, il le fait bien	8. Il veut trop bien faire
9. Il élabore de grandes théories	9. Il élabore de grandes théories

Elle ajouta encore trois autres points qu'elle aimait chez lui : il aimait Adam (bien sûr, elle aurait préféré qu'il fasse lui-même pour son fils les choses qu'il lui disait de faire); il l'aimait, elle (bien qu'il la critiquât sans arrêt, elle n'en avait jamais douté); et il restait le meilleur amant qu'elle eût jamais eu. Elle fit le total des points. Le positif l'emportait sur le négatif.

9

– Dans combien de temps es-tu prête? lui cria-t-il du salon.

– Dans deux minutes. Prends un verre.

– J'en suis déjà au second. Tu veux que je sois complètement rond?

– J'arrive dans une seconde.

Donna se regarda dans la glace. Son image lui plut. Elle rajouta un peu de fard sur ses pommettes, fit bouffer ses cheveux d'un coup de brosse et entra dans le salon. Cette soirée allait être différente des autres. Ainsi en avait-elle décidé. Ils ne se disputeraient pas.

Elle ne ferait rien pour l'agacer; elle serait agréable, charmante même. Elle prendrait son parti, le complimenterait en public et s'efforcerait de ne pas tousser, de ne pas renifler, bref de ne pas montrer qu'elle avait une bonne laryngite. Dans la mesure du possible, elle ne parlerait pas d'Adam car elle savait que Victor détestait entendre les gens parler de leurs enfants. En résumé, elle serait l'épouse parfaite.

Elle ferait les cent pour cent du chemin dont Victor lui rebattait les oreilles. Non, ce n'était pas tout à fait juste. Si elle commençait déjà à raisonner, c'était fichu. Il ne lui rebattait pas les oreilles; il parlait, et de façon ultra-sensée. Non, ils ne se disputeraient pas, quoi qu'il arrivât. Leur dernière querelle (elle ne se rappelait même plus comment elle avait commencé, mais elle savait que la vraie raison était une tension d'ordre sexuel), l'avait convaincue que tout cela devait bel et bien cesser; non seulement dans leur propre intérêt mais dans celui d'Adam qui, à un peu plus de deux ans, commençait à percevoir ce qui se passait autour de lui. L'autre soir, Adam les avait suppliés d'arrêter de crier; mais c'était plus fort qu'eux, ils avaient continué et, au bout d'un moment, Adam s'était mis à jouer à côté d'eux en les ignorant, en les excluant de son petit monde, comme s'ils n'avaient pas été là. Donna avait été frappée par son attitude et avait décidé que, dorénavant, ils ne se disputeraient plus. Si Victor n'était pas maître de lui, du moins resterait-elle maîtresse d'elle-même. Il fallait être deux pour se disputer. Non, elle ne serait pas à l'origine d'une nouvelle scène, et si Victor lui cherchait querelle, il se heurterait à un mur.

Ils devaient aussi recommencer à faire l'amour régulièrement. Leur vie sexuelle avait toujours été extraordinaire; elle devenait inexistante. Elle reconnaissait que c'était plutôt sa faute à elle. Mais elle ne pouvait se résoudre à faire l'amour quand les seules émotions qu'elle ressentait, aussi bien dans son corps que dans son esprit, étaient la rancune, la haine, ou, pire encore, le désespoir.

Elle s'efforça de faire le vide dans sa tête. Si elle voulait que la soirée fût réussie, il fallait qu'elle cesse de raisonner ainsi.

Elle tournait la page.

Elle surprit Victor par-derrière.

– Coucou. je suis prête.

Il se retourna.

– Tu vas mettre ça?

Elle sentit immédiatement sa résolution vaciller. Il ne pouvait pas deviner ce qu'elle venait de décider. Il avait le droit de dire ce qui lui passait par la tête, et pas uniquement ce qu'elle voulait entendre. Elle était trop exigeante et cela leur coûtait cher. Si elle avait été plus indulgente, ils auraient été tous les deux beaucoup plus heureux.

– Tu n'aimes pas?

– Je n'ai jamais aimé cette robe, dit Victor. Pourquoi veux-tu que je l'aime, aujourd'hui?

– Je croyais qu'elle te plaisait.

– Non, Donna. (Il posa son verre. Il parlait d'un ton calme, dénué d'agressivité.) Peu importe qu'elle me plaise ou non, puisque tu as décidé de la porter.

Donna s'efforça de sourire.

– Qu'aimerais-tu que je mette?

– Ça ne fait rien, Donna, dit-il en regardant sa montre. Il est déjà tard.

– On a le temps. Je vais me changer en vitesse. Dis-moi ce que tu préférerais?

– Et ta robe bleue?

– Ma robe bleue?

– Ça n'a pas d'importance.

– Quelle robe bleue?

– Celle qui a des manches à fleurs.

– Des manches à fleurs? Ah oui! Mais elle n'est pas bleue, elle est vert pâle.

– Je suis coupable. Je me suis trompé. Pardon.

Il s'inclina ironiquement.

– Tu n'as pas à t'excuser. Seulement, je n'avais pas compris de quelle robe bleue tu parlais.

– Tu as gagné.

Donna eut envie de répliquer sèchement. Cependant, elle se maîtrisa et reprit sa respiration.

– Je vais me changer.

– Ne fais pas ça pour moi, cria-t-il dans son dos.

Quelques minutes plus tard, il entra dans la chambre. Elle avait jeté sur le lit la robe rouge et noire qu'elle venait d'enlever. Elle était debout devant la glace en train d'ajuster la robe vert pâle.

– Qu'est-ce que tu en penses? demanda-t-elle.

Elle reconnaissait que cette robe lui allait mieux que l'autre.

– Pas mal, dit-il. Mais le maquillage ne va pas.

Elle fit rapidement voltc-facc.

– Pourquoi?

– Il est trop voyant. Avec la robe rouge et noire, c'était OK. Avec celle-ci, ça fait vulgaire.

– Vulgaire! Tu ne crois pas que tu pousses un peu?

– Fais comme tu veux. Je te dis que la robe te va bien mais que le maquillage est moche.

Donna baissa les yeux. Elle se répétait qu'il ne fallait pas qu'elle pleure. C'était un homme frustré sexuellement qui parlait, ce n'était pas Victor. Et c'était elle la responsable de cet état de choses.

– Que dois-je faire, d'après toi?

– C'est de ton visage qu'il s'agit. Fais ce que tu veux.

– Victor, je te demande seulement un conseil.

– J'atténuerais le tout; j'essaierais d'être aussi naturel que possible.

– Je n'en ai pas mis tellement.

– Tu plaisantes ou quoi?

Donna alla vite se laver dans la salle de bains. Puis elle étala un peu de crème sous ses yeux et sur les ailes de son nez; elle appliqua aussi une touche de blush-on sur ses pommettes et du rimmel sur ses cils. Au moment où Victor allait enfin donner son feu vert, elle éternua.

– Qu'est-ce qui te prend? demanda-t-il.

– Je ne l'ai pas fait exprès, figure-toi.

– Va te nettoyer la figure, dit-il.

Donna retourna dans la salle de bains pour enlever le rimmel qui s'était imprimé sous ses yeux.

– Je ne comprends pas comment tu as fait ton compte pour attraper encore un rhume, dit-il, tandis qu'ils se dirigeaient vers la voiture.

Ils avaient téléphoné à Mme Adilman qu'ils étaient prêts à partir et elle était arrivée immédiatement.

– Dieu merci, il y a tout de même des gens ponctuels.

Elle ignora cette dernière remarque et répondit à sa question.

– C'est Adam qui me les passe, dit-elle. Maintenant qu'il va à la garderie deux matinées par semaine, il est continuellement enrhumé.

– Tu devrais peut-être le mettre ailleurs.

Ils montèrent dans la voiture.

– Ce serait la même chose, dit Donna. Et puis il n'y a pas d'autre solution. J'ai cherché partout. C'est le seul endroit où on accepte les enfants deux fois par semaine.

– Et l'école Montessori?

– Il faudrait qu'il y aille tous les jours.

– Pourquoi pas?

– Il est un peu jeune. Il a à peine deux ans. Combien d'années d'école veux-tu lui faire faire?

– Il faudra bien que tu le laisses partir un jour.

– Là n'est pas la question...

– Tu ne vas pas commencer?

Donna se tut immédiatement.

– Pardon, s'empressa-t-elle de dire. Je n'avais vraiment pas l'intention de commencer quoi que ce soit.

– Même quand tu n'en as pas l'intention..., dit-il.

(Et il ajouta immédiatement :) J'aimerais mieux que tu conduises. Si l'on m'arrêtait, l'alcootest serait positif.

– Et tu retournerais en prison, dit-elle, en essayant de ressusciter le bon vieux temps.

– Ça te plairait, hein? répondit-il.

Ils changèrent de place. Elle mit le contact. La radio hurla dans leurs oreilles. Donna baissa le volume. Victor l'augmenta aussitôt. Ils se taisaient. Elle sortit la voiture du garage.

– Fais signe à Mme Adilman, ordonna-t-il.

Tous deux agitèrent la main pour dire au revoir à la femme rondelette et grisonnante qui se tenait sur le pas de la porte.

– Tu crois que nous avons la permission de minuit? demanda Donna sur le ton de la plaisanterie.

– Attention, tu as failli entrer dans la poubelle.

Donna jeta un coup d'œil dans le rétroviseur.

– Pas du tout.

– Tu conduis, oui ou non? Nous avons déjà une demi-heure de retard.

– C'est une réunion d'amis, Victor. Nous n'avons pas besoin d'arriver à l'heure.

– S'il s'agissait d'amis à toi, nous serions à l'heure, ça ne ferait pas un pli.

– Tu es injuste.

– Tu crois?

– De toute façon, je n'ai pas d'amis.

– Bien sûr, c'est ma faute.

– Non, dit-elle, en pensant le contraire. Ce n'est pas ta faute si tu ne te sens pas bien avec eux.

– Tu pourrais les voir en dehors de moi.

– Ce n'est pas commode. Ils travaillent toute la journée et moi, je suis coincée avec Adam.

– Veux-tu dire par là que tu as envie de recommencer à travailler?

– Non. Pas pour l'instant.

– Comment ça, pas pour l'instant?

– Peut-être que l'année prochaine je pourrai prendre un job à mi-temps si Adam va régulièrement à l'école.

– Ah, je vois! Quand ça t'arrange, Adam n'est plus trop jeune pour aller à l'école.

– L'année prochaine, il aura trois ans! Tous les enfants vont à l'école à trois ans.

– Tu élèves le ton!

Donna dut admettre que c'était vrai.

– Pardon. Ce que je voulais seulement te dire, c'est que ça n'est pas très facile de voir le peu d'amis que j'ai quand ils travaillent pendant la journée et que tu ne tiens pas à les voir le soir.

– Tout ça, c'est ma faute, conclut Victor.

– Je ne dis pas ça.

– Qu'est-ce que tu dis, alors?

– Rien.

– Au fait, sais-tu où nous allons? Il fallait tourner trois rues plus tôt.

– Alors pourquoi ne m'as-tu rien dit?

Elle arrêta la voiture.

– Tu étais trop occupée à m'engueuler.

Elle fit demi-tour et s'engagea sur la bonne route.

– Tu prends toujours les virages à cette vitesse-là?

– Je n'allais pas vite.

– Tu as heurté le bord du trottoir. A quelle vitesse roules-tu?

– Victor, qui conduit la voiture, c'est toi ou c'est moi?

– Je t'ai simplement demandé à quelle vitesse tu roulais. Je n'ai même pas le droit de te poser une question? Ah! Donna, toujours ta grande gueule. C'est plus fort que toi, hein? Ça te tuerait que nous passions une bonne soirée.

– Je rêve, murmura Donna.

Ses yeux se remplirent de larmes. Elle freina de justesse devant un stop.

– Mais enfin! hurla-t-il. Regarde ce que tu fais! Tu as presque brûlé le stop!

– Presque, mais je ne l'ai pas brûlé.

– Tu veux nous tuer?
– Je me suis arrêtée, dit-elle en redémarrant.
– A quoi pensais-tu?
– Victor, tu commences à m'exaspérer. Ferme-la.
– Bien sûr, c'est ma faute si tu as presque brûlé un stop.
– Personne n'a dit que c'était de ta faute.
– Tu cries encore.
– Tu me rends dingue. Laisse-moi conduire tranquille.
– Bien sûr, pour que tu ne nous rates pas la prochaine fois!
Elle brûla un feu rouge.
– Tu deviens folle? Tu le fais exprès? Tu cherches à nous tuer! poursuivit-il. Gare cette voiture. Tu entends? Gare cette voiture!
– Je ne l'ai pas vu! Je ne l'ai pas vu!
Victor s'empara du volant et gara la voiture contre un trottoir.
– Sors de là.
– Victor, dit-elle – les larmes qu'elle avait si longtemps refoulées coulaient maintenant avec une force redoublée –, je n'ai pas vu ce feu.
– Je sais. Et tu n'as pas vu le stop non plus. Et tout ça, c'est ma faute.
Il la tira par le bras. Elle se dégagea violemment.
– Ne me touche pas! dit-elle en s'essuyant les yeux.
Il la regarda. Il avait retrouvé son calme.
– Ben voyons, tout s'explique!
– Qu'est-ce que tu racontes?
– Ce n'était pas la peine d'essayer de nous tuer pour éviter de coucher avec moi ce soir. Je suis habitué à tes refus.
Donna n'en croyait pas ses oreilles. Elle répéta plusieurs fois dans sa tête les paroles qu'elle venait d'entendre sans arriver à en saisir le sens.
– Je n'ai pas vu le feu rouge, répétait-elle, désespérée. Tu criais à cause du stop, tu n'arrêtais pas, alors je

me suis mise à crier et j'étais si perturbée que j'ai brûlé le feu.

– Tout est ma faute, dit-il ironiquement en secouant la tête. C'est même moi qui ai brûlé le stop et le feu rouge.

– Je n'ai jamais dit ça.

– Ah bon, tu reconnais que c'était toi qui étais au volant. Intéressant!

– J'essayais, en tout cas.

– Mais je t'en empêchais, n'est-ce pas? Monte dans la voiture, Donna. Veux-tu que tous les gens qui passent pensent que je suis en train de te taper dessus? Ça fait partie de ton plan?

Ils firent le tour de la voiture chacun dans un sens. Victor prit le volant et Donna, toute tremblante, s'assit à côté de lui.

– C'est pourtant ce que tu fais, lui dit-elle tandis qu'il démarrait. Mais les traces de tes coups ne se voient pas à l'œil nu.

– Tu es folle, lui dit-il. Parfois je me demande si mon fils est vraiment en bonnes mains avec toi.

– Quoi?

Elle prononça ce mot d'une voix rauque, presque dans un souffle. La dispute et l'émotion avaient raison d'elle. Elle eut une quinte de toux. Victor arrêta la voiture.

– Pourquoi t'arrêtes-tu? demanda-t-elle à travers ses larmes.

– Nous sommes arrivés.

– Arrivés? Tu veux dire que nous allons encore à cette soirée?

– Toi, je ne sais pas, mais moi, oui. Bien que nous soyons déjà terriblement en retard.

– J'ai une tête épouvantable.

– Chose fréquente ces derniers temps...

– Victor...

– Ne commence pas. Ça suffit pour ce soir. Bon, dit-il en choisissant ses mots. J'y vais. De deux choses l'une. Soit tu viens avec moi et tu essayes de t'amuser, même si cette idée te paraît saugrenue. Soit tu restes ici à faire la tête comme une petite fille. Ce sera gênant pour moi, mais je me débrouillerai. De toute façon, moi, j'y vais, ajouta-t-il en joignant le geste à la parole.

Donna sortit de la voiture comme un automate. Elle était complètement affolée. Peut-être, qui sait, avait-elle essayé de les tuer. Cette idée lui faisait horreur. Elle pensa à Adam. Son beau petit garçon. Elle comprit qu'elle n'avait pas envie de mourir. Elle voulait que ce soit Victor qui meure. Cette idée l'épouvanta encore plus. Elle suffoquait.

– Qu'y a-t-il encore?

Non, je t'en prie. Ce n'est pas ce que je voulais. Ce n'est pas ce que je pensais.

– Victor, pouvons-nous parler un moment?

– Refrain connu. Tu en as dit assez comme ça.

– S'il te plaît.

– Essuie-toi les yeux.

Ils étaient maintenant devant la porte de la maison. Il sonna. (Danny Vogel leur ouvrit. Il faisait plus de quarante ans. Son ventre débordait d'une ceinture qui, visiblement, arrivait tout droit de chez Gucci. Il avait un verre à la main.

– Faut que je perde du poids, dit-il en guise de bonjour. Vous êtes en retard. Nous pensions que vous ne viendriez plus.

– Pas question!

Donna entra, la tête baissée. Elle restait dans l'ombre de Victor, refusant de montrer un visage qu'elle savait gonflé et sali par le rimmel.

– Bon anniversaire, dit-elle d'une voix rauque. Elle s'éclaircit la gorge.

– Vous êtes encore enrhumée?

Donna hocha la tête. Victor fouilla dans sa poche et en sortit plusieurs Kleenex qu'il lui tendit.

– Que voulez-vous boire?

– Un gin tonic, répondit Victor.

– Un whisky eau plate, dit Donna, sans savoir pourquoi, car elle buvait rarement.

– J'arrive tout de suite, dit Danny en riant. Mêlez-vous à la foule, mes enfants.

Victor lui emboîta le pas immédiatement et disparut au milieu d'un groupe. Donna jeta un coup d'œil autour d'elle. Elle compta une trentaine de personnes. Pas une à qui elle eût envie d'adresser la parole. Elle n'en connaissait pas la moitié et avait épuisé tous les sujets de conversation possibles avec les autres, lors de soirées précédentes.

Où étaient les merveilleuses réunions de son adolescence? pensait-elle en se frayant un passage à travers les invités jusqu'à un coin, non loin du bar, d'où elle pouvait tout observer sans se faire remarquer. A cette époque, on mettait des disques, on dansait, puis on éteignait les lumières. Chaque fille flirtait avec son plus proche voisin. Il y avait toujours quelqu'un pour raconter l'histoire des deux chiens qui étaient restés coincés en « faisant ça », et qu'il avait fallu arroser d'eau froide. Où étaient-elles, ces réunions? Pourquoi fallait-il maintenant participer à des soirées assommantes où chacun, planté dans son coin, le verre à la main, se plaignait avec un sourire hypocrite de son travail, de ses enfants, de sa vie? Les autres étaient-ils aussi malheureux qu'elle? La vie sociale des couples se réduisait-elle à ce genre de distractions?

– Whisky eau plate, dit Danny Vogel.

Elle lui prit le verre des mains sans mot dire. Elle avala une petite gorgée. Ensuite elle réfléchit : pour qui se prenait-elle pour se sentir tellement supérieure à tous ces gens? Etait-elle vraiment devenue une martyre? Si oui, pour quelle raison?

Elle regardait les visages qui l'entouraient. Certains étaient bronzés, d'autres non. La plupart des invités étaient souriants, certains étaient aimables et chaleureux. Des bras s'entrecroisaient, des mains se touchaient; on s'embrassait sur les deux joues. Oui, la chaleur humaine existait encore.

Mais pas pour Victor. De temps à autre, quelqu'un s'approchait de Donna, essayait de lui faire la conversation et, devant son mutisme, s'en allait bavarder plus loin.

Danny Vogel fit encore une tentative. Il prononça quelques phrases sur son fils, sur l'école Montessori. N'obtenant aucune réponse, il s'éclipsa.

Que leur était-il arrivé? Elle avala encore une longue gorgée de whisky en se rappelant le premier verre de Dom Pérignon qu'ils avaient bu ensemble, puis leur voyage éclair à New York, le homard cuit sept minutes et demie exactement. Comme tout cela avait été excitant! Comme il était séduisant! C'était pour cela qu'elle l'avait épousé. Elle avait fait taire les doutes qui commençaient à l'assaillir et lui avait pardonné le mensonge au sujet de sa mère.

Sa mère à elle lui avait conseillé de toujours observer comment un homme se comporte vis-à-vis de sa mère : il y a de fortes chances, lui avait-elle expliqué, qu'il se comporte plus tard de la même façon vis-à-vis de sa femme. Elle frissonna et secoua lentement la tête, se rendant compte qu'elle n'avait eu le temps de penser à rien ni à personne en dehors de Victor. Avec lui, elle était toujours sur la défensive. Chaque fois qu'elle faisait ou disait quelque chose, elle attendait son verdict.

Mais que disait-elle, que faisait-elle au juste? Qu'était devenue sa vie? Elle ne lisait pratiquement plus, excepté quelques revues féminines (Victor disait : mentalité de revues de bonnes femmes). La vérité, c'est qu'elle n'arrivait plus à se concentrer suffisamment pour lire ne fût-ce qu'un bon roman. A fortiori les livres d'Albert Camus...

Ils n'allaient jamais au cinéma. Victor détestait ça, bien qu'il ne manquât jamais *Les Sept mercenaires* à la télévision. Il se vantait souvent de n'avoir pas mis les pieds au cinéma depuis *Le train sifflera trois fois.*

Avant de connaître Victor, il arrivait à Donna d'aller voir jusqu'à quatre films par semaine. Maintenant, elle n'avait plus du tout le temps d'y aller.

Elle avait quitté son travail de son plein gré, car elle préférait élever elle-même son enfant, du moins pendant les trois premières années. Plus tard, elle retravaillerait. Elle ne regrettait en aucune façon d'avoir eu Adam. Il était sa consolation. De temps à autre, elle en avait assez de ses exigences, de ses gémissements. Mais elle était heureuse d'être avec lui; elle l'aimait inconditionnellement. Elle n'aimait plus Victor.

Ce n'était pas plus compliqué que ça.

Très souvent, elle s'était dit que si elle en voulait tant à Victor, c'était parce qu'il l'aimait, que la haine et l'amour étaient les pôles opposés d'un même sentiment.

Maintenant, elle voyait bien qu'elle s'était trompée, qu'elle refusait de reconnaître qu'elle n'aimait plus Victor. Quand s'étaient-ils parlé pour la dernière fois sans se disputer? Depuis quand n'avaient-ils pas discuté de poésie haiku? Sans doute depuis leur première rencontre. Depuis quand ne s'étaient-ils pas regardés sans arrière-pensée? De quand datait leur dernière conversation vraiment franche? Le plus triste, c'est qu'il était probablement aussi malheureux qu'elle.

Ils étaient tous les deux malheureux, et ils rendaient leur fils malheureux. Adam, pensa-t-elle. Victor avait été formidable pendant l'accouchement.

Bien sûr qu'il avait été formidable, se dit-elle, mécontente. N'importe qui peut être formidable vingt-quatre heures dans sa vie! Elle savait qu'elle était de mauvaise foi, mais peu importait! Bon, d'accord, Victor n'était pas un monstre, il avait ses bons côtés; il était gentil avec les vieilles dames et les chiens perdus et se conduisait correctement la plupart du temps. Mais lorsqu'ils étaient ensemble, ça n'allait plus.

En avait-il été de même avec sa première femme? se demandait Donna. Au fond, peu importait. Ce qui importait, était la façon dont il se conduisait avec elle,

Donna. Et quel que fût l'angle sous lequel elle l'envisageait, il lui fallait bien reconnaître que leur mariage était un désastre. Que ce fût la faute de Victor ou la sienne, cela revenait au même : ils étaient malheureux tous les deux. Elle était trop jeune pour gâcher le restant de ses jours. Elle savait ce qui lui restait à faire.

Elle devait quitter Victor.

Elle se sentit libérée d'un grand poids. Pour la première fois de la soirée, son nez se dégagea, sa gorge s'éclaircit.

Victor venait vers elle.

– As-tu l'intention de rester plantée là, toute la soirée, sans parler à personne?

– J'étais en train de réfléchir.

– A quoi?

Elle secoua la tête.

– Je te le dirai plus tard. Ce n'est pas le moment.

– Pourquoi pas?

Elle le regarda droit dans les yeux. Ceux-ci étaient très bleus, étonnamment doux. Peut être était-ce le moment, après tout? Il était détendu, et elle ne voulait pas qu'il l'accuse d'avoir parlé sous l'effet du dépit. Elle hésitait. Tant pis. Il voulait une réponse à sa question : il allait l'avoir.

– Je crois que nous devrions divorcer.

Elle dit ces mots d'une voix calme mais ferme. Elle avait le ton d'une personne absolument convaincue de ce qu'elle dit. Il le comprit immédiatement et ne demanda aucune explication.

Ils se turent pendant quelques secondes.

– Je t'aime, dit-il enfin.

– Ce n'est pas vrai, répondit-elle.

– Je connais mes sentiments mieux que toi, dit-il légèrement agacé.

– Pardon, dit-elle.

Ils avaient échangé quatre phrases, et elle demandait déjà pardon. Bien sûr, il avait raison. Elle-même n'aimait pas qu'on lui dise ce qu'elle pensait, alors pourquoi le faisait-elle avec lui? Oh, et puis flûte, fallait-il toujours qu'elle se torture les méninges, chaque fois qu'elle ouvrait la bouche?

– Pardon, Victor, ce n'est ni le lieu ni l'heure de parler de ça.

– Alors, pourquoi en as-tu parlé? Tu as bien choisi ton moment pour jeter ta bombe!

– C'est toi qui l'as voulu.

Mal à l'aise, il lui parlait tout en regardant les invités.

– Tu as vraiment envie de me mettre dans une position embarrassante, hein?

– Pas du tout.

– Tu te fiches des sentiments que j'ai pour toi...

– Des sentiments que tu as pour moi? Victor, tu viens de me dire que tu m'aimais, et nous nous disputons déjà. Les accusations pleuvent. Peut-être m'aimes-tu, peut-être ne m'aimes-tu pas. La question n'est plus là. La question est que nous ne pouvons plus vivre ensemble; et tu le sais aussi bien que moi.

– Non, je ne le sais pas.

Elle haussa les épaules, prête à dire pardon, mais elle se ressaisit à temps et ne dit rien.

– Et Adam? demanda-t-il.

Elle sentit aussitôt une douleur au creux de l'estomac et comme une sonnette d'alarme tinter derrière ses oreilles. Comme un cheval sent la peur de son cavalier, Victor avait senti son embarras. Elle flanchait.

– Et Adam? demanda-t-elle à son tour dans un souffle.

– Tu as l'intention de te séparer de lui, aussi?

– Bien sûr que non. Il viendra avec moi.

– Vraiment?

Elle regarda fixement Victor. C'était une manœuvre. Il sentait qu'elle ne voulait pas perdre son fils et il allait lui faire le chantage à l'enfant pour qu'elle reste.

– Je ne peux pas quitter mon fils.

– Et moi, tu crois que je le peux?

Donna s'affolait. Elle essayait par tous les moyens de rester maîtresse d'elle-même.

– Nous parlerons de tout ça plus tard, dit-elle.

– Non, c'est toi qui as voulu en parler maintenant. Allons jusqu'au bout.

– Nous en parlerons à la maison.

– Ah! Tu vas me laisser rentrer à la maison? Trop aimable, d'autant plus que c'est la mienne.

– Victor, je t'en prie...

– Ouvre tes oreilles, ma petite, et dis-toi bien une chose : jamais personne – ni toi, ni un avocat bidon, ni un juge – personne, tu m'entends, ne me prendra jamais mon fils. Je te réduirai en bouillie. Et si tu en doutes, rappelle-toi que j'ai préféré passer deux jours en prison plutôt que de payer une contravention pour stationnement interdit.

– Pour un stop.

– Comment?

– Tu avais brûlé un stop.

Elle prit soudain conscience du côté ironique de toute cette soirée. Elle eut une quinte de toux; en même temps, les larmes jaillirent de ses yeux.

– Bon sang, dit Victor. (Il essayait de faire un paravent de son corps.) Tiens, essuie-toi les yeux.

Il lui tendit un Kleenex. Donna, ignorant son geste, continuait à sangloter.

– Donna, ma douce, susurra Victor pour la galerie. Viens, ma chérie. Ça va s'arranger. Elle a un rhume carabiné, expliqua-t-il.

Il y avait maintenant cinq personnes autour d'eux. Donna renifla bruyamment. Le petit groupe commença à se disperser. Victor tenait un Kleenex devant le nez de Donna.

– Mouche-toi, ordonna-t-il.

Tout au fond d'elle-même, Donna avait une folle envie de crier. Mais, au lieu d'un cri, ce fut son bras qui jaillit et frappa Victor avec une telle force que le verre de celui-ci fut projeté sur l'une des dames de l'assistance.

Victor semblait avoir autant de bras qu'une pieuvre. Il nettoya la robe de la dame, ramassa son verre, essuya par terre et convainquit ses amis qu'un éternuement incontrôlé était à l'origine de l'accident. Donna comprit que personne n'était dupe. Ils avaient tous vu comment les choses s'étaient passées. Ils avaient vu Victor tendre le Kleenex à sa femme; ils avaient vu celle-ci lui décocher un coup violent; ils avaient vu les conséquences de son geste. Eh oui, la femme de Victor. Pauvre Victor... Et puis après tout, si cela les amusait...

Victor se pencha vers Donna :

– Si tu ne souris pas et si tu ne prends pas part à la réunion, je te préviens que je te fais interner, dit-il d'une voix ferme.

Voilà où ils en étaient.

Donna prit le Kleenex, se moucha bruyamment et se dirigea d'un pas assuré vers un petit groupe.

– Nous parlions d'un voisin, dit une dame en élargissant le cercle. Il a eu une dépression nerveuse il y a quelques années. Les médecins ont dit qu'il était sadomasochiste à tendance homosexuelle. Ils ont pu le guérir de son masochisme et réorienter sa tendance assez rapidement. Mais il est resté sadique pendant un certain temps.

– Je trouve que le sadisme est autrement plus sain que le masochisme, pas vous? demanda Donna, sans savoir elle-même si elle était sérieuse ou non.

Les autres eurent un petit rire gêné.

– Enfin, poursuivit la dame, il s'en est tiré. Il a une situation tout ce qu'il y a de plus respectable. Tout semble rentré dans l'ordre.

– Que fait-il? demanda une autre personne.

– Il dessine des parkings souterrains, cria Donna en éclatant de rire bruyamment.

Elle vit Victor se diriger vers la porte d'entrée. S'il voulait la faire interner, autant que ce fût pour quelque chose.

– Je suis sûre que certains d'entre vous ont de jeunes enfants.

Personne ne dit mot.

Victor faisait tinter ses clés, comme chaque fois qu'il en avait assez d'être dans un endroit. Elle l'ignora.

– Eh bien, l'autre jour – je vous fais cette confidence au péril de ma vie car Victor a horreur d'entendre parler d'enfants, il dit que ça barbe tout le monde – mais je vois que je ne vous barbe pas...

– Donna, lança Victor, l'appel avec les clefs s'étant révélé inefficace, je crois qu'il est temps que nous rentrions.

– La Voix de son Maître! dit Donna ironiquement.

Il s'approcha d'elle. Le reste se déroula comme dans un brouillard. Victor dut cajoler, raisonner, menacer encore pendant un certain temps avant de pouvoir entraîner Donna hors de la maison. Elle cria quelques grossièretés, se demanda pourquoi elle faisait tout ce cirque et pensa que ça n'avait aucune importance – que rien n'avait plus d'importance. Elle était assise dans la voiture à côté de Victor. Celui-ci ne soufflait mot, mais elle sentait presque physiquement sa colère monter. L'explosion n'allait pas tarder. Elle ferma les yeux.

Quand la voiture s'arrêta dans le garage, elle constata, à son grand étonnement, qu'elle avait dormi pendant tout le trajet.

Elle passa comme dans un rêve devant Mme Adilman, entendit Victor la payer et la reconduire jusqu'à la porte. Elle alla tout droit dans la chambre d'Adam, entra et constata qu'il dormait tranquillement. Elle se dirigea ensuite vers la chambre qu'elle partageait avec Victor. Elle n'avait qu'une idée : dormir. Jamais de sa vie elle n'avait été aussi épuisée, sauf peut-être la nuit où sa mère était morte; elle était restée assise près du téléphone à attendre la mauvaise nouvelle. Lorsque finalement le téléphone avait sonné, elle avait quand même eu un choc. Non, mon Dieu, non. C'est l'hôpital, avait dit une voix. Venez, votre mère est au plus mal. Est-elle... Elle est au plus mal. Donna, incapable de conduire, avait appelé un taxi. Son père et sa sœur étaient restés sur place. Donna avait tenu à rentrer chez elle, espérant envers et contre tout que si l'on ne montait pas la garde auprès de la malade, la mort irait ailleurs, là où on lui réservait une réception digne d'elle.

Donna s'assit sur le bord du lit et défit sa robe. Elle revoyait devant elle les cheveux gominés du chauffeur de taxi. Elle lui avait donné l'adresse de l'hôpital et lui avait demandé de faire le plus vite possible. Vous êtes infirmière? lui avait-il demandé. Non, avait-elle répondu, ma mère est mourante.

Donna se leva et enleva sa robe. Machinalement, elle la jeta sur une chaise.

Ils n'avaient plus rien dit. Le chauffeur avait appuyé sur le champignon et ils étaient arrivés à l'hôpital en un temps record. Sans savoir comment, elle avait pris l'ascenseur jusqu'au onzième étage. Elle avait immédiatement aperçu sa sœur. Le visage de Joan était rouge et gonflé de larmes; elle semblait à peine tenir sur ses jambes. Les infirmières allaient et venaient. Personne ne remarquait qu'elle était sur le point de s'évanouir. Donna s'était précipitée vers elle. Les genoux de Joan avaient cédé. Elle s'était accrochée à Donna comme à un bloc de granit. Et moi, qui va me soutenir? se demandait Donna. Les deux sœurs, dans les bras l'une de l'autre, sanglotaient dans le couloir aseptisé.

Donna alla dans la salle de bains et s'aspergea le visage. En vain. Elle se brossa soigneusement les dents, se rinça la bouche et retourna dans la chambre. Elle ôta son soutien-gorge, son slip et ses chaussures et se mit au lit.

Lorsqu'elle était entrée dans la chambre, ce qui l'avait saisie avant tout était la tranquillité du lieu. Son père était assis sur le lit, inerte, effondré. Il semblait cloué sur place.

Donna ferma les yeux. Elle sentait que Victor était entré dans la chambre. Elle ne voulait ni le voir ni lui parler. Son regard passait de son père assis au pied du lit au corps de sa mère. Avec quelle rapidité celle-ci était-elle devenue un « corps »! C'était le mot juste. Un corps. Ce n'était pas sa mère. Absolument pas. Le visage était émacié, le corps sous le drap n'était plus qu'un squelette aux os saillants. Quelqu'un avait arrangé sa perruque à la hâte : celle-ci, trop grande, semblait posée sur le sommet de son crâne. Donna, passant devant son père, s'était penchée vers le visage de sa mère.

Elle avait déposé un baiser sur son front. Sa chair n'était pas encore froide. Ce qui avait été sa mère – l'essence même de sa mère – s'était enfui. Elle comprenait que ce n'était pas sa mère qu'elle embrassait, mais un souvenir. Elle la revoyait, de dos, en train de monter un escalier; elle se souvenait du fou rire qu'elles avaient eu lorsque Donna, à l'âge de huit ans, lui avait raconté sa première histoire. Elle évoqua aussi les colères saines et justifiées de sa mère, ses bras, ses yeux, son odeur, douce et rassurante. Elle se revit en sécurité dans ses bras. Maintenant, tu n'es plus la petite fille de personne.

Donna essayait de bouger.

L'odeur.

Une odeur différente. Donna essayait de bouger.

Elle n'y parvenait pas.

Elle ouvrit les yeux.

Il était sur elle. Un étranger. Elle ouvrit la bouche pour dire quelque chose mais il la lui couvrit de sa main.

– Ferme-la, pour changer un peu, dit-il.

Il essayait de lui écarter les jambes. Il pesait sur elle de tout son poids. Elle ne pouvait pas bouger. Elle pouvait à peine respirer. Elle essaya de se dégager. Il lui tenait les deux mains. Elle le regardait, affolée. Jamais elle n'avait eu aussi peur de sa vie. Mon Dieu, faites que je meure, implora-t-elle tandis qu'il lui déchirait les entrailles. Elle était sèche, incapable de réagir. Pendant qu'il s'agitait sur elle, ses pensées allèrent au fils qu'ils avaient créé ensemble à partir du même acte. Non, pas du même acte. Cet acte-là n'avait rien à voir avec l'autre.

Il se retira sans un mot et alla dans la salle de bains. Elle resta immobile, les yeux fermés, la bouche ouverte, les cheveux défaits. Quelques idées bien précises assaillirent son esprit. Elle en dressa une liste imaginaire.

1. Elle ne pourrait jamais quitter Victor. Il ne le lui permettrait pas. Il l'avait prouvé cette nuit.

2. Elle ne le laisserait plus jamais la toucher. Et s'il le faisait, elle le tuerait.

3. Elle ne l'engueulerait plus jamais. Elle ferait ce qu'il voudrait, à condition qu'il ne la touche pas. Mais il n'y aurait plus de disputes. Elles étaient devenues inutiles. Totalement inutiles.

4. Elle ne conduirait plus jamais.

5. Elle était morte, véritablement morte.

10

Il semblait à Donna que Mme Adilman avait grossi, que ses cheveux étaient plus gris que la dernière fois qu'elle l'avait vue. Contrairement aux autres témoins qui avaient soigneusement évité de regarder dans sa direction, Mme Adilman, en passant devant elle pour se rendre à la barre lui fit un signe de tête pour lui dire bonjour. Donna fut étonnée d'apprendre qu'elle se prénommait Arlene – elle n'avait jamais pensé à le lui demander – et qu'elle n'avait que cinquante-six ans, ce qui n'était pas évident compte tenu des tabliers de coton et des grosses chaussures plates qu'elle portait habituellement. Pour Donna, Mme Adilman était le prototype de la gentille grand-mère qui apporte des gâteaux et ne refuse jamais de raconter une dernière histoire; et voici que la gentille grand-mère allait se transformer en grand méchant loup. Grand-mère, comme vous avez de grandes dents!

Ils passèrent rapidement sur les faits indéniables. Elle avait fait la connaissance de Donna lorsque celle-ci, juste après son mariage avec Victor, s'était installée dans la maison (avait pris possession de la maison?); elles avaient fait peu à peu plus ample connaissance, notamment à la naissance du fils de Victor (interprétation intéressante, pensa Donna).

Donna était une fille très gentille (merci mille fois, ma bonne dame), mais très sensible aux rhumes et à la grippe (ça recommence!). Mme Adilman les aidait au moins deux jours par semaine lorsque Donna était au fond de son lit.

Le comportement de Donna est devenu de plus en plus bizarre (encore ce mot-là!).

Objection. Refusée. On quittait déjà le domaine de l'indéniable. Une nuit où Mme Adilman s'était levée pour se rendre aux toilettes, elle avait remarqué de la lumière chez les Cressy et avait aperçu Donna en train de lessiver les murs du salon. Il était presque 4 heures du matin et Donna, souffrante, avait passé la journée au lit. Mme Adilman le savait car elle avait gardé les enfants. Les jours suivants, chaque fois qu'elle se levait au milieu de la nuit, ce qui lui arrivait souvent (vu qu'elle était sujette à des infections rénales), elle jetait un coup d'œil chez les Cressy pour voir si les lumières étaient allumées. Elles l'étaient toujours. Donna était toujours debout. En train de faire le ménage.

Et en tant que mère?

Donna retint sa respiration. Cette femme pouvait la détruire.

– Elle était très bien avec Adam, commença Mme Adilman. (Oui, cette femme pouvait la détruire.) Mais je me souviens d'un incident particulier.

Elle regarda Donna comme pour lui demander pardon.

– Nous vous écoutons, madame.

– Eh bien, dit-elle, j'étais en train d'arroser mes fleurs – j'avais très mal dormi cette nuit-là et je m'étais levée de bonne heure – quand j'ai aperçu Donna assise dans sa cuisine. Elle était en train de boire une tasse de café. Je suis allée lui dire un petit bonjour. Victor était en voyage d'affaires et je lui ai demandé si le petit dormait. Bébé avait des coliques et pleurait beaucoup. Ce matin-là, tout était tranquille.

– Que vous a-t-elle répondu?

– Elle m'a dit qu'elle croyait qu'il était mort.

Donna n'entendit pas la suite du dialogue. Elle observait le visage du juge. Manifestement, celui-ci était scandalisé. Vas-y, Arlene, pensa Donna.

– Elle m'a dit que si elle allait le voir et qu'elle le trouvait mort, elle ne pourrait pas boire sa tasse de café.

Ed Gerber fit semblant de réfléchir pendant quelques minutes. Donna savait qu'il faisait semblant lorsqu'il plaçait le majeur de sa main gauche sur son nez – ce qui le faisait loucher. Il était difficile de réfléchir vraiment en faisant des grimaces pareilles. Cette pause était destinée à donner davantage de poids aux témoignages. Cependant, il ne la fit pas durer plus de quelques minutes pour que l'auditoire n'ait pas le temps de déceler l'humour que contenait pareille monstruosité.

– Que l'on me comprenne bien, ajouta Mme Adilman (mais c'est parfaitement clair, Mme Adilman, pensa Donna), je crois que Donna aimait son petit garçon. Je crois qu'elle l'aimait.

Merci, Arlene. Et figure-toi que je l'aime encore.

– Mme Cressy vous a-t-elle annoncé qu'elle attendait un second enfant?

– Oui.

Donna ferma les yeux.

– Pourriez-vous nous dire comment cela s'est passé? (C'était plus une déclaration qu'une question.)

– Objection.

– A quel titre, maître Stamler? demanda le juge.
– Je ne vois pas le rapport, Votre Honneur.
– Je vous assure, s'exclama Me Gerber, que nous allons vous le montrer!
– Objection refusée.
– Racontez-nous cette conversation, madame Adilman.

Donna fit des vœux pour que la femme soit foudroyée sur place. En vain. Son avocat, tout en lui pressant la main, lui lança un regard qui voulait dire : « J'ai fait de mon mieux. »

– J'étais dans mon jardin comme d'habitude, déclara Arlene Adilman, en faisant un effort évident pour se remémorer la scène; j'ai vu Donna rentrer chez elle. Oui, elle était sortie. Adam était à la garderie, et elle est arrivée en taxi...
– En taxi?
– Oui. Je ne l'avais pas vue conduire depuis à peu près deux mois. Elle prenait des taxis. Je pensais que sa voiture ne marchait plus.
– Donc, elle est rentrée en taxi, répéta Me Gerber pour ramener le témoin dans le vif du sujet.
– Oui, et elle avait l'air bouleversée.
– Objection.
– On voyait qu'elle avait pleuré, dit Mme Adilman, refusant elle-même l'objection. C'était évident.
– Refusée. Que le témoin poursuive.
– Elle est venue vers moi, je lui ai dit bonjour et lui ai demandé si elle allait bien. Elle m'a dit qu'elle sortait de chez le médecin et qu'elle était enceinte.
– Qu'avez-vous répondu?
– J'ai dit que c'était merveilleux. Qu'il n'y avait rien de plus triste qu'un enfant unique.
– Et sa réponse? demanda Ed Gerber.
– Elle a dit qu'elle ne désirait pas cet enfant.
– Qu'elle ne désirait pas cet enfant?
– Elle a dit qu'il s'agissait d'un terrible accident et qu'elle ne pouvait pas avoir ce bébé.

– Qu'elle ne pouvait pas?

Fallait-il qu'il répète tout? Il était sourd ou quoi?

– A-t-elle précisé ce qu'elle entendait par là?

– Elle répétait qu'elle ne pouvait pas l'avoir, qu'elle ne le voulait pas. Ensuite, elle m'a demandé de ne pas répéter à Victor qu'elle était enceinte. Je lui ai répondu qu'il s'en rendrait compte très vite.

– Et qu'a-t-elle répondu?

– Elle a dit qu'il ne s'en rendrait peut-être jamais compte du tout. (Elle se tut et regarda Donna dans les yeux.) Lorsque j'ai compris ce qu'elle envisageait...

– Objection. Le témoin ne peut pas deviner ce que Mme Cressy envisageait.

– Accordée.

– Répétez-nous seulement ce qui a été dit, madame Adilman, conseilla l'avocat.

– Quand elle m'a dit que Victor ne s'en rendrait jamais compte, je lui ai dit : « Oh non, Donna, ce n'est pas possible. Vous ne feriez pas de mal à un bébé sans défense. » Je n'arrivais pas à imaginer qu'elle puisse faire une chose pareille, tuer son propre...

– Objection, Votre Honneur.

– Accordée.

Les yeux de Donna se remplirent de larmes. Est-ce que j'ai fait quelque chose, finalement?

Elle avait envie de hurler pour protester contre ce que disait cette femme qui, pour la première fois, évitait son regard et semblait gênée. Je n'ai pas avorté. J'ai recommencé tout le truc. J'ai eu un gros ventre. J'ai assisté aux cours bien qu'une seconde césarienne semblât probable. J'ai été opérée une seconde fois. Victor était encore à mes côtés. Ma petite fille est née. Et toi, vieille sorcière, tu avais raison : je n'ai pas pu tuer mon enfant malgré mon envie, aussi vrai que je tiens maintenant à cette enfant. Parce que cette jeune vie est ma vie et que, même si ma vie est un désastre, cette petite fille est un ange; elle est heureuse, merveilleuse, parfaite, et cela, c'est vraiment mon œuvre;

pendant que vous êtes tous à déblatérer sur mes différentes couleurs de cheveux, mes rhumes, mon ménage, mes pleurs, n'y aura-t-il personne pour remarquer qu'entre-temps je me suis arrangée pour faire deux enfants merveilleusement beaux et intelligents! Personne pour intercéder en ma faveur? Non, répondit Donna en silence. Ton tour n'est pas encore arrivé.

Le témoin suivant déclara s'appeler Jack Bassett. Grand et mince, les cheveux blonds, il avait un petit air vaurien. Propriétaire d'un magasin d'articles de sport, il expliqua qu'il connaissait Victor depuis un certain nombre d'années. En fait, Victor lui avait vendu une police d'assurances un jour où il était venu au magasin avec son fils pour acheter un moulinet. Quelques semaines plus tard, Bassett avait croisé Victor avec sa femme et son fils sur Palm Beach Mall. Donna était alors enceinte, précisa-t-il. Donna ne se souvenait ni de cet homme ni de cette rencontre. Il était là, assis devant elle, prêt à témoigner contre elle. Elle se demandait pourquoi il lui en voulait et ce qu'il pouvait bien avoir à raconter. Lui avait-elle marché sur les pieds lorsqu'on les avait présentés? Avait-elle ri bêtement ou demandé un Kleenex?

– Avez-vous revu Mme Cressy par la suite? demanda Ed Gerber.

– Une fois seulement.

– Pourriez-vous nous dire en quelles circonstances?

Jack Bassett sourit, laissant voir une rangée de dents blanches et bien plantées. Il tardait à Donna d'en savoir plus long.

– J'avais emmené mon chat Charlie chez le vétérinaire, le Dr Ein, à Dixie Sud près de Forest Hill.

Donna ressentit une douleur sourde au creux de l'estomac. Elle n'avait aucun souvenir du témoin mais elle savait où il voulait en venir. Ed Gerber était revenu à l'embranchement des deux routes. Il allait maintenant prendre la seconde. Donna jeta un rapide coup d'œil derrière elle. Mel lui sourit d'un air rassurant.

Avec un fort accent du Sud, Jack Bassett poursuivit sa déposition :

– J'ai laissé ma voiture au parking et j'ai emmené Charlie à sa consultation.

– S'agit-il d'un parking privé réservé à la clientèle du vétérinaire?

– Il est réservé à la clientèle de la clinique vétérinaire et à celle des cabinets médicaux qui se trouvent situés de l'autre côté.

– Que s'est-il passé lorsque vous êtes revenu de la clinique?

– Eh bien, je me sentais tout chose. Le Dr Ein avait décidé de garder Charlie toute la nuit. Vous savez, j'aime ce chat autant que mes enfants...

Tout le monde sourit en ayant l'air d'approuver. Et c'était elle qui était folle?

– Enfin, poursuivit-il, je suis retourné au parking. D'autres voitures s'étaient garées – j'étais resté environ une heure chez le vétérinaire – et je ne me rappelais plus où j'avais laissé cette foutue bagnole, excusez le langage.

Vas-y, vide ton sac, pensa Donna. Accouche. Tu as vu quelque chose, je parie, en cherchant ta voiture! Quelque chose que tu ne t'attendais pas à voir. Allez, raconte. Pourquoi chacun voulait-il ajouter au suspens? Tous ces gens ne pouvaient-ils pas se mêler de leurs oignons? Où était cette merveilleuse non-ingérence dont on parlait tant dans les journaux?

– Enfin, je regardais partout et puis j'ai vu une petite MG blanche. Vous savez, l'ancien modèle. Un beau petit engin. J'ai eu envie d'aller l'admirer de plus près. Je vous assure que je ne me doutais absolument pas qu'il y avait quelqu'un dedans. (Il sembla gêné.) Je me suis penché et j'ai jeté un coup d'œil à l'intérieur.

– Vous avez vu quelqu'un?

– Oui, maître.

– Quelqu'un que vous avez reconnu?

– Pas tout de suite. J'ai d'abord cru que c'était un couple de jeunes gens en train de flirter.

– Vous avez vu deux personnes en train de s'embrasser?

– Oui, maître. Et pas qu'un peu.

– Et alors?

– Je crois que c'est tout ce qu'ils faisaient. Je ne pouvais pas bien voir.

– Objection.

– Objection inutile, maître Stamler, enchaîna Me Gerber. Ma question a été mal comprise. Je n'ai pas voulu dire : « Et que faisaient-ils d'autre? » mais : « Et que s'est-il passé ensuite? »

– Effacez la dernière réponse de l'enregistrement, ordonna le juge.

– Et que s'est-il passé ensuite? répéta Ed Gerber.

– Ils ont dû m'apercevoir et ils se sont assis normalement.

– Les avez-vous reconnus à ce moment-là?

– Pas vraiment. Le visage de la femme me disait quelque chose. Ce n'est que quelques minutes plus tard, lorsqu'ils sont sortis de la voiture, que je l'ai reconnue. Elle avait changé de couleur de cheveux.

– Et qui était-ce?

– Mme Donna Cressy, dit-il en souriant involontairement à Donna.

– Et qui était l'homme qu'elle embrassait?

– Le Dr Mel Segal.

– Pourquoi cela traîne-t-il autant?

Donna était assise dans la MG blanche dont il avait été question un peu plus tôt. Mel s'était garé devant la maison qu'elle avait louée provisoirement.

– Victor a un tas de témoins, répondit Mel en guise d'explication.

– Un par sujet de mécontentement.

– On dirait, en effet.

– Ils racontent tous la même chose. (Il hocha la tête.

Elle se tourna brusquement vers lui.) Est-ce que toi, tu crois que je suis dingue?

Il passa un bras autour de ses épaules.

– Je ne sais pas, poursuivit-elle, en secouant la tête. Je suis là, assise à les écouter. Est-il possible qu'ils se trompent tous?

Mel lui sourit gentiment :

– Ils se trompent tous.

Elle se pencha vers lui :

– Merci.

– Que comptes-tu faire, ce soir?

Elle jeta un coup d'œil vers la maison.

– Je crois que je vais emmener les enfants chez McDonalds. Que dirait Victor s'il savait ça! « Tu bourres mes enfants de cochonneries! »

– Victor n'est pas bête à ce point. Attaquer McDonalds, c'est attaquer une institution américaine!

Elle se mit à rire.

– On pourrait passer prendre Annie et y aller tous ensemble?

– Non, il vaut mieux que tu y ailles seule avec les enfants.

Elle lui caressa la main et décrocha sa ceinture de sécurité en souriant.

– Qu'est-ce que c'est que ce type qui fait mettre des ceintures de sécurité dans une vieille bagnole de sport?

Mel se mit à rire.

– Un vil séducteur de femme enceinte et zinzin, répondit-il en l'embrassant.

Donna mit sa main sur la poignée de la portière.

– Tu sais, j'ai un peu peur de rentrer chez moi. Hier soir, Adam s'est mis à me poser des questions sur la vie et la mort. Je ne suis pas sûre de pouvoir remettre ça ce soir. C'est très bizarre. Je voulais lui expliquer que ma mère était au ciel, mais je ne pouvais pas arriver à sortir le mot.

– Pour quelle raison, à ton avis?

– Je ne sais pas. Peut-être parce que je ne suis pas sûre que le ciel existe.

Mel avait un ton doux et rassurant.

– Tu n'as peut-être pas besoin de croire à tout ce que tu lui dis? dit-il simplement.

Elle fut frappée par la justesse de sa remarque.

– Tu as raison, répondit-elle tandis que défilaient devant ses yeux les images du Père Noël, des héros de la télévision et d'autres créatures qui peuplaient l'imagination d'Adam.

– Merci, dit-elle, sentant que tout rentrait dans l'ordre. (Elle ouvrit la portière.) Tu seras toujours là, n'est-ce pas? demanda-t-elle avant de sortir de voiture. Quand je commence à me prendre au sérieux et tout ça...

– Tout ça quoi?

Elle sourit :

– Je t'aime.

– C'est toujours ce que vous nous dites à nous autres, vils séducteurs.

Elle referma la portière et se pencha à la fenêtre, ouverte :

– C'est pourtant foutrement vrai!

Elle tourna les talons et se dirigea d'un pas rapide vers la porte d'entrée.

11

Il la regardait fixement depuis près d'une heure. Au début, elle avait cru qu'il regardait quelqu'un d'autre; ensuite, elle avait pensé que c'était le mur, derrière elle. Maintenant, elle était sûre que c'était bien elle qu'il regardait. Elle repoussa une mèche imaginaire sur sa joue droite, baissa la tête tout en levant les yeux, essayant d'imiter « le regard » qui avait fait la célébrité de Lauren Bacall. Donna se demanda si ce type barbu, à l'autre bout de la pièce, avait saisi sa ressemblance avec Lauren Bacall. Elle baissa les yeux.

C'est bien ma veine, se dit-elle, en essayant de regarder la réalité – son gros ventre – en face. Elle était enceinte de huit mois. Evidemment, ils étaient séparés par une foule de gens; peut-être n'apercevait-il que le haut de son corps.

En fait, si son ventre avait grossi, tout le reste avait maigri. La plupart des gens qu'elle connaissait s'étonnaient de la voir si mince. Elle-même était surprise de leur étonnement! Elle ne s'était pas rendu compte à quel point elle s'était étiolée. Peut-être sa coiffure était-elle moche, pensa-t-elle. Je devrais faire quelque chose, me faire couper les cheveux ou les décolorer. Elle était mince, décharnée, alors qu'elle aurait dû être épanouie; eh oui, épanouie...

Il continuait à la regarder. Donna ignorait qui était cet homme. Elle connaissait la plupart des gens, bien qu'elle ne les ait pas vus depuis plusieurs années. Elle avait été amie avec eux, et, à cause de Victor, elle les avait tous perdus de vue depuis au moins deux ans. Elle regarda autour d'elle; il y avait d'anciens collègues de l'agence McFaddon (« Ils sont si ennuyeux, avait dit Victor, ils ne savent parler que de leurs campagnes publicitaires »), quelques amies avec qui elle déjeunait de temps en temps (« Je ne comprends pas comment tu arrives à les supporter, Donna. Elles ne parlent que de cinéma. Ce sont des écervelées; tu as autre chose dans la tête »), d'anciens flirts (« Je n'ai aucune envie de connaître ton passé; ça ne m'intéresse pas »), et son amie, sa meilleure amie et confidente, Susan Reid, chez qui elle était venue aujourd'hui (« Il n'y a que deux choses qui l'intéressent : les hommes et les soirées. Elle a une très mauvaise influence sur toi, Donna »). Il y avait également un certain nombre d'amis de Susan que Donna connaissait de vue et d'autres qu'elle n'avait jamais rencontrés. Parmi lesquels l'homme à la moustache et à la barbe blondes qui, du patio, continuait à la regarder fixement.

– Qui est ce type là-bas? demanda Donna à son hôtesse. Le barbu.

Susan fit semblant de regarder autour d'elle. Elle leva son verre et répondit d'un air détaché :

– Oh, celui-là, c'est Mel Segal. Médecin. Divorcé, je crois. Une petite fille. Plutôt mignon, hein?

Donna haussa les épaules.

– Pas mon genre. (Elle se mit à rire.) Enceinte de huit mois, et je fais la difficile.

– Où est Victor, au fait?

C'était la première fois depuis deux heures que quelqu'un lui parlait de Victor.

– Il est à Sarasota pour affaires.

– Ça va, entre vous deux?

– Oui, tout va bien. Pourquoi?

– Je ne sais pas. Tu as l'air... enfin... je ne sais pas.

– Si, dis-moi.

– Tu n'es plus la même! répliqua Susan.

– Evidemment, puisque je suis enceinte.

– Oui, répondit son amie. C'est sans doute ça.

Les deux femmes se regardèrent avec affection. Donna pensa à leurs innombrables coups de téléphone, aux rires et aux larmes qu'elles avaient partagés, à leurs confidences amoureuses, aux films qu'elles avaient vus ensemble, à tous leurs bavardages. Susan et Victor ne s'étaient jamais entendus; ils avaient des personnalités diamétralement opposées. Cela s'était fait en douceur, mais les visites de Susan étaient devenues de plus en plus rares et Victor se trouvait toujours une bonne excuse pour ne pas se rendre aux nombreuses invitations que leur lançait Susan. Donna avait pu venir parce que Victor était en voyage. Merci, Sarasota, pensait-elle.

– Voulez-vous boire quelque chose?

C'était une voix masculine. Donna leva les yeux et fut étonnée de voir que le Dr Mel Segal avait pris la place de Susan. Elle lui tendit son verre.

– Ginger ale, dit-elle, à court d'imagination.

Elle le regarda se frayer un chemin vers le buffet. Bel homme, décida-t-elle. Teint clair, cheveux épais. Corps musclé. Il avait sans doute un peu de mal à garder la ligne. On dirait un enfant qui a trop grandi, pensa-t-elle. Il revenait, un verre dans chaque main. Il avait des yeux marron et, lorsqu'il souriait, deux fossettes creusaient ses joues.

– Ginger ale pour dame enceinte, dit-il en lui tendant l'un des deux verres.

– Merci.

– Venez donc faire un tour dans le patio!

Donna était étonnée. Pourquoi voulait-il l'emmener dans le patio? Avait-il quelque chose contre les femmes enceintes? Certains hommes, avait-elle lu, ne les supportaient pas.

– Vous y tenez?

– Je voudrais vous parler, répondit-il.

Elle voulait lui demander à quel sujet, mais avait peur de sa réponse. Et puis, finalement, elle avait envie d'aller dans le patio avec lui. Il la précéda.

– Est-ce que nous nous connaissons? lui demanda-t-elle tandis qu'ils traversaient le patio et se dirigeaient vers un coin de pelouse inoccupé.

– Non.

– Je suis tout ouïe, dit-elle.

– J'espérais que c'était vous qui alliez parler.

– Moi? C'est vous qui m'avez dit que vous vouliez me parler.

Il y eut un long silence. Finalement, après mûre réflexion, il se décida.

– Cela ne me regarde pas...

– Quoi donc?

– Vous.

– Que racontez-vous?

– Ecoutez, ce n'est pas du tout mon genre. Je n'interviens jamais dans la vie privée des gens. Je suis tolérant...

– Qu'essayez-vous de me dire?

– Je n'ai jamais vu une femme qui ait l'air aussi malheureuse que vous.

Donna, abasourdie, fut incapable de répondre.

– Je suis désolé. Ce n'est pas une chose à dire à quelqu'un qu'on ne connaît pas, je le sais. Je vous ai regardée. Et j'ai entendu plusieurs personnes dire : « Mais qu'arrive-t-il à Donna? Elle qui était si jolie. » Pour être honnête, je vous trouve encore jolie, mais vous semblez tellement désespérée...

– C'est vous qui le dites, dit Donna qui essayait de réagir.

Elle sentit ses yeux se remplir de larmes.

– Je vous en prie, ne pleurez pas. Je deviens idiot quand une femme pleure à côté de moi.

Il la prit par le coude et l'entraîna à l'autre bout du jardin. Les larmes de Donna se transformèrent en sanglots.

Quelques minutes plus tard, Donna se retrouva dans les bras du docteur, pleurant toutes les larmes retenues depuis près de neuf mois. Les autres invités avaient quitté le patio. Mel, assis près de Donna, la tint serrée dans ses bras jusqu'au dernier sanglot.

– Il ne faut pas que je pleure, dit-elle enfin. Ce n'est pas bon pour le bébé.

– Préoccupez-vous de ce qui est bon pour la maman, répondit-il. En général, ce qui est bon pour la mère est aussi bon pour l'enfant.

Donna sourit faiblement.

– J'avais oublié que vous êtes médecin. (Elle s'interrompit, se moucha.) Où se trouve votre cabinet?

– Dixie Sud. Près de Forest Hill.

– Dans une clinique?

Il hocha la tête.

– Médecine générale?

– Oui.

– Cela vous plaît?

– Beaucoup.

– Susan m'a dit que vous aviez une petite fille.

– Oui. Elle s'appelle Annie. Elle a sept ans.

Il la regarda dans les yeux. Les larmes étaient comme en suspens, attendant la plus légère provocation pour se remettre à couler.

– Susan a dû aussi vous dire que j'étais divorcé.

– Oui.

– Etonnante, cette Susan. Elle a l'art de vous regarder dans les yeux et de vous dire les choses les plus horribles avec un charmant sourire. Du grand art.

– Elle n'a rien dit de mal sur vous.

– Un divorce est toujours mauvais, surtout lorsqu'il y a des enfants.

– Pourquoi avez-vous divorcé, alors?

– C'est Kate qui l'a voulu. Elle a eu l'impression de se faire avoir, je crois.

– De se faire avoir?

Ils n'étaient plus dans les bras l'un de l'autre mais assis côte à côte, les genoux pliés, cueillant machinalement des petits brins d'herbe.

– C'est l'histoire classique. Nous nous sommes mariés en sortant du lycée; elle a travaillé pour me permettre de finir mes études et elle a laissé tomber quand j'ai eu mon diplôme. Nous avons eu Annie. Je travaillais dur. J'étais continuellement absent. Elle restait à la maison. Elle l'a mal supporté. Ensuite, elle m'en a voulu. Elle s'est mêlée à quelques groupes féministes; et elle m'a déclaré un jour qu'elle me quittait et qu'elle allait faire des études pour être avocate. C'est tout.

– Et Annie?

– Elle vit avec moi. Kate la prend pendant les vacances.

Donna sentit son corps se raidir. Une question lui brûlait les lèvres : Pourquoi en avez-vous la garde? Elle dit :

– Et Kate?

– Elle aura son diplôme dans un an. Je crois qu'elle fera une bonne avocate.

– Vous n'avez pas de rancune?

Il secoua la tête.

– Non. Vous savez, c'est autant ma faute que la sienne. Elle ne m'a pratiquement pas vu pendant neuf ans. C'est difficile de réussir un couple dans ces conditions. (Il s'arrêta et lança une poignée de brins d'herbe en l'air.) Mais la vie est bizarre. Depuis qu'elle m'a quitté, je travaille moins. Je me suis rendu compte que j'avais une enfant à élever. Je m'efforce d'être toujours à la maison avant 6 heures et je la mets dans son autobus tous les matins. Je ne travaille jamais les week-ends, sauf en cas d'urgence. Toutes choses que Kate me reprochait lorsque nous vivions ensemble. (Il regarda Donna.) Pourquoi agissons-nous toujours en dépit du bon sens?

– Comment se fait-il que vous ayez obtenu la garde d'Annie? demanda brusquement Donna, incapable de se taire plus longtemps.

– Kate pensait que ce serait mieux pour Annie. L'école de droit n'est pas un foyer idéal pour une gosse de quatre ans. Ou de sept ans, même si elle est précoce.

Assis l'un à côté de l'autre, ils regardaient la maison sans la voir.

– Vous voulez me raconter votre histoire? demanda-t-il.

– Non.

– Pourquoi? Vous n'avez pas confiance en moi?

– Si je commence, je vais me mettre à pleurer.

Ils continuaient à regarder droit devant eux, comme s'ils craignaient de se regarder dans les yeux.

– Vous voulez une fille ou un garçon?

– Une fille. J'ai déjà un petit garçon qui s'appelle Adam.

– Vous avez choisi un nom pour elle?

– Sharon. C'était le nom de ma mère.

– Ma mère s'appelait Tinka.

– Tinka?

Il se mit à rire.

– Imaginez trois petites filles de cinq, sept et neuf ans débarquant de Pologne. Elles s'appelaient Mania, Tinka et Funka.

– Funka?

– Vous voyez que Tinka n'est pas si mal, en comparaison.

Elle se mit à rire aussi.

– Que sont-elles devenues?

– Comme tout le monde, elles ont grandi, se sont mariées, ont eu des enfants et sont mortes. Excepté Mania. Elle est toujours dans la course. Je crois qu'elle doit avoir quatre-vingt-six ans. Mais elle refuse d'avouer son âge. Elles ont changé de nez et de nom. Mania est devenue Mary et Funka, Fanny. Tinka est restée Tinka. C'était une sacrée personnalité.

– Vous êtes fils unique?

Il éclata de rire.

– Pas précisément. J'ai quatre sœurs et deux frères. Disséminés à travers tout le pays. Du Vermont à Hawaii.

– Moi, je n'ai qu'une sœur. Elle vit en Angleterre.

– Et votre mari, que fait-il?

Donna se leva et secoua sa jupe pour en faire tomber les brins d'herbe. Elle vit avec étonnement que Mel restait assis où il était.

– Je suis un peu fatiguée. Je crois que je vais rentrer.

– Bon, dit-il, toujours sans bouger.

– Pourriez-vous me raccompagner chez moi? demanda-t-elle, étonnée par sa propre hardiesse.

Il se leva immédiatement.

– Pardon, je pensais que vous aviez une voiture.

– Je ne conduis pas.

– Ah bon! C'est rare.

– Je ne conduis plus.

Il ne fit aucun commentaire. Il la raccompagna chez elle en silence.

– Et si, un jour, vous avez envie de me parler, vous

savez où se trouve mon bureau. N'hésitez pas à venir me voir.

Elle sourit, ouvrit la portière et se hissa péniblement hors de la petite voiture blanche.

– Merci, dit-elle.

Il attendit qu'elle soit bien rentrée avant de redémarrer.

Sharon avait trois mois lorsque Donna se présenta au cabinet du Dr Segal.

– Je ne vous reconnaissais pas, dit-il en se levant pour lui dire bonjour. Vous avez changé de couleur de cheveux.

Donna toucha machinalement ses cheveux carotte.

– Comment trouvez-vous ma nouvelle couleur?

Il se mit à rire.

– Pas mal. C'est mignon.

– On dirait que vous le pensez.

– Bien sûr.

– Victor déteste.

– Victor?

– Mon mari.

– C'est cela qui vous fait sourire?

– Que voulez-vous dire?

– Vous avez souri pour la première fois lorsque vous avez dit que Victor détestait cette couleur.

– Suis-je transparente?

– Seulement quand vous le désirez.

– Le seul problème, c'est que moi aussi, je déteste cette couleur.

– Le seul problème?

– Je déteste aussi Victor. (Elle fut prise d'un fou rire qui dura cinq minutes.) Ça y est. Je l'ai dit à voix haute. Je le déteste.

Le rire se transforma immédiatement en larmes.

– Je déteste mon mari. Et je me déteste moi-même.

Mel n'aurait pas pu la faire taire même s'il l'avait bâillonnée. Les mots jaillissaient de sa bouche. Elle enchaînait histoire sur histoire. Tout y passa. Presque six ans de vie commune avec Victor.

– Je crois bien qu'il essaie de faire amende honorable, dit Donna. Il est très prévenant. Il est aux petits soins pour Sharon – il se débrouille très bien avec elle. Il fait beaucoup de choses. Il m'offre de petits cadeaux, m'emmène dîner au restaurant. Il n'essaie jamais... (Elle regarda Mel, anxieuse de voir s'il comprenait ce qu'elle voulait dire, et, constatant que oui, elle poursuivit :) Mais il suffit qu'il me prenne par le bras pour sortir de voiture pour que j'aie envie de vomir.

– C'est peut-être parce que vous n'avez pas besoin qu'on vous aide à sortir de voiture.

Donna plongea ses yeux dans les yeux de Mel. Il était assis sur le bord de son bureau, à quelques centimètres d'elle. Elle avala sa salive comme si elle essayait de digérer ses paroles.

– Avec lui, j'ai toujours l'impression de ne pas être à la hauteur. Au début, je ne détestais pas être prise en charge. Mais au bout d'un certain temps, savez-vous ce qui se passe? Vous redevenez un enfant. L'adulte disparaît en vous. Vous commencez à agir comme vous êtes traité – en enfant! Vous devenez totalement dépendant. J'ai trente-deux ans; j'ai deux enfants. Je ne devrais dépendre que de moi-même. Je ne comprends pas comment les choses ont pu en arriver là! Je ne peux plus respirer! Il m'étouffe! Il décide de tout, il remet en question tout ce que je fais, jusqu'aux détails les plus insignifiants. Il faut qu'il se mêle de tout. Et savez-vous ce qui m'inquiète le plus ces derniers temps?

Mel contourna son bureau et alla s'asseoir.

– Quoi?

– Il croit que les choses s'améliorent entre nous; il croit que tout espoir n'est pas perdu. C'est ce qu'il m'a dit ce matin : « Nous ne nous disputons plus. Tu as appris à faire des concessions. Je crois vraiment que tu commences à mûrir. Sauf en ce qui concerne tes cheveux, bien entendu. » (Elle se mit à hurler :)

Concession est un mot que je déteste! Savez-vous, docteur Segal, ce que signifie le mot « concession »? Il signifie démission. La raison pour laquelle nous ne nous disputons plus est qu'il y a un an, j'en ai décidé ainsi. J'accepte toutes ses décisions. Voilà ce qu'il entend par concession. Si je dis blanc et qu'il dit noir, alors je dis noir : la voilà la concession.

Elle se leva et se mit à arpenter la pièce de long en large.

– Je mûris! Je commence à mûrir! Je commence à mourir! Cela revient-il au même? Son idéal de la maturité, c'est un enfant obéissant. C'est cela que je suis devenue. Et comme la plupart des enfants écrasés par leurs parents, je suis devenue rancunière et méchante. Mesquine. Trouvez-vous que ce que je vous dis est dénué de sens?

– Vous n'avez probablement rien dit d'aussi sensé depuis six ans.

Il se leva et s'approcha d'elle.

– J'ai l'impression d'avoir perdu le contrôle de ma vie. Je suis continuellement malade. Je ne fais rien par peur de me tromper. Je n'ose plus avoir d'opinion. J'ai peur d'être moi-même. (Elle se tut un moment et regarda le visage ouvert de Mel.) Le seul moment où je me sens un peu plus libre, c'est au milieu de la nuit. (Mel la regarda, étonné.) Je mets un tablier de coton, je sors ma bassine et ma serpillière et je nettoie ma petite maison merdique jusqu'à ce qu'elle brille comme un sou neuf.

Mel se mit à rire très fort.

– Vous n'êtes pas choqué?

– Par quoi?

– Par ma façon de parler. De dire des mots grossiers.

Manifestement, Mel cherchait ce qu'elle avait bien pu dire.

– Merdique? demanda-t-il. Vous appelez ça un mot grossier? Ma fille de sept ans en dit bien d'autres.

– Cela ne vous ennuie pas?

Mel haussa les épaules pour montrer que cela le laissait indifférent.

– Victor ne le supporterait pas. Il ne le supporte même pas de moi.

– J'ai quelque chose à vous dire, dit-il.

– Quoi donc?

– Quittez cet infâme fils de pute.

Il y eut un silence.

– Je ne peux pas.

– Et pourquoi donc? Pouvez-vous me citer une seule chose positive chez ce type?

Donna se remit à arpenter la pièce en tous sens. Puis elle s'arrêta et dit d'un air interrogateur :

– Il est bon en cas de coup dur.

– Combien de coups durs avez-vous eus récemment? Donna, n'importe qui peut être bon en cas de coup dur. C'est la vie quotidienne qui est difficile, les petits détails. Il vous tue.

Donna secoua la tête. Pour une fois où quelqu'un prenait son parti, lui disait tout haut les choses qu'elle pensait tout bas, voilà que, bizarrement, elle essayait de prendre la défense de Victor.

– Ce n'est pas sa faute. Je sais bien qu'à m'entendre, on dirait qu'il a tous les torts. Mais il faudrait que vous connaissiez aussi sa version des faits. Je ne suis pas un ange non plus. Je lui ai dit des choses horribles en public, je l'ai insulté, je lui ai fait du mal. Je connais tous ses points faibles. Je sais où enfoncer les aiguilles!

– Pourquoi cherchez-vous des excuses?

– Des excuses?

– Pour ne pas le quitter.

– Nous avons deux enfants!

– Parce que vous vous figurez que l'exemple qu'ils ont sous les yeux est bon pour eux? Vous voulez que Sharon devienne une poupée Barbie? Vous voulez qu'Adam considère votre couple comme l'idéal de l'amour partagé?

Les yeux de Donna se remplirent de larmes.

– J'ai peur qu'il m'enlève mes enfants. Ne comprenez-vous pas? Je connais Victor. Si j'essaie de le quitter, il m'enlèvera les enfants.

Mel s'approcha de Donna et la prit dans ses bras. Il la serra contre sa poitrine. Sa voix était douce.

– Vous devez vous battre contre lui, Donna. Vous le faisiez avant. Recommencez. Sinon, vous perdrez bien plus que vos enfants.

– Mes enfants sont tout pour moi.

– Non, dit-il en la regardant. Ils représentent une grande partie de votre vie mais pas votre vie tout entière. Il y a une femme qui s'appelle Donna et qui existe en dehors de tout le monde.

Donna secoua la tête.

– Non, dit-elle. Je vous l'ai dit. Je l'ai perdue depuis longtemps.

– Ce n'est pas vrai, répliqua-t-il. Quelqu'un qui a le culot de se teindre les cheveux en orange vif n'a pas entièrement abandonné son droit à l'individualisme.

– Vous croyez? (Elle le considéra un instant.) Qu'est-ce que vous êtes, pour moi?

– Un ami.

Elle baissa la tête et le laissa la serrer dans ses bras.

– Merci, dit-elle. J'ai précisément besoin d'un ami.

12

Donna était assise avec ses deux enfants dans la pièce du fond, où elle avait installé sa chambre depuis un an environ. Le canapé-lit recouvert de tissu bleu était déplié. De son bras droit, elle entourait les épaules d'Adam tandis que sa main gauche reposait sur le petit ventre de Sharon. De temps en temps, Adam se penchait par-dessus les genoux de sa mère pour aller pincer les doigts de pied de sa sœur.

– Adam, arrête.
– Je ne l'aime pas.
– Peut-être. Mais ne lui fais pas mal.
– Dis-lui qu'elle se tienne tranquille.
– Elle ne fait rien. On n'entend que toi. Bon. Tu veux regarder « 1, rue Sésame » ou pas?
– Oui.
– Bon. Alors, regarde.
Pendant quelques secondes, Adam regarda l'émission.
– Je ne l'aime pas, répéta-t-il en jetant un coup d'œil furtif dans la direction du bébé. Je ne peux pas la voir.
– Eh bien, ne la regarde pas.
Il se leva et se dirigea vers le bébé. Sharon suivit son frère des yeux. Donna se tenait prête à intervenir.
– Je ne t'aime pas, dit-il très fort. Je ne t'aimerai jamais. Jamais.
– Bon, Adam, ça va comme ça.
Il continua sa litanie.
– Ni quand tu seras grande. Ni quand tu seras vieille. Jamais.
– Ça va, Adam. On a compris.
Adam retourna à sa place. En passant, il frappa du plat de sa main le front du bébé. Sharon ouvrit de grands yeux, mais ne pleura pas.
– Ça suffit comme ça! dit Donna en éteignant la télévision.
Elle prit Sharon dans ses bras, l'emmena dans sa chambre, la posa dans son berceau et remonta le mobile musical placé au-dessus de sa tête. Sharon gazouilla et agita les jambes en signe de contentement.
– Que tu es mignonne, dit Donna en caressant le ventre de sa fille.
Celle-ci ne pleurait jamais. Donna n'aurait jamais pu imaginer bébé plus facile.
– A toi, maintenant, dit-elle en retournant dans sa

chambre, où Adam criait en essayant de retrouver la chaîne de « 1, rue Sésame ». Donne-moi le bloc de commande. Adam, tu vas le casser. Bon, j'ai quelque chose à te dire.

Elle prit l'enfant qui pleurait sur ses genoux :

– Ne pleure plus. Ecoute-moi. J'ai quelque chose à te dire. (Adam se tut et la regarda attentivement. Ses yeux bleus étaient la réplique exacte de ceux de son père.) Je t'aime, commença-t-elle. Tu le sais. Je t'aime plus que tout au monde.

– Je ne veux pas que tu aimes Sharon, implora-t-il.

– J'aime Sharon.

– Non!

– Si, chéri. Il va falloir que tu t'y fasses. Elle est ta sœur et elle va rester avec nous. Je sais que ce n'est pas une chose facile à accepter quand on a trois ans, mais il le faut.

– Mais je ne l'aime pas.

– Ça ne fait rien. Tu n'es pas obligé de l'aimer. Mais tu n'as pas le droit de lui faire de mal. Tu comprends? Tu aimerais que quelqu'un de plus grand que toi te tape sur la tête?

Il porta la main à sa tête.

– Non, répondit-il.

– Elle non plus n'aime pas ça. Alors, tu ne la taperas plus. D'accord?

– Oui. Je peux regarder « 1, rue Sésame » maintenant?

– A une condition.

– Qu'est-ce que c'est, une condition?

– Une condition est la base d'un accord. (Elle se tut. Belle explication à donner à un enfant de trois ans! Comme s'il pouvait y comprendre quelque chose!) Disons plutôt que tu peux regarder la télé si tu me laisses ramener Sharon et si tu ne la tapes pas.

Adam considéra la proposition avec le plus grand sérieux.

– D'accord, dit-il.

Donna remit le petit garçon sur le lit et alla rallumer la télévision. Elle s'apprêtait à sortir de la pièce lorsqu'elle entendit la voix d'Adam qui disait :

– Mais je ne l'aime pas.

Donna sourit à son petit garçon. Ne t'en fais pas, pensa-t-elle. Ça ne sert à rien de s'en faire.

Depuis plus d'une heure, Victor se retenait pour ne pas faire de commentaires sur ses cheveux. Donna sentait les efforts désespérés qu'il tentait pour ne rien dire et cela lui plaisait énormément. Elle profitait de chaque minute de silence. Elle devinait les questions qui brûlaient les lèvres de Victor : Bon sang, Donna, qu'est-ce que tu as encore fabriqué avec tes cheveux? Tu sais que je déteste les cheveux noirs lorsqu'ils sont teints. Ça fait bidon.

Mais qu'avait-elle donc? Que lui était-il arrivé? Donna était affolée. Etait-ce bien elle, cette femme qui prenait plaisir à voir souffrir les autres? Etait-elle devenue un monstre? Je préfère voir souffrir les autres plutôt que de souffrir moi-même, se dit-elle. « Je trouve que le sadisme est autrement plus sain que le masochisme. » Mon Dieu! Quand avait-elle dit ça? A cette soirée chez Danny Vogel. La nuit où...

Elle regarda Victor. Il abaissa le livre qu'il faisait semblant de lire et lui sourit.

– Tu as passé une bonne journée? demanda-t-il.

– Pas mauvaise.

Il avait posé la même question pendant le dîner et elle lui avait répondu de la même façon.

– Qu'as-tu fait?

– Comme tu le vois, je suis allée chez le coiffeur.

– Oui, je vois.

– Ça te plaît? demanda-t-elle avec un sourire narquois.

– Non. Tu sais que je n'aime pas les cheveux noirs lorsqu'ils sont teints.

– Tes cheveux sont noirs.
– Mes cheveux sont naturels.
– Les miens aussi. A part la couleur.
– Tu te trouves drôle?
– Assez, oui.
Elle mentait. L'un comme l'autre avaient perdu tout sens de l'humour depuis longtemps.
– Qu'as-tu fait d'autre?
Elle devinait qu'il lui était pénible de poursuivre poliment la conversation.
– J'ai emmené Sharon chez le pédiatre pour la visite des six mois. Puis j'ai regardé « 1, rue Sésame » avec Adam. Sharon regardait aussi. Enfin presque.
– Tu l'as emmenée chez le Dr Wellington?
– Hein? Oh, non, chez le Dr Segal. Je t'ai dit que j'avais changé.
– Le Dr Wellington est le meilleur pédiatre de Palm Beach.
– Il est aussi très pris. Il ne sait pas si mes enfants sont noirs ou blancs, si ce sont des filles ou des garçons. En outre, le Dr Segal me soigne aussi, ce qui facilite les choses.
– Qui est cet illustre inconnu?
– Il me plaît. Peu importe.
– Ce n'est pas pour ça qu'il est bon médecin.
Donna avait dit ce qu'elle avait à dire. Elle se leva.
– Tu fais du café?
– J'avais l'intention d'aller me coucher.
Victor regarda sa montre.
– Il n'est que 9 heures.
– Je suis fatiguée.
Il se leva.
– Je t'en prie, Donna, dit-il en tendant les mains vers elle. (Elle se raidit immédiatement et eut un geste de recul.) Tu ne veux pas t'asseoir, qu'on parle un peu?
– Je suis vraiment fatiguée, Victor.
– Tu ne veux pas que je te raconte ce que j'ai fait aujourd'hui?

Donna était figée comme sous l'effet d'un gaz asphyxiant. Elle avait l'impression que ses membres étaient paralysés. Elle voulait s'enfuir, mais ses jambes refusaient de bouger. Victor crut qu'elle était prête à l'écouter.

– J'ai vendu une excellente assurance-vie. Tu veux savoir à qui?

Je m'en fous, pensa-t-elle.

– A qui?

– A un des types qui a acheté le *Mayflower*.

Donna le regardait sans comprendre. Qu'est-ce qu'il raconte?

– Il était à la fameuse soirée où nous nous sommes connus. (Ah, ce Mayflower-là!) Une idée dans le vent pour des Américains dans le vent!

Elle souhaita n'avoir jamais foutu les pieds dans cet endroit.

– Je vais me coucher, Victor.

– Dans ta chambre? demanda-t-il soudain.

– Bien sûr, répondit-elle en s'efforçant de garder son calme.

– Je pensais que peut-être...

– Bonsoir, Victor.

Elle passa à côté de lui et quitta la pièce.

Il était à peu près minuit lorsqu'elle l'entendit sortir de la salle de bains et aller voir si tout allait bien dans les chambres de Sharon et d'Adam; comme chaque soir, il faisait sa ronde avant d'aller se coucher. Mais, au lieu de s'éloigner, ses pas se rapprochèrent.

Elle s'enfonça immédiatement sous les couvertures.

Elle savait qu'il avait ouvert la porte et qu'il s'approchait d'elle sur la pointe des pieds.

– Donna? (Elle ne répondit pas.) Donna, je sais que tu ne dors pas.

Fous le camp, avait-elle envie de crier. Je ne suis pas là.

– Bon, tu n'es pas obligée de parler. Mais il faut que tu m'écoutes. Si c'est ça que tu veux...

Ce n'est pas ça que je veux! Je veux que tu me foutes la paix, que tu te barres. Je ne veux pas t'écouter. Si on ne faisait que ce que voulais, tu ne serais pas là. Je ne serais pas obligée d'écouter tes salades.

Sa voix était douce.

– Je t'aime, Donna. Je n'ai jamais cessé de t'aimer. Tu le sais bien. Je reconnais que j'ai commis des erreurs. J'ai fait certaines choses en dépit du bon sens, comme si je ne t'aimais pas... J'ai essayé d'être patient, Donna. Je t'ai laissé dormir ici, toute seule, sans te déranger, depuis déjà longtemps. Pendant ta grossesse, je ne voulais pas faire de mal au bébé et, depuis, j'ai attendu que les choses s'arrangent d'elles-mêmes. Pendant un certain temps, il m'a semblé que ça allait mieux entre nous. J'espérais toujours que tu reviendrais dans notre chambre mais... Donna, je ne peux rien faire pour effacer cette nuit. C'est du passé. Cela s'est produit il y a longtemps. Je suis vraiment désolé d'avoir agi comme je l'ai fait, mais tu dois te rappeler aussi comment tu étais avec moi à l'époque. Tu t'acharnais sur moi. Tu m'as humilié à cette soirée. Tu ne te rends pas compte, parfois, tu...

C'était ça qu'il appelait faire des excuses? Victor, crois-tu vraiment que tu es en train de me faire des excuses? Je suis désolé, mais tu m'as forcé à le faire? Je suis désolé, mais, sois raisonnable, c'était ta faute? Je ne suis pas là. Je n'entends rien.

– Finalement, tu sais, on ne s'en est pas trop mal sortis. Enfin, nous avons Sharon. Et je t'aime, Donna. Nous formons une famille. Je ne voulais pas te faire de mal, Donna. Voyons, reconnais-le. Je ne t'ai pas vraiment fait mal. Si?

Tu as raison, Victor. Tu ne m'as pas fait mal. Tu as simplement haché menu nos cinq années de mariage. Et je crève du souvenir qui m'en reste.

– Je t'en prie, Donna, je ne peux pas te dire autre chose que : je suis désolé. Je ne peux pas rayer cette nuit de notre vie. Elle a existé. Mais ne la laissons pas nous détruire. C'est du passé. Il est temps que nous vivions dans le présent, que nous profitions de ce que nous avons.

J'ai entendu ça. La balle est dans ton camp. Renvoie ou dégage la piste.

– Je voudrais simplement que les choses redeviennent ce qu'elles étaient avant cette nuit-là.

Que les choses redeviennent ce qu'elles étaient avant cette nuit-là? Tu es dingue, ma parole? Tu ne te rends pas compte que cette nuit était exactement à l'image des jours qui l'ont précédée? Regarde les choses comme elles sont.

– Je t'en prie, Donna, je voudrais tant retrouver ma petite fille.

Donna eut un haut-le-cœur. Elle rejeta rapidement ses couvertures et se précipita vers les toilettes, où elle vomit son dîner. Puis elle s'assit sur le carrelage, les cheveux dans les yeux. Les larmes ruisselaient sur ses joues. Elle attendit que Victor ait quitté sa chambre, qu'il ait refermé sa porte, pour retourner se coucher.

Elle se réveilla à 3 heures du matin, comme d'habitude. Elle se leva et se dirigea vers la cuisine. Elle avait remarqué la veille que les robots n'étaient pas propres. Adam avait laissé partout des traces de doigts. Elle allait tout nettoyer, tout faire briller.

Elle alluma la lumière, pressa le bouton de son petit transistor, sortit son Ajax, son M. Propre, ses torchons et se mit au travail. Elle travaillait toujours au rythme de la musique. Elle versa un peu de M. Propre. Victor l'avait trouvée un jour en train de mettre de l'Ajax – tu ne sais pas que ça va bousiller la peinture? – et ils avaient passé deux bonnes heures à se disputer. Oui, monsieur, on discutait de tout, à l'infini, jusqu'à la nausée.

Le disque changeait. Elle suivit le nouveau rythme.
J'ai d'abord été étonnée, puis j'ai été pétrifiée.

Elle connaissait cette chanson. C'est Gloria Gaynor,

se dit-elle fièrement. *Je pensais que je ne pourrais jamais vivre sans toi.*

Elle va démarrer vraiment dans un instant, pensa-t-elle, la main à l'arrêt, prête à frotter.

Ça y est. Le rythme accéléra. Les mains de Donna dansaient sur la surface plane.

Tu es de retour.

Frotter. Frotter. Nettoyer. Jusqu'à ce que ça brille.

Si j'avais pu deviner une seconde

Que tu reviendrais m'embêter.

La musique accélère. Nettoie, Donna, vas-y, chauffe.

Va-t'en, pars, fiche le camp!

Donna s'arrêta soudain.

Sors d'ici

Tu n'es plus chez toi.

Elle regarda le petit transistor. Puis ses yeux se tournèrent vers la porte de la cuisine.

Tu penses que je vais m'écrouler? Me coucher et mourir?

Oh non, non, je vais survivre.

Elle s'approcha du téléphone. Victor laissait toujours les clés de sa voiture sur un plateau placé à côté.

J'ai toute la vie devant moi

J'ai de l'amour à revendre

Et je vais survivre. Je vais survivre.

Elle prit les clés et se dirigea vers la porte d'entrée.

Hey, hey.

Donna fut saisie par la fraîcheur. Elle ne portait qu'une fine chemise de nuit. Peu importait. Elle voulait simplement faire démarrer la voiture, chose qu'elle n'avait pas faite depuis... Ensuite, elle rentrerait au chaud.

Elle ne voulait plus penser à rien. Seulement entrer dans la voiture et se mettre au volant. Elle avait toujours été une bonne conductrice. Avant Victor. Mais avait-elle été capable de faire quelque chose toute seule, avant Victor?

Elle ouvrit la portière et s'assit à la place du

conducteur. L'image de Victor se dressa devant elle. « Attention à la poubelle », disait-il.

– Je ne veux pas t'écouter, dit-elle à voix haute en mettant la clé dans le contact. Tu n'es pas là.

La radio se mit en marche en même temps. Elle avait oublié que Victor ne l'éteignait jamais. Elle était réglée sur la même station que le transistor. Gloria Gaynor venait d'attaquer le deuxième couplet. C'est bien, pensait Donna, continue à me parler.

Ne pas craquer.

Je ne craquerai pas. Je vais faire une marche arrière et conduire sur la route. Ensuite je rentrerai m'occuper des enfants.

Tant de nuits passées
A me lamenter
Je pleurais
Mais j'ai relevé la tête.

Donna releva la tête. Elle essaya de faire marche arrière. Mais son bras ne pouvait pas bouger. Elle sentait le poids de la main de Victor.

Sais-tu où nous allons, Donna? Tu aurais dû tourner il y a trois rues.

Sors de ma voiture, Victor. Tu n'es pas là.

Tu as passé la ligne jaune.

Ce n'est pas vrai.

Et tu me vois
Transformée
Je ne suis plus une esclave
Amoureuse de toi...

Tu as presque brûlé le stop.

Ce n'est pas vrai.

Va-t'en, pars
Sors d'ici...

Bon sang, Donna, tu veux nous tuer?

Je ne l'ai pas fait exprès, je ne l'ai pas vu...

Toi qui voulais rompre...

Ferme-la pour changer un peu, Donna.

Il faut te donner une leçon. Il faut te donner une leçon.

Va-t'en, pars
Sors d'ici...
Donna sentit que sa main se mettait à trembler. Puis son corps tout entier.
Tu crois que je vais m'écrouler?
Me coucher et mourir?
Elle continuait à trembler.
Et je vais survivre. Je vais survivre...
Donna coupa le contact. Elle se mit à pleurer, la tête appuyée sur le volant. Comment allait-elle faire pour survivre? se demandait-elle tristement. Elle oubliait qu'elle était déjà morte.

13

– Mon Dieu, que vous est-il arrivé?
– Ça ne vous plaît pas non plus?
Le Dr Segal se leva et contourna son bureau pour venir saluer Donna.
– Victor appelle ça ma période Auschwitz.
Mel sourit.
– Il ne peut s'empêcher de faire de l'esprit.
– Mais vous n'aimez pas non plus?
Mel réfléchit longuement.
– Je ne suis pas fana.
Donna poussa un profond soupir.
– Je les ai coupés moi-même, dit-elle, en passant la main sur ce qui lui restait de cheveux. Hier soir.
– En quel honneur?
– Victor m'a dit qu'il commençait à retrouver sa Donna d'autrefois. Je me serais volontiers rasé la tête, mais je n'en ai pas eu le courage.
– Vous ne vous êtes pas arrêtée loin.
– Victor dit que je ressemble à Peter Pan mourant de faim.
– Au diable Victor!

– Allez-vous me dire qu'il faut que je le quitte?
– Non.
– Pourquoi pas?
– Je vous l'ai dit la première fois que vous êtes venue ici. Vous êtes une grande personne. Ce n'est pas la peine de vous répéter les choses. A vous de prendre vos responsabilités.
– Allez, dit-elle en plaisantant, dites-moi qu'il faut que je le quitte.
Il prit soudain un air sérieux.
– Impossible.
Donna se dirigea vers la porte.
– C'est dingue, dit-elle. Pourquoi faut-il toujours que je tombe sur des hommes intègres?
– Que vous tombiez sur?
Prise au dépourvu par ses propres paroles, elle se retourna vers Mel.
– Vous m'avez très bien comprise.
Il fit semblant d'acquiescer, mais Donna voyait bien que c'était pour lui faire plaisir. Elle non plus, du reste, ne savait pas très bien ce qu'elle avait voulu dire.
– C'était très gentil de votre part de me recevoir sans rendez-vous.
– A-t-il jamais été question de rendez-vous entre nous?
– Votre salle d'attente est remplie.
– Pourquoi êtes-vous venue?
– Je ne sais pas exactement.
– Les enfants vont bien?
– Oui.
– Et vous?
– Ça va, oui. En fait, l'intérieur est à l'image de l'extérieur. (Elle se mit à rire.) Vous pensez qu'ils auraient un lit pour moi à l'hôpital du coin?
– Vous n'avez pas l'air mal à ce point.
– Si.
– Personnellement, j'ai toujours trouvé Peter Pan plutôt mignon.

Donna sourit et s'approcha de lui.

– Il m'a toujours dit le plus grand bien de vous aussi, dit-elle. (Elle caressa le visage et la barbe de Mel.) Comment va Annie?

– Très bien. Elle est en pleine période masturbatoire.

Ils éclatèrent de rire.

– Que faites-vous pour enrayer le mal? demanda Donna.

– Rien du tout. Si ça lui fait plaisir...

Donna et Mel échangèrent un long regard.

– Bon, j'y vais, dit-elle calmement.

– OK, répondit Mel encore plus doucement.

– J'ai tellement envie que vous m'embrassiez que ça devient insupportable, poursuivit-elle.

Elle fit volte-face et sortit rapidement de la pièce. Il sortit derrière elle. Elle l'entendit s'excuser auprès de ses patients – il était appelé d'urgence, disait-il, il n'en avait que pour quelques minutes – et le bruit de ses pas résonna derrière elle dans l'escalier. Il la rattrapa en bas.

– Ma voiture est au parking, dit-il en la prenant par le bras. (Elle reconnut la petite MG blanche.) Merde, elle est fermée, dit-il, en cherchant les clés dans ses poches.

– Ah, les voilà.

Il ouvrit les portières. Donna s'assit à côté de lui.

– Où allons-nous? demanda-t-elle.

– Nulle part, répondit-il en la prenant dans ses bras et en pressant ses lèvres contre les siennes.

Donna n'avait jamais embrassé d'homme barbu. Cela lui plut. Tout en Mel lui plaisait.

– Tout ça n'est pas très professionnel, dit-il en lui embrassant les yeux.

– Je ne pourrais pas être mieux soignée.

Ils restèrent enlacés pendant de longues minutes à se caresser le visage et à s'embrasser. Puis ils se séparèrent et échangèrent un long regard. Mel passa une main dans les cheveux ras de Donna.

– Comment pouvez-vous embrasser une femme qui a les cheveux coupés en brosse? demanda-t-elle.

– Que je vous montre, dit-il.

Il l'embrassa encore une fois.

– Je sais ce qui me plaît en vous. Mais je ne comprends pas du tout ce qui vous plaît en moi.

– J'aime vos yeux, dit-il tendrement, votre nez, votre bouche. (Il les embrassait en les nommant.) Vos oreilles. (Elle rit tandis qu'il lui embrassait une oreille, puis l'autre.) Votre cou.

– Attention, je ne crois pas qu'il va vous être possible d'aimer autre chose de moi dans une voiture aussi petite.

– Qu'avez-vous fait de vos enfants?

– Adam est à la garderie. Sharon est avec Mme Adilman.

– Pouvez-vous m'attendre un petit moment?

– Oui. (Il se pencha vers elle.) J'ai eu envie de vous embrasser la première fois que je vous aie vue chez Susan. Vous aviez l'air d'un manche à balai attendant un bébé.

Elle se mit à rire.

– Ah oui, ma période biafraise. L'une de mes préférées. (Elle le regarda sérieusement.) Qu'allez-vous penser si vous faites la connaissance de mon véritable moi?

– Heu, voyons. Vous m'avez plu enceinte, en pleurs, et blonde. Vous m'avez plu maigre et triste. Vous m'avez même plu maigre et souriante. J'oubliais. Vous m'avez plu rouquine, carotte et aile-de-corbeau. Même votre couleur naturelle, ou ce qu'il en reste, me plaît. Je suis même sûr que vous me plairez vieille et avec les cheveux gris, si j'ai assez de chance pour être encore dans le circuit à ce moment-là.

– J'en ai de la veine, dit-elle, les larmes aux yeux.

Il embrassa ses yeux, puis, de nouveau, ses lèvres.

– Oh! s'exclama-t-elle soudain, qu'est-ce que c'est que ce type?

Mel ouvrit sa portière. Donna vit un homme de haute taille, blond, l'air négligé, qui regardait à l'intérieur de la voiture.

– Pardon, dit l'homme, les yeux fixés sur Donna. J'admirais l'auto. Je ne savais pas qu'il y avait quelqu'un dedans.

Donna et Mel sortirent de la voiture. Mel prit le bras de Donna. Celle-ci remarqua que l'homme blond continuait à la suivre des yeux. A la porte de la clinique, elle se retourna et vit qu'il la regardait toujours.

La première fois qu'ils firent l'amour, ce fut un désastre. Peut-être étaient-ils trop nerveux. Ils n'arrivaient pas à établir un véritable contact. Tout ce qu'ils tentaient – et ils ne ménageaient pas leurs efforts – semblait forcé. Ils étaient en nage, on aurait dit deux écoliers suivant les conseils d'un manuel. Ils soupiraient beaucoup, se démenaient. Le plaisir n'était pas au rendez-vous.

– Pardon, je suis si sèche, dit-elle en retenant ses larmes. Je n'ai pas fait l'amour depuis presque un an et demi. Et depuis la naissance de Sharon, je crois que j'ai encore un peu mal. C'est le manque d'entraînement...

– J'ai l'impression d'être un gamin débile, dit-il.

Ils éclatèrent de rire.

– Ce que nous pouvons être lamentables, dit-elle.

– Un vrai fiasco.

Ils riaient de plus en plus fort.

– Tu crois que ça va s'améliorer?

– Ça ne peut guère empirer, en tout cas.

– A quelle heure Annie rentre-t-elle?

Mel regarda le réveil posé sur la table de nuit.

– Dans une heure. Elle a son cours de danse, aujourd'hui.

– Tu crois qu'on va pouvoir y arriver d'ici là?

– Je crois que j'ai envie d'essayer.

Elle avait fait ses bagages et attendait Victor, assise sur le canapé. Lorsqu'il arriva, il parcourut le salon des yeux, aperçut les valises et se dirigea vers le bar.

– Tu veux boire quelque chose?

– Non, merci.

Il se versa un whisky bien tassé et s'approcha de Donna.

– Je suppose que c'est la scène des adieux, dit-il.

– Je pars, dit Donna calmement.

– Je pensais bien que tu allais me dire un truc dans ce genre-là.

Il avala une longue gorgée.

– Et les enfants?

– Ils sont chez Susan.

– Susan? J'aurais dû me douter qu'il y avait du Susan là-dessous.

– Susan n'y est pour rien. Je l'ai appelée cet après-midi à son retour du bureau et je lui ai demandé de garder les enfants quelques heures pendant que j'avais à te parler. Elle a été la première étonnée.

– Mais ravie, je suppose.

– Je n'ai pas envie de parler de Susan, Victor.

– Je n'ai pas envie de parler du tout.

– Bon. (Donna se leva.) Alors j'appelle un taxi.

– Je te conduis.

– Non.

Il posa son verre sur la table basse.

– Je n'ai pas le droit de faire quoi que ce soit pour t'aider?

Tu en as assez fait, voulait-elle lui dire.

– Je peux me débrouiller toute seule.

– Personne ne dit le contraire.

Tu n'y comprends rien, n'est-ce pas, Victor? Tu ignores pourquoi cette tuile te tombe sur la tête...

– Pouvons-nous parler un peu?

– Je n'ai plus rien à te dire.

– Tu crois que tu es honnête?

– Oui, je le crois. Nous nous sommes tout dit, Victor.

Elle tendit la main vers le téléphone. Il intercepta son geste.

– Donna, je t'en prie. Que veux-tu que je te dise?

– Rien, Victor. Rien du tout.

– Je t'ai fait des excuses. Dieu sait si je t'ai fait des excuses! Je ferais n'importe quoi pour que tu oublies cette nuit.

– Il n'y a pas que cette nuit, Victor. Je l'ai cru longtemps. Mais, au fond, elle n'a été qu'un accident. Peut-être de moindre importance que tout le reste, je ne sais pas.

De toute évidence, il ne comprenait strictement rien à ce qu'elle racontait.

– Il y a quelqu'un d'autre?

Donna regarda Victor. Elle pensa au visage de Mel.

– Non, dit-elle.

Elle n'avait pas revu Mel depuis plusieurs mois. Ils avaient décidé d'un commun accord que, si elle voulait quitter son mari, elle devait le faire en toute liberté d'esprit, pas à cause de lui. Mel était un catalyseur; il n'était pas à l'origine de la rupture.

Elle mettait un point final à sa vie conjugale car l'espoir qu'elle avait ressenti cet après-midi-là avec Mel ne voulait pas être écrasé sous le rocher de Sisyphe. Si le bonheur de Sisyphe était de vivre sans espoir, tant mieux pour lui. Mais Donna avait découvert qu'elle n'était pas vraiment morte; elle voulait sortir de l'enfer.

– Je te préviendrai quand je serai installée, dit-elle. Tu pourras venir voir les enfants. Nous pouvons essayer de trouver une solution satisfaisante pour tout le monde.

– La seule solution satisfaisante est que nous restions ensemble.

– Non, ce n'est pas la seule.

Elle appela un taxi. Elle était étonnée de voir combien Victor était calme.

– Ça ne va pas être facile pour toi de vivre toute seule.
– Je le sais.
– Je ne crois pas que tu te rendes bien compte.
Donna haussa les épaules.
– Tu peux toujours changer d'avis, dit-il. Réfléchis. Si tu décides de revenir...
Donna secoua la tête sans rien dire.
– Tu m'appelles bientôt?
– Demain.
– J'aime tellement mes enfants, Donna.
Elle sentit ses yeux se remplir de larmes.
– Je le sais bien.
– Je pense seulement qu'il ne faut pas précipiter les choses...
– Tout à fait d'accord.
– Appelle-moi.
– Oui.
Le taxi arriva.
– Je t'aime, Donna, dit Victor rapidement.
Donna baissa la tête.
– Je le sais, Victor.
Elle inspira profondément. Il se dirigea vers les valises.
– Non, s'il te plaît, dit-elle. Je vais les prendre moi-même.
– Elles sont lourdes.
Elle souleva les deux valises.
– Non, pas tellement.
Elle sortit de la maison.

14

On apporta à Donna le verre d'eau froide qu'elle avait demandé. Son interrogatoire avait duré toute la journée. Elle avait la gorge desséchée. Mais maintenant, c'était fini, bien fini. Le mariage de Victor et de Donna Cressy. C'était, du moins, l'avis de Donna Cressy. Elle parlait lentement et posément. Avant de répondre, elle jetait un coup d'œil à son avocat; parfois, elle s'adressait directement au juge. De loin en loin, elle osait même regarder Victor; elle guettait sur son visage une lueur de compréhension, une expression signifiant : « Ah, je saisis maintenant ce que tu voulais dire. Je comprends tout. Votre Honneur, j'annule ma demande de garde des enfants. On voit bien que cette femme est maîtresse de toutes ses facultés. » Mais il se contentait de hocher la tête, il s'en tenait à sa version des faits.

Ed Gerber attendit qu'elle ait fini son verre. Depuis une heure et demie, il la harcelait sans relâche. Autant Me Stamler s'était montré aimable et prévenant, autant Me Gerber était sec, impatient. Parfois, il prenait l'air scandalisé. Quel crime n'avait-elle pas commis contre l'institution du mariage, les fondements de la famille! La Maternité avec un grand M se remettrait-elle d'un coup pareil?

Donna garda le même ton calme pendant toute la durée du contre-interrogatoire. En dépit des efforts de l'inquisiteur pour la faire entrer dans le moule qu'il avait façonné à son intention, elle garda son sang-froid, n'éternua pas, ne toussa pas, ne renifla pas; elle ne se gratta pas la main une seule fois et n'eut pas à utiliser le moindre Kleenex. Elle avait bien demandé un verre d'eau, mais personne ne semblait y avoir trouvé à redire.

– Donc, votre mari a fait à plusieurs reprises des tentatives de réconciliation.

– Oui.

– Vous les avez toutes repoussées.

– Oui.

– Quand M. Cressy a-t-il cessé d'en faire?

– Lorsque je lui ai dit que j'aimais quelqu'un d'autre.

– Le Dr Mel Segal?

– Oui.

Pourquoi remettait-il le sujet sur le tapis? Elle avait déjà avoué son infidélité.

– Où habitez-vous maintenant, madame Cressy?

– J'ai loué une maison à Lake Worth.

– Et le Dr Segal?

– Il a une maison à Palm Beach.

– Vous ne vivez pas ensemble?

– Non.

– Pour quelle raison? Serait-ce contraire à votre code moral?

Il s'étouffa presque en prononçant ces mots.

– Nous ne vivons pas ensemble, répondit calmement Donna, parce que j'avais besoin de passer un certain temps seule avec mes enfants. Je n'ai pas rompu une relation conjugale pour me précipiter les yeux fermés dans une nouvelle relation.

– Mais vous fréquentez toujours le Dr Segal, n'est-ce pas?

Donna regarda Mel.

– Oui, dit-elle.

– Vous avez l'intention de poursuivre cette relation avec lui?

– Oui.

– Jusqu'à ce que vous en ayez assez, je suppose. Comme pour la couleur de vos cheveux...

– Objection, Votre Honneur.

– Accordée.

Donna regarda tour à tour les deux avocats et le juge.

– Dites-moi, madame Cressy, poursuivit Ed Gerber, quel genre de père est, selon vous, Victor Cressy?

Donna se tourna vers Victor.

– C'est un bon père, dit-elle doucement.

– Je vous prie de m'excuser, je ne vous ai pas entendue, madame Cressy. Pourriez-vous répéter ce que vous avez dit?

– J'ai dit que Victor était un bon père, répondit-elle d'une voix forte.

– Sérieux?
– Oui.
– Attentif?
– Oui.
– Prévenant?
– Oui.
– A-t-il jamais maltraité ses enfants?
– Non.
– Les a-t-il jamais battus?
– Non.
– A-t-il seulement levé la main sur eux?
– Non.
– A votre avis, serait-il capable de prendre soin d'eux, si la Cour lui en accordait la garde?

Donna sentit un goût de poussière dans sa bouche. Elle aurait voulu pouvoir raconter des mensonges, dire que Victor était pervers, cruel. Mais c'était impossible. Victor n'avait jamais été un monstre. Il n'était qu'un homme. Un homme qu'elle n'aurait jamais dû épouser.

– Victor serait tout à fait capable de prendre soin de nos enfants.
– M. Cressy vous a-t-il été infidèle? demanda soudain Ed Gerber.
– Pas à ma connaissance.
– A-t-il toujours subvenu à vos besoins?
– Oui.
– Vous a-t-il bien logés, vous et ses enfants?
– Nos enfants, oui.
– Oh, bien sûr, excusez-moi. Merci, madame Cressy. Ce sera tout.

C'était fini.

Donna resta assise quelques instants. Elle semblait ne pas vouloir quitter le siège qu'elle avait occupé pendant ces longues heures. Elle était comme une reine d'un jour que l'on force à abdiquer. Elle regarda dans la direction du juge. Je suis une bonne mère, voulait-elle lui dire. Ce n'est pas parce que j'admets que Victor est un bon père que je suis une mère indigne. Ce n'est pas parce qu'il est sérieux, affectueux, attentif, que je ne le suis pas. C'est moi qui les ai portés, mis au monde, nourris, baignés, bercés, changés, débarbouillés, c'est moi qui ai joué avec eux pendant des heures. Je vous en supplie, ne m'enlevez pas mes enfants. Je ne pourrai jamais vivre sans eux. Ne me prenez pas mes petits.

Elle dit simplement « merci », quitta la barre des témoins et alla retrouver son avocat.

Le juge enchaîna immédiatement d'un ton si solennel que Donna ne comprit ce qu'il voulait dire qu'une fois qu'il eut quitté la salle. « Etant donné que nous sommes aujourd'hui vendredi, nous reportons la séance à lundi matin. Je vous informerai alors de ma décision. Passez un agréable week-end. »

Donna attendit que tout le monde soit sorti. Mel l'attendait dans sa voiture. Ses enfants et Annie étaient restés avec la femme de ménage de Mel. Dans quelques minutes, Mel la reconduirait chez elle où elle passerait son dernier week-end de mère à plein temps. Le juge leur avait souhaité un agréable week-end. Pour elle, la seule façon de passer un agréable week-end eût été de dormir jusqu'au lundi. Elle savait, au contraire, qu'elle ne pourrait pas fermer l'œil.

Elle parcourut des yeux la salle vide. Elle avait passé là trois jours à écouter l'histoire de Donna Cressy, racontée à un auditoire étranger, par Victor, ses amis, voisins et confidents. Elle avait ensuite pu donner sa propre version des faits. Chacun avait exprimé son point de vue sur Donna Cressy et chacun avait décrit les choses à sa façon. Personne n'avait menti. Donna leva les yeux vers la place vide du juge. Celui-ci avait l'air humain, pensa-t-elle, il essaierait d'être juste. Juste. Mais où était la justice? Donna s'écroula en pleurs sur la table qui était devant elle.

Donna était assise dans le salon orange surchargé de meubles en osier et d'objets inutiles. Sharon gigotait sans relâche sur ses genoux. Elle écoutait la pluie tomber au-dehors. Ce n'était même plus la pluie. C'était un véritable déluge. Donna mit sa fille dans une position plus stable; l'enfant, immédiatement, reprit sa position initiale. Le week-end s'annonçait plutôt mal. D'abord, la pluie empêchait toute promenade dans le parc ou sur la plage. Ils allaient être coincés à l'intérieur, ce qui rendait Adam particulièrement agité et agressif. Il fallait qu'elle renonce à l'idée de passer une journée tranquille et agréable avec ses enfants étant donné que ceux-ci n'étaient ni tranquilles ni agréables. Les enfants bruyants, c'est-à-dire normaux, n'étaient pas faits pour rester enfermés.

Pour tout arranger, la météo annonçait la continuation du mauvais temps pour le lendemain. Donna soupira. Elle avait déjà épuisé toutes les idées données par le livre de jeux créatifs pour âge préscolaire; ils avaient déjà regardé la télévision plus longtemps qu'il n'était permis et mangé des quantités industrielles de sucreries. Sharon avait fini sa sieste. Donna en avait par-dessus la tête de colorier, de coller, de peindre et de découper; elle avait perdu sa voix à force de lire tout ce qu'elle avait trouvé à lire dans la maison (sauf le dernier numéro de *Playboy* que les locataires précédents avaient laissé derrière eux).

Adam entra dans la pièce à reculons. Il faisait la tête – sa vilaine tête du samedi, comme disait Donna. S'il me force à raconter cette histoire du petit garçon qui s'appelait Roger et de la petite fille qui s'appelait Béthanny, ça va aller mal. Elle en avait raconté toutes les versions possibles – une vingtaine – depuis le matin. Cela suffisait.

– Raconte-moi une histoire, dit-il d'un ton geignard, comme s'il avait lu dans ses pensées.

– Pas maintenant, Adam.

Sharon se mit à gigoter de nouveau.

– Raconte-moi l'histoire du petit garçon qui s'appelait Roger et de la petite fille qui s'appelait Béthanny et ils allèrent au zoo pour voir les girafes. Raconte-la-moi.

Donna regarda son fils, excédée.

– Pas maintenant, Adam. Je suis en train de lire un livre à Sharon. Tu n'as qu'à écouter aussi.

Adam essaya de s'emparer du livre.

– C'est mon livre.

– C'est vrai, reconnut Donna.

– Je veux pas qu'elle le lise, hurla-t-il.

– C'est moi qui le lis.

– Non!

Il s'efforça d'arracher le livre des mains de Donna.

– Adam, tu vas le déchirer.

– Je veux pas qu'elle le lise. Je veux pas que tu le lises à elle.

– Adam, arrête.

– C'est mon livre. Je veux pas qu'elle le lise.

Sharon tendit aussi une main pour s'emparer du livre.

– Non! hurla Adam. (Il commença à tordre les doigts de Sharon pour l'empêcher de toucher au livre.) Enlève tes doigts de là.

– Adam...

– Je veux pas qu'elle le touche!

– Ne fais pas l'idiot...

– Je veux pas qu'elle le touche!

Il se mit à pousser Sharon.

– Adam, tu vas la faire tomber! dit Donna en élevant le ton.

– Je veux qu'elle tombe. Je veux pas qu'elle aille sur toi. Je veux mon livre.

– Tu ne l'as pas regardé depuis deux ans.

– Je veux maintenant!

– Comme par hasard!

– Je veux!

Il poussa Sharon de toutes ses forces. Celle-ci qui, jusque-là, avait à peu près gardé son sang-froid, se mit à crier.

– Tu veux une paire de claques? hurla Donna en se levant brusquement.

Le livre tomba, elle posa Sharon sur le lit. Les deux enfants continuèrent à se battre et tombèrent l'un sur l'autre sur le tapis.

Cinq minutes plus tard, tandis que tous trois, en pleurs, faisaient le décompte de leurs plaies et bosses, Donna entendit quelqu'un frapper à la porte.

– Qui est-ce? demanda-t-elle en marchant vers la porte.

– Terry Randolph, dit une voix féminine.

Donna ouvrit la porte aussitôt. Une femme se précipita à l'intérieur avec son petit garçon, Bobby. Adam accourut.

– Excusez-moi, est-ce que j'arrive à un mauvais moment? demanda la femme, remarquant l'expression désolée de Donna et ses yeux rouges.

– C'est le cafard des samedis pluvieux...

– C'est justement pour cela que je suis venue, dit gaiement Terry Randolph.

– Voulez-vous un café?

– Oh non, non, répondit la femme. Nous ne faisons que passer. J'aurais pu simplement vous téléphoner mais Bobby était comme un lion en cage et j'ai pensé que sortir cinq minutes sous la pluie ne lui ferait pas de mal. Nous n'habitons que trois maisons plus loin... Nous étions là à nous raconter des histoires et tout ça, poursuivit Terry Randolph. Bobby a dit qu'il aimerait bien qu'Adam vienne jouer avec lui...

Oh non, pensa Donna. Pas ce week-end-ci.

– Oh oui, maman. Je peux y aller? hurla Adam avec enthousiasme.

– J'ai pensé qu'il pourrait venir jouer et rester coucher à la maison. La météo dit qu'il va encore pleuvoir demain toute la journée.

– Oh oui, oh oui. Je peux, maman?

– Mon cœur, dit Donna.

Elle essayait de rassembler ses pensées. Elle pouvait

dire adieu à son beau week-end, le dernier peut-être qu'elle passait avec ses enfants. Et cela à cause de la pluie torrentielle et des initiatives de Terry Randolph.

– Je pensais que nous allions...

– Je veux y aller! Je veux y aller! S'il te plaît!

Donna vit ses yeux se remplir de larmes.

Laisse tomber, se dit-elle à elle-même. Elle sentait la panique l'envahir.

– S'il te plaît.

Elle avala sa salive pour essayer de retrouver son calme. Ce n'est pas la fin du monde. Ne sois pas idiote.

Elle dit d'une voix mourante :

– D'accord.

– Formidable, cria Terry Randolph qui semblait aussi contente que les deux enfants.

– Je vais chercher mon pyjama, hurla Adam.

– Je viens avec toi, dit Donna.

Elle emboîta le pas à son petit garçon. Lorsqu'elle arriva à la porte de sa chambre, elle le trouva déjà avec son pyjama dans les mains.

– N'oublie pas ta brosse à dents, dit-elle.

– Elle est dans la salle de bains, répondit-il en la poussant pour passer.

– Adam, tu es sûr que tu veux y aller? Si tu restes, je te raconterai des histoires. L'histoire du petit garçon qui s'appelait Roger et de la petite fille qui s'appelait Béthanny et un jour ils allèrent au zoo voir les girafes...

– Je veux aller chez Bobby!

Donna se raidit :

– D'accord, d'accord. Va chez Bobby.

J'espère que tu seras insupportable, odieux, pensa Donna. Tu m'entends. Tu vas être impossible. Et elle sera obligée de te ramener à la maison.

Lorsque la porte se fut refermée sur eux, Donna

reprit sa petite fille sur ses genoux et ramassa le livre oublié et maintenant déchiré.

– Eh bien, nous voilà toutes les deux toutes seules, mon petit chat.

Sharon caressa gentiment la joue de sa mère en la regardant de ses yeux immenses, puis s'installa sur les genoux de Donna.

Le juge avait l'air fatigué. On aurait dit qu'il avait passé son week-end à se battre contre le fantôme de Salomon. Allait-il proposer que les enfants soient coupés en deux? se demanda Donna tandis que la Cour se levait à son arrivée puis se rasseyait. Elle sentait ses genoux trembler. Mon Dieu, je vous en prie, je vous en supplie. L'avocat posa la main sur celle de Donna. Le juge parla presque immédiatement.

– Dans l'affaire Cressy contre Cressy, j'ai porté la plus vive attention et à la demande de divorce et à la demande de garde des enfants. J'ai réexaminé les témoignages des deux parties et j'en ai tiré les conclusions suivantes : en ce qui concerne l'action en divorce intentée par M. Victor Cressy contre sa femme, le divorce est accordé en faveur de Victor Cressy, pour cause d'adultère de Mme Cressy, adultère pleinement reconnu par elle.

Bien qu'elle s'attendît à ce que Victor remportât cette première partie du procès, Donna eut l'impression que son cœur cessait de battre. Les mots « en faveur de Victor Cressy » lui faisaient froid dans le dos. Elle baissa la tête et regarda fixement le plancher.

– En ce qui concerne la demande de garde, poursuivit le juge, il ne m'a pas été facile de trancher. La Cour a entendu pendant trois jours les différents témoignages destinés à confirmer les dires de M. Cressy, selon lesquels sa femme est instable et, par là même, inapte à être une bonne mère. De son côté, Mme Cressy n'a nié ni ses relations avec le Dr Mel Segal ni son comportement parfois... disons, un peu particulier.

(Donna retint sa respiration.) Mais je trouve que si, de toute évidence, nous sommes en présence d'une femme profondément malheureuse, cela ne veut pas dire, contrairement à ce qu'affirme M. Cressy, que cette femme soit déséquilibrée ni, à fortiori, incapable d'élever ses enfants.

Donna leva les yeux et regarda le juge.

– Il ne fait aucun doute pour la Cour que les deux parents aiment leurs enfants. Nous n'avons en tête que le bien-être de ces enfants. La Cour a pensé qu'étant donné d'une part leur jeune âge, et d'autre part le fait que Mme Cressy a la possibilité de rester chez elle pour s'occuper d'eux alors que M. Cressy au contraire devrait les faire garder toute la journée, il est dans l'intérêt des enfants de rester avec leur mère.

Donna sentit les larmes lui monter aux yeux.

– Par conséquent, j'attribue la garde d'Adam et de Sharon Cressy à leur mère, Donna Cressy.

Donna n'entendit pas la fin. Elle savait vaguement que le juge parlait du droit de visite de Victor. Aucun problème de ce côté-là : Victor pourrait voir ses enfants quand il en aurait envie. Aussi souvent qu'il le voudrait. Mon Dieu, elle avait gagné.

Elle sentit le regard de Victor peser sur elle, comme pour lui ordonner de regarder dans sa direction. Elle tourna les yeux vers lui et rencontra un regard froid et dur. Autant je t'ai aimée, autant je te déteste aujourd'hui, semblait-il lui dire. Elle repensa à sa mise en garde. « Je te promets, avait-il dit, que même si tu gagnes, tu finiras par perdre. » Elle frissonna.

« Que feras-tu si ça ne marche pas entre nous? » lui avait-elle demandé le jour de leur mariage. Donna eut l'impression qu'une lame glacée lui transperçait le corps lorsqu'elle se rappela la réponse toute simple de Victor : « Je te rayerai de la carte. » Donna détourna promptement les yeux et lorsqu'elle regarda de nouveau dans sa direction, elle vit qu'il la fixait encore, un sourire aux lèvres.

DEUXIÈME PARTIE

LE PRÉSENT

15

– Allez, les enfants, remuez-vous. Papa est là.

Donna alla retrouver Victor qui attendait dans l'entrée. Depuis cinq mois qu'ils avaient divorcé, elle ne l'avait jamais vu aussi détendu. Habillé tout de blanc, teint bronzé et cheveux noirs, il parut à Donna encore plus beau que dans son souvenir. Seulement, il n'y avait plus entre eux d'interaction chimique. Lorsque Donna plongeait dans le bleu profond et mystérieux des yeux de Victor, elle ne ressentait rien qu'un immense soulagement.

Laissons à une autre le soin de se pencher sur ces profondeurs-là, pensa-t-elle.

Elle se demanda si cette autre existait.

Elle remarqua avec satisfaction que son estomac ne se nouait plus systématiquement chaque fois qu'il lui téléphonait ou arrivait devant sa porte.

– Veux-tu boire quelque chose pour te rafraîchir? Il fait drôlement chaud dehors.

– La radio a dit qu'on n'a pas eu un mois d'avril aussi chaud depuis quarante-quatre ans, dit Victor en suivant Donna dans la cuisine. Je prendrai volontiers un ginger ale, si tu en as.

Donna ouvrit le réfrigérateur, en sortit une grande bouteille qu'elle mit sur la table tout en refermant rapidement le réfrigérateur du pied. La cuisine était très petite, peut-être la moitié de celle de Victor, mais on s'y sentait tellement plus à son aise, pensa-t-elle en versant la boisson.

La première fois que Victor avait visité la maison, il n'avait pratiquement pas ouvert la bouche. Il avait constaté avec satisfaction, semblait-il, que ses enfants ne vivaient pas dans un taudis et il avait gardé pour lui ses impressions, négatives sans aucun doute.

Donna était bien obligée d'admettre que la maison était petite. Elle comprenait un salon-salle à manger, trois chambres minuscules, une salle de bains et la kitchenette dans laquelle ils se trouvaient maintenant et qui semblait, du reste, beaucoup plus petite lorsque Victor était là.

Victor semblait accepter de mieux en mieux sa situation et se sentir plus à l'aise avec elle.

– Tiens, dit-elle en lui tendant le verre.

Elle remarqua des taches sur le carrelage, à côté des pieds de Victor. Celui-ci ne dit rien mais elle vit qu'il évitait de marcher dessus en sortant de la cuisine.

– Je pensais avoir tout nettoyé, dit-elle.

Elle constata à regret qu'elle éprouvait toujours le besoin de se justifier à ses yeux. Avec Mel, c'était très différent.

– Quoi? demanda Victor.

– Adam a renversé du jus de pomme par terre, expliqua-t-elle.

– Je n'avais pas remarqué.

Donna savait qu'il mentait. Mais elle apprécia son effort de conciliation. Oui, il avait beaucoup changé ces derniers mois.

– Je vais voir ce que Sharon fabrique.

Donna pria Victor de s'installer dans l'un des fauteuils de rotin qui encombraient la pièce et longea le couloir étroit qui conduisait à la salle de bains. Sharon était assise sur un minuscule pot de plastique blanc, genoux repliés sous le menton. Adam était à côté d'elle, installé sur le trône. Même ainsi, avec son short baissé sur les chevilles, il avait vraiment l'air d'un petit homme.

– Bon, ils sont tous les deux occupés, dit-elle en revenant au salon.

– Je ne suis pas pressé, dit Victor en buvant son ginger ale à petites gorgées.

Donna, assise sur une chaise en face de lui, s'efforçait de ne pas le regarder dans les yeux. Que ce type est difficile, pensait-elle. Elle passa rapidement en revue le temps qui s'était écoulé depuis leur divorce. Il lui avait vraiment rendu la vie impossible. Elle pensait que cet enfer allait continuer. Mais voilà que, contre toute attente, il avait commencé à se montrer plus conciliant. Au lieu de faire continuellement la gueule, il essayait de sourire; il évitait de tout critiquer. Si ça continuait, il finirait par faire des compliments! Au lieu de se regarder en chiens de faïence, Donna et lui avaient des conversations polies et même agréables.

Peut-être s'était-il radouci en constatant que Donna n'avait aucune intention de lui barrer l'accès à ses enfants? Peut-être se sentait-il, lui aussi, libéré par le divorce? Les dernières années passées ensemble n'avaient été agréables pour personne, et sûrement pas pour un homme comme Victor.

– A quoi penses-tu? lui demanda-t-il brusquement.

Prise au dépourvu, Donna ne put cacher la vérité.

– A nous, dit-elle. A ces derniers mois.

Il posa son verre vide sur la table en verre fumé, à côté de lui.

– Ça s'arrange un petit peu, hein?

Elle acquiesça.

Il poursuivit :

– J'ai l'impression d'être moins coincé qu'avant.

– Tant mieux!

– Je dois dire que j'ai lutté. Je voulais garder mon rôle d'infâme salaud.

– Je suis bien heureuse que tu aies abandonné cette idée.

– Il arrive un moment où il faut agir comme on le sent. Tu m'as toujours dit que j'avais de grandes théories mais que je ne les mettais jamais en pratique. J'ai réfléchi là-dessus – tu vois, j'ai tout de même réfléchi à certaines choses que tu m'as dites – et j'ai compris que tu avais raison. Ça ne sert à rien de ressasser le passé, de remettre en question les décisions qui ont été prises. Il faut s'y faire. (Il s'interrompit et la regarda droit dans les yeux.) Je déteste toujours la façon dont les choses se sont passées entre nous. Mais ce qui est fait est fait. Il faut que je m'y habitue.

– Es-tu avec quelqu'un? demanda-t-elle timidement.

Il sourit.

– Oui. Plus ou moins. Rien de bien sérieux. Je pense que, pour toi, tout va bien avec Mel. Tu vois? J'ai même pu dire son nom sans m'étrangler.

Ils se mirent à rire tous les deux.

– C'est bien, dit-elle.

Il regarda le salon orange et blanc. Elle se souvint qu'il n'avait jamais aimé l'orange.

– As-tu l'intention de te marier?

– Probablement, dit-elle d'une voix douce. Mel le voudrait bien, mais je ne me sens pas encore tout à fait prête.

– Tu tiens à ton indépendance, dit-il.

Il se leva et se mit à faire les cent pas.

– Mon bail se termine dans sept mois. Peut-être qu'après...

Tous deux commençaient à se sentir un peu mal à l'aise.

– Comment est sa petite fille? demanda-t-il, changeant de sujet fort à propos.

– Annie? Elle est très bien. C'est une fille formidable. Je l'aime vraiment beaucoup. Elle adore les petits. Demain, c'est son anniversaire. Elle a huit ans. Mel a invité tous ses copains, même Sharon et Adam.

– Oh, je suis désolé! Tu aurais dû me le dire.

– Non, je t'assure. Les week-ends te sont réservés. Annie l'a très bien compris. De toute façon, je ne suis pas sûre qu'elle les supporterait une journée entière. Mais l'intention y était.

Victor sourit.

– Je n'arrive pas à imaginer que j'ai pu avoir huit ans.

– Je crois que tu ne les a jamais eus, dit-elle, sur le ton de la plaisanterie, espérant qu'il le prendrait bien.

Il se mit à rire.

– Voilà ce que je te propose. A quelle heure est la fête?

– Les enfants sont invités à 2 heures. Ça durera probablement jusque vers 5 heures. Mel a fait venir un magicien.

– Ça plaira beaucoup aux gosses. Je les ramènerai vers 4 heures. D'accord?

Donna eut du mal à cacher sa surprise et sa joie.

– Formidable! s'exclama-t-elle, ravie, mais ne te crois surtout pas obligé.

– Mais non. Affaire conclue.

– Adam! appela Donna qui ne tenait pas à gâcher les choses en prolongeant la conversation. Qu'est-ce que tu fabriques?

– J'essuie le derrière de Sharon, cria une petite voix.

– Il vaut mieux que j'y aille, dit Donna.

Elle repartit vers la salle de bains.

– Bravo! s'exclama-t-elle en voyant les deux enfants debout et correctement habillés devant leur siège respectif. Tu as remonté ton pantalon comme un grand. Extra!

Sharon mit ses petits bras autour du cou de Donna. Celle-ci serra bien fort sa petite fille contre elle.

– Tu es adorable.

La petite fille rit très fort.

Accompagnée de ses enfants, elle revint dans l'entrée où l'attendait Victor. Adam se jeta dans les bras de son père.

Donna tendit à Victor le sac qu'elle avait préparé.

– Il y a des couches pour Sharon, si nécessaire.

– Pas couche, dit Sharon.

– Elle n'a pas eu d'accident depuis trois jours, poursuivit Donna.

– Bravo, dit Victor. Quel exploit!

Donna sourit.

– Tu penses les emmener quelque part?

– Peut-être voir les lions, mais il fait si chaud... Peut-être à la plage, tout simplement. Nous verrons bien.

Donna les accompagna à la porte.

– Amusez-vous bien avec papa, mes chéris, dit-elle en posant un genou à terre pour les embrasser.

– Je veux voir les lions, cria Adam en sortant de la maison comme un fou.

– Dis au revoir à maman, ordonna Victor.

– Au revoir, dit le petit garçon en revenant déposer un baiser rapide sur la joue de Donna.

Il se précipita vers la voiture de son père. Donna regarda sa fille. Elle avait vingt-deux mois. Elle était toute potelée : on aurait dit une poupée de porcelaine. Ses grands yeux vous passaient au crible, comme une sorcière sur le point de jeter un sort. Ils semblaient tout voir, tout comprendre, tout savoir.

– Sois gentille avec papa. Amuse-toi bien.

La petite fille jeta ses petits bras autour du cou de sa maman.

– Tu viens? demanda-t-elle. (C'était une des premières phrases qu'elle avait su dire.)

– Non, ma puce. On se verra demain.

Victor prit le bras de Sharon.

– Viens, Sharon. Les lions nous attendent.

– Je veux maman.

Victor se baissa et prit l'enfant dans ses bras.

– A demain, dit-il à Donna en s'éloignant dans l'allée.

Donna les suivit des yeux. Elle vit Adam s'installer tout seul sur la banquette arrière de la voiture et Victor attacher Sharon dans son petit siège. Sharon continuait à réclamer sa mère. C'est drôle, pensa Donna tandis que la voiture s'éloignait. Victor emmenait ses enfants tous les week-ends depuis cinq mois, et c'était la première fois que Sharon pleurait.

– On peut avoir le magicien maintenant? demanda Annie. (Elle portait un chapeau à rayures rouges et roses.)

Donna regarda sa montre. Il était à peine plus de 3 heures. Elle se baissa pour se mettre à la hauteur de la fille dc Mcl.

– Ça t'ennuierait qu'on attende encore une heure, ma chérie? Jusqu'à 4 heures. Pour qu'Adam et Sharon puissent voir le magicien, eux aussi.

Le visage de la petite fille s'éclaira d'un large sourire.

– J'avais oublié qu'ils devaient venir. Bon, d'accord. On attend.

– Dans deux minutes, c'est l'heure des gâteaux et des glaces, annonça Donna en se relevant. Pourquoi faut-il toujours que mes genoux craquent quand je me relève? demanda-t-elle à la cantonade.

Son amie Susan Reid répondit aussitôt :

– C'est l'âge.

Donna se tourna vers elle.

– Merci; je suis contente que tu aies accepté de venir me donner un coup de main.

– Les amies sont faites pour ça.

– Je croyais que les genoux craquaient lorsqu'on se baissait et non lorsqu'on se relevait.

– Tu as toujours été un peu bizarre... Tu veux l'adresse d'un médecin?

Donna regarda sa vieille amie.

– Tu ne changeras donc jamais? dit Donna d'un ton ironique. Je crois que nous échangeons ce genre de banalités depuis que nous avons seize ans. Comprends-moi bien. Ça me plaît. C'est, dans un sens, rassurant de savoir que nous racontons toujours les mêmes choses. Tu comprends?

– Non. Tu as mangé des gâteaux à la marijuana ou quoi?

Donna se mit à rire. Elle jeta un coup d'œil sur la quinzaine d'enfants qui couraient dans le patio.

– Regarde-les, dit-elle. Ils ont huit ou neuf ans. Adultes, ils seront exactement pareils. On ne change pas en vieillissant.

Susan à son tour regarda les enfants.

– Tu cherches à me dire que tu étais déjà bizarre étant petite?

Donna secoua la tête.

– Servons-leur le gâteau.

Une heure plus tard, Mel arriva et enlaça Donna.

– Annie n'arrête pas de réclamer le magicien. Il est 4 h 10.

– Oh zut! Crois-tu qu'elle puisse encore patienter dix minutes, un quart d'heure? Je suis sûre qu'ils ne vont pas tarder, dit Donna.

– Tu es sûre que Victor a bien dit 4 heures? Il a peut-être changé d'avis.

– Non, il aurait téléphoné. C'est lui qui a eu l'idée. Ils ont peut-être été retardés.

– Tu devrais peut-être donner un coup de fil.

– S'ils ne sont pas là dans dix minutes, j'appelle.

– D'accord. Je vais dire deux mots à Annie.

Donna suivit Mel des yeux, avec un sourire satisfait. Quelle chance elle avait! Mel était un type formidable, il avait une petite fille merveilleuse; tous deux étaient fous d'elle. Elle regarda la table abandonnée par les enfants, qui avaient délaissé leurs glaces pour écouter les voix rocailleuses des *Village People.* Voilà donc les cadeaux que se font maintenant les enfants de huit ans, pensa-t-elle en regardant les disques et posters qu'Annie avait reçus (Kiss, Andy Gibb, un certain Erik Estrada qui exhibait un torse nu). Elle vit Mel prendre Annie dans ses bras et celle-ci accorder les dix minutes supplémentaires. Puis Mel l'embrassa et revint auprès de Donna. Ces cinq derniers mois avaient été pour elle une révélation. Pendant six ans, elle avait pensé que ses relations avec Victor étaient des relations conjugales typiques et qu'un autre homme aurait de nouveaux problèmes et de nouvelles manies. Force lui était de constater qu'elle avait eu tort.

Il existait des hommes qui vous laissaient vous habiller, vous nourrir et même vous moucher toute seule.

Lorsque ses opinions étaient différentes de celles de Mel, ce n'était pas inévitablement la guerre. C'était plutôt le contraire. Mel tenait à un certain nombre de choses – Annie, son travail, elle-même –, et il s'accommodait du reste. Pour lui, se disputer était une activité stupide, s'entre-déchirer un jeu dangereux. Si Donna avait envie de quelque chose, il la laissait faire. Si elle voulait manger chinois, c'était parfait. Si elle voulait voir trois films dans la même soirée, pourquoi pas? Lorsqu'il n'aimait pas quelque chose, il le disait, c'était tout. Il détestait jouer au chat et à la souris.

Il s'approcha de Donna et l'embrassa sur le bout du nez.

– Pourquoi fais-tu des grimaces?

– Je ne pensais pas que c'était aussi facile, dit-elle.

– Quoi?

– L'amour.

Il se mit à rire. Puis il regarda sa montre.

– Il nous reste encore huit minutes.

Donna tourna les yeux vers la porte, l'air inquiète.

– Je voudrais bien qu'ils arrivent.

Dix minutes plus tard, Donna alla téléphoner à la cuisine. Elle composa le numéro et attendit. Bon sang,

Victor, où es-tu passé? se demanda-t-elle, espérant qu'au lieu d'entendre sa voix, elle entendrait des coups frappés à la porte. Il y eut un déclic bizarre et une voix dit :

– Il n'y a plus d'abonné au numéro que vous avez demandé.

– Merde! s'exclama-t-elle en raccrochant.

Mel et Annie entrèrent dans la cuisine à ce moment-là.

– Ils ne viennent pas? demanda Mel.

– J'ai fait un faux numéro. Il n'y a plus d'abonné au numéro que vous avez demandé, dit-elle, furieuse, en imitant la voix qu'elle venait d'entendre.

– Quelques enfants doivent partir bientôt, dit Mel.

– Est-ce qu'on peut avoir le magicien maintenant? implora Annie.

Donna inspira profondément.

– D'accord. C'est ton anniversaire, après tout. Je ne sais pas ce qui est arrivé à Victor.

– File, dit Mel en donnant une petite tape sur les fesses d'Annie. Je suis désolé, ma gentille, mais on ne peut pas les faire poireauter plus longtemps.

– Bien sûr, je comprends... Tu ne crois pas qu'il leur est arrivé quelque chose?

– Non. Je suis sûr qu'il ne leur est rien arrivé. Victor a dû les emmener quelque part et il n'a pas pu les ramener à temps.

– Oui, tu as sans doute raison.

– Viens, allons admirer l'extraordinaire Armando.

A 5 h 30, après le départ des enfants, tandis qu'Annie passait en revue ses cadeaux d'anniversaire, Mel, Susan et Donna s'assirent dans le salon confortable de Mel pour boire un dernier verre.

– Je ne sais pas quoi faire, dit Donna. (Elle n'arrivait pas à dissimuler son inquiétude.) Je ne sais pas si je dois attendre Victor ou rentrer à la maison.

– Comment vous organisez-vous d'habitude? demanda Susan.

– En général, il ramène les enfants entre 6 heures et 6 heures et demie.
– Chez toi?
– Oui. Il ne vient jamais ici.
– Alors pourquoi veux-tu qu'il le fasse aujourd'hui?
Donna commençait à sentir une boule à l'estomac.
– Il vaut mieux que je rentre.
Mel se leva.
– Je te raccompagne.
– Non, dit Donna, en se levant également. Tu as promis à Annie de l'emmener ce soir voir *La guerre des étoiles.* Susan peut me raccompagner.
Susan se leva rapidement, vida son verre et dit :
– Bien sûr, je vais rester avec elle jusqu'à l'arrivée de Victor.
Mel accepta.
– Appelle chez lui avant de partir.
– Non, dit Donna précipitamment. (Susan leva la tête et la regarda.) Pardon, dit-elle en essayant de garder une voix calme malgré son affolement.
Mais de quoi avait-elle peur?
– Je ne veux pas l'embêter. Ça se passe si bien depuis quelque temps que je ne veux pas tout gâcher en ayant l'air de le surveiller. Je ne veux pas qu'il pense que... enfin, il a tellement changé.
– Donna, tu vas bien? demanda Mel.
Ils se turent pendant une bonne minute.
– On ne change pas, dit Donna, rêveuse.
– Qu'est-ce que tu racontes? demanda Susan.
– On ne change pas. C'est ce que je t'ai dit tout à l'heure. Victor n'a pas changé. (Donna commença à marcher de long en large.) Mon Dieu, il n'a pas changé du tout, je le sais. Je le sens. Mel, Mel, Victor n'a pas changé du tout.
Susan essaya de pousser Donna à s'asseoir sur le canapé.

– Assieds-toi une minute, Donna.
– Non!
Donna repoussa Susan. Elle n'avait plus que l'image de Victor devant les yeux.
« Dis au revoir à maman », l'entendait-elle dire à Adam.
– Non!
– Laisse-la, dit Mel à Susan.
Du coin de l'œil, Donna aperçut Annie qui se dirigeait vers son père.
– J'appelle Victor, dit Mel...
– Il n'est pas là, cria Donna. (L'angoisse qu'elle avait ressentie tout l'après-midi s'exprimait enfin par des mots.) Il est parti, je le sais. Il m'a pris mes enfants...
– Papa! dit Annie, tremblante.
– Un instant, mon poussin. Ecoute, Donna, ça ne sert strictement à rien de rester ici à se faire du mauvais sang. Allons voir.
– Où veux-tu aller?
– Chez Victor.
– Impossible, protesta Donna. Tu as promis à Annie de l'emmener voir...
– Ce foutu film peut attendre. (Mel se tourna vers sa fille :) Ce n'est pas grave, n'est-ce pas, mon poussin?
– Non, dit Annie, à la fois inquiète et déçue. Ce foutu film peut attendre.
– Grande fille, dit-il, en lui caressant les cheveux. Susan, peux-tu garder Annie jusqu'à mon retour?
– Pas de problème, répondit Susan, tandis que Mel, prenant le bras de Donna, se dirigeait vers la porte.
– Appelez-moi dès que vous savez quelque chose, dit Susan.
– Bien sûr, dit-il.
Ils sortirent dans la chaleur du crépuscule.
Donna ne cessa de parler pendant tout le trajet. Elle craignait, en se taisant, ne fût-ce qu'un instant, que ses craintes ne se confirment.

– Il ne va pas être là, Mel. Il est parti. J'ai fait le bon numéro tout à l'heure. Je le sais très bien. J'ai fait semblant de croire que je m'étais trompée. Quand j'ai vu qu'ils n'étaient pas là à 4 heures, j'ai pensé qu'ils allaient arriver un peu plus tard. J'avais beau inventer toutes sortes d'excuses, au plus profond de moi, je le savais. J'ai eu un pressentiment, lorsque j'ai expliqué à Susan que les gens ne changeaient pas. Mais je n'ai pas voulu m'écouter. Pourquoi me serais-je écoutée? J'ai écouté Victor. Quand je pense que j'ai presque dû le supplier d'emmener les enfants en week-end! Il semblait si déçu que les gosses ne puissent aller au goûter d'Annie. (Donna s'interrompit, le temps d'avaler sa salive.) Pourquoi lui ai-je fait confiance? J'ai été sa femme pendant six ans. Je me souviens de ce qu'il m'a dit : « Aucun tribunal ne m'enlèvera jamais mes enfants; même si tu gagnes le procès, tu finiras par perdre; je me battrai contre toi jusqu'au bout! » Comment ai-je pu oublier ces paroles-là? Comment ai-je pu oublier qu'il avait déjà une vie derrière lui, dans le Connecticut? Comment ai-je pu être sûre qu'il ne recommencerait pas?

Mel regarda Donna tristement.

– Et qu'est-ce que tu aurais pu faire? Tu ne pouvais pas prévoir ce qui allait se passer. Même si tu l'avais prévu, tu n'aurais pas pu l'empêcher.

Donna sentit une larme rouler sur sa joue.

– Tu sais que j'ai raison, n'est-ce pas?

– Nous allons voir ça dans quelques minutes.

Mel appuya sur l'accélérateur. Donna continuait à déverser le flot de sa mauvaise conscience.

– Comment ai-je pu me faire avoir de cette façon? Je ne comprends pas. Je me rappelle le jour où on me l'a présenté : Victor Cressy, meilleur assureur de l'hémisphère. Combien de fois m'a-t-il répété qu'il serait capable de vendre du sable aux Arabes, nom de Dieu! Tu vois, Mel, il m'a vendu un désert entier! Il a tout combiné. Il a fait semblant de se radoucir. Petit à petit, bien sûr, pour que je n'y voie que du feu. Chaque semaine, il était un peu plus gentil. Juste assez pour que je ne me doute de rien. Et moi, je suis tombée dans le panneau. Comme il l'avait prévu. Oh, Mel, Mel, depuis quand a-t-il tout manigancé? A ton avis?

Mel ne répondit pas. Ils connaissaient tous deux la réponse. Victor avait mis son projet à exécution le jour où le juge avait pris sa décision, peut-être même plus tôt. Peut-être le soir où Donna avait fait ses valises.

Il avait attendu un peu, histoire de prendre ses dispositions et de voir tout le monde se détendre et commencer à être heureux.

– Il a eu l'anniversaire d'Annie en prime, dit Donna lentement, un vrai succès!

Ils passèrent par Lake Worth. Mais la maison de Donna était comme elle l'avait laissée. Il n'y avait aucune trace de Victor ou de sa voiture.

– Il n'est pas là, dit Donna en remontant dans la voiture.

Ils prirent la direction de Lantana.

Soudain, Donna, glacée de terreur dit :

– Tu ne penses pas qu'il a pu leur faire du mal? Oh, Mel! Tu ne penses pas qu'il a pu... (Elle se mit à trembler.)

Mel gara la voiture sur le bas-côté de la route et serra Donna dans ses bras. Puis il éloigna son visage de quelques centimètres et la força à le regarder dans les yeux.

– Regarde-moi. Ne t'affole pas. Calme-toi. Nous ne savons même pas s'il s'est passé quelque chose d'anormal. Il se peut que Victor soit chez lui en train d'habiller les enfants avant de te les ramener. Il est absolument inimaginable qu'il puisse leur faire du mal. Même si Victor est un drôle de type, même s'il essaie de te faire souffrir, je suis absolument sûr que jamais, jamais il ne ferait du mal à ses enfants. Il les aime, Donna. Même s'il n'est pas toujours facile, il n'est pas un monstre. (Donna éclata en sanglots contre la poitrine de Mel.) Pleure un bon coup, ma gentille.

Au bout de quelques instants, Donna se reprit. Mel remit la voiture en marche. Donna s'essuya les yeux.

– Et si je me foutais dedans complètement? (Elle se mit à rire.) Je me mets dans des états épouvantables sans raison – comme me le disait souvent Victor – et nous allons le trouver chez lui avec Adam et Sharon, et une excellente excuse pour avoir fait rater à Annie son anniversaire et son film...

– Cesse de t'en faire pour ce film...

– Il va être là. Il va dire : « Tu as mal aux yeux? Ton rimmel est en train de couler. »

Elle eut un rire forcé. Elle espérait de toutes ses forces qu'il serait là. Mon Dieu, faites qu'il soit là.

La maison était plongée dans l'obscurité.

– Mon Dieu!

– Du calme, Donna. Ils sont peut-être de l'autre côté de la maison. Peut-être les avons nous croisés sur la route.

Donna et Mel ouvrirent en même temps leur portière, décrochèrent leur ceinture et se précipitèrent vers la maison. Donna essaya d'ouvrir la porte d'entrée, mais celle-ci était fermée. Et elle n'avait plus de clé.

– Merde, hurla-t-elle en essayant d'enfoncer la porte.

Mel courut derrière la maison tandis que Donna essayait d'apercevoir quelque chose à travers les vitres.

– Il n'y a personne.

– Non, dit Donna, résignée.

– En tout cas, les meubles sont là, dit Mel.

– Ça ne veut rien dire, dit Donna. Il a dû tout laisser. (Elle se tenait immobile devant la porte.) Il a filé. Il a emmené mes enfants.

– Nous le retrouverons, Donna, je te promets que nous le retrouverons.

– Donna?

Ils furent surpris par cette voix. Ils n'avaient entendu personne approcher.

– Je vous ai vue de mon jardin. Et il m'a bien semblé vous reconnaître. Vous savez, ma vue n'est plus ce qu'elle était.

Donna se retourna brusquement et vit Arlene Adilman.

– Où est Victor? demanda-t-elle, affolée.

– Il est parti hier, répondit la femme. Il a obtenu quatre-vingt-cinq mille dollars pour la maison, meubles compris. Il l'a vendue à un jeune couple charmant, qui s'installe demain. Ils ont acheté la maison voici trois mois. Ils ont payé comptant, d'après ce que j'ai compris. Je ne savais même pas que Victor avait mis la maison en vente. Hier, il est venu me dire au revoir, et il m'a donné ceci. (Elle tendit une enveloppe à Donna.) Il a dit que vous viendriez probablement, aujourd'hui.

Donna arracha l'enveloppe des mains d'Arlene. Elle tremblait tellement qu'elle n'arrivait pas à l'ouvrir.

Mel prit l'enveloppe, l'ouvrit et la rendit à Donna.

– Où est allé Victor? demanda Mel tandis que Donna parcourait rapidement les quelques mots que Victor avait écrits.

– Je n'en sais rien du tout, dit Mme Adilman. Vous ne le savez pas non plus?

Donna laissa échapper une longue plainte qui grandit de plus en plus pour éclater en un cri déchirant. Mel prit Donna dans ses bras, et la serra contre lui. Mais rien ne pouvait atténuer l'intensité du cri. C'était le râle de l'animal pris au piège. C'était un son sans commencement et sans fin. Il avait jailli des entrailles de Donna et s'échappait dans l'air, comme un diable.

Mel s'empara du papier que Donna tenait serré dans son poing. Il déplia le message et lut la phrase suivante : « Le tout est de s'y faire. »

Mel froissa le papier et le jeta par terre, furieux.

16

– Que portaient-ils la dernière fois que vous les avez vus?

Donna regarda le lieutenant de police. Des yeux pailletés d'or dans une face de lune. C'était un homme de petite taille, extrêmement costaud, mais totalement insignifiant. Son menton mou et ses mâchoires trop lourdes rendaient son visage absolument inexpressif. Au fond, c'est peut-être l'idéal pour un lieutenant de police, pensa Donna.

Elle n'en pouvait plus. Ils n'avaient pas fermé l'œil de la nuit. Au commissariat, on leur avait demandé de revenir le lendemain matin, car le dimanche soir on ne répondait qu'aux urgences – qui, d'ailleurs, étaient assez rares dans le secteur de Palm Beach. Ils avaient téléphoné à Danny Vogel, aux autres amis et connaissances de Victor : personne n'était au courant de rien. C'était du moins ce qu'ils avaient dit. Donna les avait crus. Victor n'avait pris aucun risque. N'étant pas habituellement enclin aux confidences, ce n'était pas dans ces circonstances qu'il allait commencer à parler. Il avait bien orchestré sa disparition – une disparition totale et sans bavures.

Ensuite, ils avaient appelé les avocats Stamler et Gerber, avec qui ils avaient pris rendez-vous pour l'après-midi. Ils ne pourraient sans doute pas faire grand-chose, mais il ne fallait rien négliger.

– Adam portait un pull rayé bleu et blanc, dit Donna. Un short blanc. Pas de chaussettes. Une paire de sandales bleues.

– Et la petite fille?

Les larmes se remirent à couler le long de ses joues. Ses yeux étaient déjà si gonflés qu'elle pouvait à peine les ouvrir.

– Elle portait une petite robe bain de soleil à

rayures rouges et blanches, articula-t-elle en essayant de rester compréhensible. Une culotte assortie. Des sandales blanches. (Elle se tut. Elle sentait les deux petits bras de sa fille autour de son cou. « Tu es adorable », avait-elle dit à l'enfant.) Et un ruban blanc dans les cheveux, ajouta-t-elle, ses cheveux sont tout bouclés.

– Oui, nous avons leur photographie, lui rappela gentiment le lieutenant en jetant un coup d'œil sur les deux clichés. Ce sont de beaux enfants.

– Oui, dit Donna.

Elle prit la main de Mel. Ils étaient tous deux assis en face du lieutenant de police. Un petit badge posé sur son bureau indiquait qu'il s'appelait Stan Robinson. C'était un homme d'une cinquantaine d'années. Il la regardait fixement, réfléchissant sans doute à ce qu'il devait dire. Son visage était dénué de toute expression. Donna savait que ce qu'elle allait entendre n'allait pas lui faire plaisir.

– Je déteste ce genre de cas, déclara-t-il.

Donna retint sa respiration.

– Ils ne font que se multiplier en ce moment. C'est une véritable épidémie. Un des parents obtient la garde des enfants et l'autre les enlève. (Il secoua la tête.) C'est le tour le plus dégueulasse qu'on puisse jouer à quelqu'un. (Il s'interrompit un moment.) Et nous ne pouvons pas faire grand-chose.

– Comment cela?

– Il existe un mot pour définir l'acte de votre mari, dit le lieutenant Robinson. Cela s'appelle un rapt légal. Un parent enlève son enfant. Ce n'est pas vraiment un rapt puisque le ravisseur est un des parents de l'enfant, qu'il n'y a pas de demande de rançon, et que le ravisseur ne fait pas de mal à l'enfant. Il n'existe pas de loi pour punir ce type d'exaction. On parle, depuis un certain temps, d'en promulguer une. Même si elle est ratifiée, elle ne sera pas facile à appliquer. Et je doute qu'elle serve à grand-chose.

– Mais il est allé à l'encontre du jugement rendu par le tribunal, dit Mel.

– Oui, c'est vrai. Un point pour vous. Si vous le trouvez, vous pourrez toujours le poursuivre.

Donna sentait bourdonner ses oreilles.

– Vous ne pouvez rien faire pour nous?

– Nous ferons tout ce qui est en notre pouvoir, dit le lieutenant; mais je ne crois pas que cela vous aidera beaucoup. Ecoutez, pendant combien d'années Patty Hearst a-t-elle disparu? Et elle était recherchée dans tout le pays. Et ici, il s'agit d'un homme et de deux enfants que personne ne connaît et dont personne ne se soucie, sauf vous deux. Il a pu filer dans n'importe quelle partie du globe... Les enfants ont-ils un passeport?

– Comment?

– Vos enfants sont-ils inscrits sur votre passeport ou celui de votre mari?

– Ils le sont sur le mien, dit-elle, en s'animant un peu. Lorsque j'ai fait renouveler mon passeport l'année dernière, je les ai fait inscrire dessus à tout hasard.

Mel prit la main de Donna entre ses deux mains.

Stan Robinson se leva et fit le tour de son bureau.

– Au moins, nous sommes sûrs qu'ils n'ont pas pu quitter les Etats-Unis. Il ne nous reste plus que cinquante Etats, plus le Canada. Je ne crois pas qu'il faille un passeport pour entrer au Canada. Nous pouvons appeler l'immigration, mais je doute que cela donne quoi que ce soit.

– Que pouvez-vous faire d'autre? demanda Mel.

– Je vais vous expliquer la marche à suivre.

– C'est-à-dire?

– Appelez toutes les compagnies aériennes et demandez-leur s'ils ont eu récemment un M. Cressy sur leurs lignes. Appelez aussi les aéroports de Tampa et de Miami. C'est un sacré boulot car il y a eu des centaines de départs. En admettant qu'il ait bien pris l'avion. S'il l'a fait, ce qui est tout de même probable, il a dû voyager sous un faux nom et payer ses billets en argent liquide. Vous pouvez appeler la banque de M. Cressy pour savoir s'il a arrêté son compte ou s'il a effectué des transferts de fonds, mais je doute qu'ils vous disent quoi que ce soit. Appelez son bureau. Peut-être s'est-il fait muter ailleurs. Appelez votre avocat. Appelez tous les gens qu'il connaît. Envoyez les photos des enfants à vos amis ou parents, si vous en avez, qui vivent dans d'autres Etats. Vous pouvez engager un détective privé mais cela vous coûtera très cher, et, en général, ils sont inefficaces à moins que vous ne leur fournissiez suffisamment d'indices. Essayez de vous rappeler s'il a mentionné devant vous des régions où il aimerait vivre. Quels sont ses goûts? Est-il sportif? Nous avons eu récemment un cas intéressant. La mère avait obtenu la garde et le père avait filé avec le gosse, une petite fille. Elle avait six ans, je crois. La mère a engagé des avocats, des détectives, tout le bazar. Impossible de les retrouver. Au bout d'un an, ils ont fini par les découvrir dans le fin fond du Colorado. Le type adorait le ski. Mais ce ne sont ni les avocats ni les détectives ni même sa femme qui ont eu l'idée de le chercher là. La femme a reçu un jour un coup de fil d'un de leurs amis qui vivait en Afrique du Sud. Il avait profité de ses vacances pour aller faire du ski à Aspen, et il avait aperçu le type sur une pente.

– Victor n'aime pas le ski, murmura Donna qui sentait ses oreilles bourdonner de plus en plus fort.

– Il s'agit de..., dit le lieutenant Robinson.

Mel l'interrompit.

– Elle a compris de quoi il s'agissait, lieutenant.

Stan Robinson retourna s'asseoir à sa place.

– Bon, je suis désolé. J'aimerais pouvoir vous aider davantage.

– Effectivement, dit Mel en se levant. (Il aida Donna à prendre congé.)

Le bourdonnement était de plus en plus fort. Donna fit quelques pas et sentit ses jambes se dérober sous elle. Mel l'empêcha de tomber. Le bourdonnement cessa. Elle s'évanouit.

En dehors des yeux et de la bouche charnue, la femme qui se trouvait devant Donna avait peu de traits communs avec Victor. Lenore Cressy avait les cheveux d'un blond légèrement décoloré et était petite alors que Victor était grand et brun.

Elle était assez forte de buste mais vêtue avec goût. Un maquillage savant camouflait les rides et les traces de fatigue. Donna essaya, d'après certains recoupements, de lui donner un âge. Elle devait avoir près de soixante-dix ans, bien qu'elle en parût plutôt soixante. Malgré l'expression triste de ses yeux, c'était encore une femme extraordinairement séduisante.

– Je n'ai pas revu mon fils depuis plus de huit ans, avoua-t-elle franchement.

Donna, comme tant d'autres fois depuis cinq jours, eut l'impression que son cœur cessait de battre.

Mel et elle avaient appelé tous les amis et connaissances dont Victor avait prononcé le nom. Personne n'avait rien vu, rien entendu. A son bureau, tout le monde était tombé des nues. Ils ne savaient absolument pas où il avait bien pu filer. Les compagnies aériennes s'étaient montrées peu coopératives. Elles avaient refusé de leur laisser consulter la liste des passagers du samedi précédent. La police avait dû s'en mêler. Finalement, après plusieurs jours d'enquête, ils étaient revenus bredouilles. Aucune trace de Victor Cressy. Nulle part. Il y avait tellement de parents voyageant avec leurs enfants qu'il était impossible de tout vérifier. D'autant plus que Sharon voyageait gratuitement. Si Victor avait utilisé un faux nom, ce qui semblait évident, il valait mieux laisser tomber et chercher ailleurs. La banque dans laquelle Donna avait eu un compte commun avec Victor n'avait été d'aucun secours non plus. Elle avait refusé de dire quoi que ce soit. Toutefois, au moment où Donna allait partir, quelqu'un était venu lui dire, sous le sceau du secret, que M. Cressy avait soldé son compte trois mois plus tôt.

A chaque échec, Donna ne pouvait s'empêcher d'être déçue. Ed Gerber se montra plus gentil qu'à l'accoutumée. Il parut sincèrement étonné par la conduite de Victor et confirma qu'il ne savait absolument rien.

Me Stamler leur promit de contacter immédiatement les différentes relations qu'il avait dans les autres Etats. Il avait engagé un détective qui n'avait encore rien découvert hormis le fait que Victor avait revendu sa voiture chez Ben, South Dixie, qu'il s'était fait payer en liquide et semblait avoir déposé la voiture immédiatement après avoir quitté Donna. Le détective avait également téléphoné aux limousines et taxis desservant les aéroports mais n'avait rien découvert d'intéressant. L'un des chauffeurs se rappelait vaguement avoir conduit un homme et deux enfants, mais ne savait plus si c'était le samedi ou le dimanche, ni devant quelle compagnie il les avait laissés. Peut-être Victor avait-il même changé de terminal pour brouiller les pistes? Connaissant Victor comme je le connais, pensait Donna, il a dû aussi prendre plusieurs avions. Ils avaient envoyé des photographies des enfants et de Victor à tous ceux qu'ils connaissaient à travers le pays, y compris aux six frères et sœurs de Mel (dont deux vivaient dans la région de Los Angeles, deux sur la côte Est, un dans l'Etat de Washington et l'autre à Hawaii). Ils avaient même envoyé les photos et les renseignements à la sœur de Donna, Joan, qui vivait en Angleterre, au cas où Victor aurait réussi à quitter le pays.

Finalement, ils étaient allés dans le Connecticut rendre visite à Lenore Cressy.

Pendant que Donna racontait toute l'histoire, les

yeux de la vieille dame se remplirent de larmes à plusieurs reprises. Chaque nouvelle péripétie semblait l'accabler davantage.

Lorsqu'elle parla, ce fut d'une voix à peine audible.

– Je ne savais pas que j'avais des petits-enfants, dit-elle sans chercher à cacher son chagrin.

– Je suis désolée, madame Cressy, dit Donna avec chaleur. Au début de notre mariage, j'ai plusieurs fois demandé à Victor qu'il me permette de vous appeler, mais il n'a jamais voulu. J'espérais que vous appelleriez vous-même. Vous ne l'avez pas fait.

– Je l'ai appelé pendant deux ans : il a toujours refusé de me parler. Alors j'ai abandonné.

Mel, dont Donna avait presque oublié la présence, prit la parole à son tour.

– Comment avez-vous découvert que Victor était en Floride? demanda-t-il.

– C'est par une amie à moi, qui est veuve, Mme Jarvis. Elle est allée passer l'hiver à Palm Beach. Elle a vu Victor dans un cinéma. Il a fait semblant de ne pas la connaître. Mais elle, elle l'a formellement reconnu.

Donna baissa la tête. Encore une rencontre fortuite comme celle du type, à Aspen, dans le Colorado. Quand cela leur arriverait-il? Dans un mois? Dans deux mois? Dans un an? Dans cinq ans? Jamais?

Cette idée l'affola. Elle se mit à trembler. Pour se changer les idées, elle parcourut le salon des yeux. L'ameublement était ancien et, à l'instar de la maîtresse de maison, merveilleusement bien conservé.

– Madame Cressy, demanda Donna, pouvez-vous me fournir un indice susceptible de m'aider à le retrouver?

La femme secoua la tête.

– Il a toujours pris les choses à cœur. Même lorsqu'il était petit, il fallait faire attention à ce qu'on disait, s'assurer qu'il ne comprenait pas de travers. Il était si susceptible. Il fallait toujours prendre des précautions. Il voulait tout réussir. Il refusait de reconnaître ses torts lorsqu'il en avait. Il accusait toujours les autres. Chaque année, le jour de la rentrée des classes, il était malade d'angoisse. Il avait surtout peur de se tromper de porte. Oui, il y avait toujours cette histoire de porte.

Donna regardait la femme qui était manifestement plongée dans ses souvenirs.

– Madame Cressy, pouvez-vous me téléphoner si vous avez des nouvelles de Victor? Je vous en supplie.

Lenore Cressy répondit calmement :

– Non.

Ce « non » déchira les oreilles de Donna. Pendant un instant, elle crut qu'elle avait mal entendu ou que la femme avait mal compris sa question.

Lenore Cressy lut la confusion dans les yeux de Donna. Elle hésita, ne sachant pas si elle devait appeler Donna par son prénom ou « madame Cressy ». Elle choisit de ne pas l'appeler du tout.

– Vous devez comprendre qu'il y a huit ans, j'ai perdu mon fils unique parce que j'ai agi bêtement. Je ne tiens pas à recommencer.

– Vous refusez de m'aider? demanda Donna, incrédule.

– Depuis huit ans, j'attends l'occasion de me racheter. Je tiens à vous dire la vérité : si Victor m'appelle, me donne cette chance, je ne le trahirai pas une seconde fois.

– Mais vous ne l'avez jamais trahi!

– Il croit que si. C'est drôle comme, parfois, en croyant bien faire, on agit en dépit du bon sens. J'ai fait tout ce que j'ai pu pour Victor et Janine : j'ai essayé de ne pas me mêler de leurs affaires, de les écouter lorsqu'ils avaient un problème, de ne pas prendre parti. J'ai essayé de rester objective. Voilà où cela m'a menée. Je suis désolée. Je ne peux rien faire pour vous.

Donna, frustrée, sentit les larmes lui monter aux yeux.

– Mais il s'agit de mes enfants!

La vieille dame répondit calmement :

– Il s'agit de mon fils.

– Ce type est une merde, voilà tout ce que je peux vous dire.

Donna observait la jeune femme assise en face d'elle sur un canapé criard encombré de coussins. Janine Gauntley Cressy McCloud avait peut-être un an ou deux de plus que Donna. Elle avait un visage intéressant; son corps épanoui trahissait un début de grossesse.

– J'ai passé trois ans chez les psychiatres à cause de ce fumier. J'ai mis encore trois ans avant de pouvoir aimer un autre homme. Je me suis mariée. Aujourd'hui, j'ai presque trente-six ans et j'attends mon premier enfant. Vous savez, même après tant d'années, le seul fait de prononcer le nom de ce salaud me met hors de moi.

Donna se comparait à la première femme de Victor. Physiquement, il y avait une vague ressemblance. Elles avaient à peu près la même taille, le même âge et la même couleur de cheveux et d'yeux. Mais c'était tout.

Janine McCloud semblait plus superficielle et Donna plus intellectuelle. Côté sentimental, Janine avait l'air plus dure, moins sensible. Donna ne l'avait pas imaginée ainsi.

– J'ai passé avec lui les deux années les plus malheureuses de mon existence. Ne me demandez pas pourquoi, je n'en ai pas la moindre idée. J'ai fait des efforts, j'en ai fait beaucoup. Je n'étais pas une enfant. Au contraire, j'avais pas mal bourlingué. Mais je n'avais jamais rencontré un type comme Victor. Je ne savais pas quoi inventer pour lui faire plaisir. Il n'était jamais content. Je me suis cassé le cul pour ne pas le contrarier. Et qu'a-t-il fait? Il m'a quittée. Il m'a annoncé qu'il voulait divorcer. Incroyable!

– Et Lenore?

Janine McCloud se leva et se dirigea vers la fenêtre. Il faisait nuit. Son mari était parti jouer au base-ball.

– Oh, elle! c'est une vraie catastrophe. Tout comme lui!

Donna était étonnée. Elle se rappelait en quels termes Victor avait décrit les relations de son ex-femme avec sa mère.

– Je vais vous dire, continua la femme. Ils sont dingues tous les deux. Si vous voulez tout savoir, j'ai vraiment fait des efforts pour être bien avec cette bonne femme. Je n'ai jamais été intime avec ma mère et Lenore semblait assez gentille, bien qu'au début, elle ne m'ait pas caché qu'elle ne me trouvait pas assez bien pour son petit chéri. Elle a une qualité, elle est honnête. Mais je me suis donné un mal de chien pour elle, car Victor semblait tenir à elle et moi je tenais à Victor. Je lui téléphonais tous les jours, je l'emmenais déjeuner. Je ne crois pas qu'elle m'ait jamais acceptée complètement, mais elle a essayé. Elle aussi ne voulait que le bonheur de Victor, son enfant chéri. Victor Cressy était infaillible. Elle prenait aveuglément son parti. Elle l'excusait continuellement, même lorsqu'il se conduisait comme un mufle. Elle disait qu'il travaillait trop dur, qu'il était fatigué. Elle prenait au sérieux la moindre de ses paroles. Elle refusait de regarder les choses en face. Elle faisait tout ce qu'il voulait. Victor avait perdu son père très jeune et c'était lui qui prenait toutes les décisions. Et elle, cela lui plaisait. En dehors de ça, c'est quelqu'un de très dur. Vous savez comment je l'avais surnommée? Pas devant elle, bien sûr, mais je l'appelais « Marche ou crève ». Bon, je ne suis peut-être pas très tendre envers elle. Je dois reconnaître que lorsque Victor s'est barré, elle a été très bien avec moi. J'étais assez mal en point. Lenore m'a beaucoup aidée. Un beau jour, Victor lui a adressé une espèce d'ultimatum. Elle a dû être prise au dépourvu, elle a hésité avant de répondre, ou je ne sais pas quoi et pffft, l'oiseau s'est envolé. Il a disparu. Ça l'a pas mal traumatisée. (Elle se tut et se rapprocha du canapé où étaient assis Donna et Mel.) Alors, savez-vous ce qu'elle a fait? Elle n'a jamais voulu me revoir. Exactement comme lui. Pareil. S'il était revenu, il aurait constaté qu'elle ne frayait plus avec l'ennemi... Je ne peux vraiment pas vous aider. La seule chose que l'on peut dire avec Victor, c'est qu'il ne fait jamais ce que l'on croit qu'il va faire. Parler de lui me reporte des années en arrière. Quel cauchemar! Je n'arrive pas à comprendre comment, après tant d'années, je lui en veux encore autant!

Moi, si, pensa Donna. Elle se leva pour prendre congé.

Donna resta assise une longue minute avant de pouvoir articuler un mot.

– Il ne viendra pas ici, dit-elle. C'était une idée idiote.

Mel regarda le petit restaurant new-yorkais plongé dans la pénombre.

– C'est bon, en tout cas, dit-il pour essayer de la distraire. Mange donc quelque chose.

– Je n'ai pas faim. Je t'en prie, ne m'embête pas.

– Excuse-moi. Je ne voulais vraiment pas t'embêter.

Donna haussa les épaules en évitant son regard.

– Nous les retrouverons, affirma Mel. Je te le promets.

– Mais comment? Quand? Donne-moi une réponse précise!

– Quelqu'un va bien les rencontrer. Dans une semaine, dans un mois...

– Dans un an...

– Peut-être. Peut-être dans plus longtemps.

– Oh, Mel! dit Donna, complètement affolée.

– Le plus important, c'est que tu tiennes le coup. Que tu sois en bonne santé, que tu restes maîtresse de la situation. Tu ne dois pas te laisser détruire. Tu dois aller de l'avant, essayer de vivre normalement.

Donna lui jeta un regard furieux. D'un geste brusque, elle fit tomber involontairement une cuiller par terre. Qu'est-ce qui arrivait à Mel? Qu'est-ce qu'il racontait? Vivre normalement quand ses enfants avaient disparu!

– Quel genre de vie veux-tu que...

Mel lui coupa la parole.

– Donna, tu réagis exactement comme il veut que tu réagisses. Je te comprends. Tu peux me croire, Donna, je te comprends. Mais tu dois tenir le coup parce que, ne te fais aucune illusion, la bataille va être longue. Tu dois garder espoir. Tu dois continuer les recherches. Mais – et c'est le plus important – tu dois continuer à vivre!

– Tu radotes, siffla-t-elle. Mon ex-mari enlève mes enfants. La police ne fait rien. Personne ne fait rien. Nous allons dans le Connecticut et nous perdons une journée avec deux femmes que Victor n'a pas revues depuis huit ans, espérant qu'elles auront quelque chose à nous dire...

– Pensais-tu vraiment qu'elles auraient quelque chose à nous dire?

– Oui, éclata Donna, voyant enfin la vérité en face. Oui, je le pensais! Chaque fois que nous allons quelque part – ici, par exemple –, je suis persuadée que je vais le voir arriver. Chaque fois que je parle de lui à quelqu'un, je suis persuadée qu'on va me donner les renseignements que j'attends.

Mel lui prit la main.

– Oh, ma chérie.

– Je n'y peux rien, Mel. Je n'arrive pas à croire à ce qu'il m'arrive.

Un serveur ramassa la cuiller et lui en donna une autre. Donna le suivit des yeux.

– Ecoute, Donna, poursuivit Mel.

Ne pouvait-il pas la fermer? Elle en avait assez de passer de l'encouragement au découragement, de l'espoir au désespoir. Tout cela à cause de ses paroles qui n'étaient, au fond, que du vent.

– Nous avons fait tout ce que nous avons pu : nous avons engagé un détective, nous avons passé des annonces dans les journaux...

– Je sais tout ça par cœur.

Il lui fit de nouveau des excuses.

– Pardonne-moi. Bien sûr que tu le sais.

– Je n'ai pas besoin que tu m'expliques ce que nous faisons... Pardon, Mel. Ecoute-moi, pour l'amour de Dieu! Tu es le seul qui ne me laisse jamais tomber, tu es toujours là quand j'ai besoin de toi...

– Ne t'excuse pas...

– Tu abandonnes ton travail, tu laisses Annie avec la femme de ménage, tu bouleverses ta vie pour m'accompagner dans le Connecticut, puis à New York, tout ça parce que je n'ai pas le courage de me remettre à conduire...

– Donna...

– Et tu viens avec moi dans ce restaurant idiot où Victor n'a sans doute pas remis les pieds depuis des années, et tout ce que je trouve à faire, c'est de t'engueuler!

– Ce n'était pas si bête de venir ici, Donna. Victor peut très bien revenir un jour. Nous laisserons une photo de lui au maître d'hôtel. On ne sait jamais...

Donna ferma les yeux.

– Je ne peux pas imaginer ma vie sans toi, dit-elle.

– J'espère bien.

– Jure-moi que tu ne me quitteras jamais.

– Je te le jure.

Ils se turent pendant quelques instants. Puis il ajouta :

– Marions-nous, Donna.

Elle le regarda, abasourdie. Il lui proposait le mariage? Maintenant? Au moment où elle ne s'intéressait qu'à une seule chose : ses enfants. Il était malade ou quoi?

– Nous marier?

– Je sais que tu vas trouver le moment mal choisi.

– Comme tu dis!

Elle était furieuse et sentait instinctivement que toute allusion au futur l'éloignait du passé, c'est-à-dire de ses enfants.

– Je t'aime, Donna. Tu le sais.

– Pourquoi cette proposition *maintenant*? demanda-t-elle, presque désespérée.

– Parce que je crois que *maintenant* est le moment où tu dois prendre des engagements. Vis-à-vis de moi. De toi-même. De notre vie commune. De la vie en général.

– Une vie sans mes enfants?

– Je n'ai pas dit ça.

– Qu'as-tu dit, alors?

– Le temps passe...

– Je n'ai plus envie de parler, Mel. Sortons d'ici.

Mel appela le serveur, paya l'addition et rejoignit Donna qui l'attendait devant la porte.

– Même si nous ne nous marions pas, dit Mel, tandis qu'ils quittaient le restaurant, je crois que tu devrais venir t'installer chez moi en rentrant à Palm Beach. Je ne veux pas que tu restes seule.

Donna ne dit rien mais la proposition de Mel la remplit de gratitude. Elle avait besoin de lui, surtout maintenant. Non, pensa-t-elle, pas seulement maintenant. Toujours.

– Tu ne me quitteras jamais? lui redemanda-t-elle en s'installant dans leur Thunderbird de location.

– Je ne te quitterai jamais, je te le jure...

17

– Elle arrive tout de suite, dit Donna.

Tout en blanc, d'allure sportive, la jeune femme à qui elle s'adressait était extrêmement séduisante. Elle s'appelait Kate.

– Elle rassemble les jouets qu'elle désire emporter avec elle.

La femme s'assit confortablement dans l'un des fauteuils beiges. C'est elle qui a dû choisir ces fauteuils, pensa Donna. Mel lui avait dit, en effet, qu'il n'avait rien changé au décor depuis le départ de son ex-femme.

– Voulez-vous boire quelque chose? proposa Donna.

Elle se demandait pourquoi Annie tardait tant. Faire la connaissance de deux ex-femmes, même agréables et séduisantes, en si peu de temps, était au-dessus de ses forces.

– Non, merci.

– Mel a dû être retenu par un malade. Il avait promis d'être là pour vous accueillir.

– Je suis habituée, dit familièrement la jeune femme. Cela nous permet de faire connaissance.

Les deux femmes se turent pendant quelques instants.

– Annie est une petite fille adorable, dit enfin Donna en regardant vers l'escalier. Adorable, mais pas pressée. Que fait-elle donc?

– Je crois que Mel s'en occupe de façon formidable.

Donna sourit, sans savoir pourquoi, le compliment ne lui étant pas destiné.

– C'est dur, poursuivit Kate pensivement, de ne la voir que pendant les vacances. Quelquefois, quand je suis plongée dans mes livres de droit, je me dis que ce serait vraiment bon de l'avoir auprès de moi tous les jours.

Donna retint sa respiration.

– Pardon, dit Kate avec sincérité, je n'aurais pas dû dire ça devant vous. J'ai parlé bêtement, sans réfléchir.

Elle jeta un coup d'œil inquiet vers le vestibule. Annie n'était toujours pas en vue.

– Mel m'a raconté ce qui s'est passé, se força-t-elle à poursuivre. Y a-t-il du nouveau?

– Non, dit Donna sèchement pour qu'il fût bien clair qu'elle ne tenait pas à s'éterniser sur le sujet.

Elle se leva, alla dans le vestibule et cria :

– Annie, dépêche-toi, ma chérie.

– J'arrive, dit l'enfant.

Pourquoi demandait-elle à la petite fille de se presser? De toute façon, elles n'allaient pas partir avant le retour de Mel. Où était Mel? Elle retourna au salon et décrocha le téléphone.

– Je vais téléphoner pour savoir s'il a quitté son cabinet, expliqua Donna.

On lui répondit qu'il était parti.

– Je ne savais pas que vous viviez totalement avec Mel, dit Kate. (Cela n'avait pas l'air de la gêner.) Il m'avait bien dit qu'il était avec vous, que c'était sérieux, et que vous songiez à vous marier, mais...

– Je me suis installée ici il y a quelques mois. (Elle hésita avant de poursuivre :) Nous avons été très bousculés, ces derniers temps. Mel a sans doute oublié de vous le dire.

Qu'avait-elle à parler à la place de Mel? Pourquoi se sentait-elle obligée de se justifier vis-à-vis de cette femme qu'elle ne connaissait pas et ne voulait pas connaître? Bien sûr, elle avait droit à des explications dans la mesure où sa fille était concernée. Au moins, toi, tu sais où est ta fille, pensait Donna, pleine d'amertume et de ressentiment.

Kate regardait Donna avec beaucoup d'attention.

Donna avait l'impression d'être de nouveau au tribunal. Kate parlait d'une voix douce.

– J'ai l'impression que vous aimez bien Annie, n'est-ce pas?

– Oh, énormément, répliqua Donna, en espérant avoir mis dans ses paroles plus de conviction qu'elle n'en ressentait en réalité.

Bien sûr, cette petite fille précoce lui plaisait, elle avait même commencé à se prendre d'affection pour elle. Mais, récemment, elle avait eu l'impression qu'en se rapprochant d'Annie, elle se détournait de ses propres enfants, et que, si elle se laissait aller à aimer véritablement la petite fille, elle perdrait définitivement ses enfants. Elle était en proie, vis-à-vis de la fille de Mel, à toutes sortes de sentiments contradictoires. Elle aimait bien vivre avec Annie – cela l'occupait, elle se sentait utile à quelque chose –, mais, en même temps, la présence d'Annie l'exaspérait. Chaque fois qu'elle regardait Annie dans les yeux, elle pensait aux yeux de sa fille qu'elle ne reverrait peut être jamais. Chaque fois qu'Annie avait besoin d'elle, elle revoyait Adam lui réclamer encore une histoire.

« Raconte-moi l'histoire du petit garçon qui s'appelait Roger et de la petite fille qui s'appelait Béthanny... »

Elle se sentait de plus en plus coupable de vivre en famille avec une autre enfant, et même, tout simplement, de vivre normalement. Faire comme si de rien n'était était au-dessus de ses forces.

– Pardon, je n'ai pas entendu ce que vous avez dit, dit Donna.

– Je vous demandais si vous travailliez... enfin, à l'extérieur.

– Ah! Non, je ne travaille pas.

– Ah bon!

A ces moments-là, Donna regrettait de ne pas fumer. Elle aurait pris une cigarette, cela lui aurait donné une contenance. Mais si elle voulait faire quelque chose, elle pouvait toujours monter voir ce qu'Annie fabriquait... Non, elle ne le pouvait pas. Elle savait qu'Annie n'avait aucune envie de la voir. Sa mère, la vraie – comme elle n'avait pas manqué de le souligner –, venait la chercher pour les grandes vacances. Il n'y avait pas de place pour deux mères. Surtout pas pour Donna.

On ne pouvait pas en vouloir à l'enfant. Donna avait de moins en moins de patience avec elle. Elle était irritable, peu disponible et pas très communicative. Au début, Annie s'était montrée compréhensive, mais, depuis quelque temps, Donna sentait bien que la petite lui en voulait.

– Pensez-vous que le métier d'avocate va vous plaire? demanda Donna.

Elle essayait de se changer les idées. Quelle question idiote, se dit-elle. Pourquoi ne pas lui demander aussi quelle est sa couleur favorite, ses acteurs préférés, si elle dort toute nue?

– Allez-vous vous spécialiser dans quelque chose? poursuivit-elle sans savoir très bien si Kate avait répondu à sa première question ou non.

Cet interrogatoire allait-il durer longtemps? Le gouvernement devrait publier une liste de sujets de conversation pour ex-épouses, pensa-t-elle en entendant vaguement Kate parler de droit privé; surtout avec l'épidémie de divorces qui ravageait le pays et la multiplication des belles-mères et des beaux-pères. Ce ne serait pas compliqué de distribuer, avec la ratification du divorce, un petit guide pratique des relations entre anciens maris et ex-femmes.

Donna et Kate, une fois de plus, s'absorbèrent dans leurs pensées sans rien dire. Donna se sentait soudain vulnérable avec son bain de soleil rose à dos nu et son short blanc, trop large pour elle depuis quelques semaines. En fait, Donna avait maigri. Elle ne mangeait pas grand-chose et elle avait reperdu les kilos repris après son divorce. Où étaient-ils passés? se demandait-elle. Kate, avec sa poitrine épanouie et ses jolies formes, devait la prendre pour une anorexique. Donna se rendit compte que, depuis quelque temps, son vocabulaire s'était enrichi de nombreux termes médicaux. Kate avait l'air équilibrée, physiquement et moralement. Avec ses cheveux tirés en queue de cheval, elle ressemblait un peu à Ali McGraw dans *Love Story.* L'ex-femme allait parler, semblait-il. Donna regarda sa bouche.

– Maman, cria une voix dans le vestibule. (Merci, mon Dieu, se dit Donna.)

Kate se leva aussitôt et tendit les bras à sa petite fille. Annie avait deux petites couettes brunes et tenait fermement dans sa main droite son éternelle couverture rose et blanche.

– C'est si bon de te voir, dit Kate en embrassant l'enfant. (Donna se leva. Elle aurait voulu être à mille lieues. Annie s'accrocha au cou de sa mère. Elles restèrent ainsi plusieurs minutes.) Tu as l'air en pleine forme.

Annie rayonnait.

– Tu es belle, dit-elle, renvoyant le compliment à sa mère.

– Toujours ta couverture!

Donna dit :

– Elle la traîne absolument partout.

– Je la prends pas à l'école, dit froidement Annie pour remettre Donna à sa place.

– Sois gentille, Annie, lui dit sa mère.

– Ben, c'est vrai, je la prends pas à l'école, répéta Annie.

– Une amie m'a offert cette couverture à la naissance d'Annie, dit Kate.

– Oui, je sais. Mel me l'a dit.

– C'est incroyable qu'elle soit encore en si bon état, poursuivit Kate.

– Oui.

Où était Mel?

Annie regarda tour à tour Kate et Donna. Puis, s'adressant à sa mère, elle dit soudain :

– L'ex-mari de Donna a enlevé ses enfants.

Kate se tourna vivement vers Donna.

– Oui. Je sais, ma chérie.

Donna leur tourna le dos, pour essayer de calmer sa colère.

– Papa dit qu'on va le retrouver, cet infâme salaud.

Où était Mel? C'était insupportable!

– Papa dit que ce fils de pute...

– Ça suffit, Annie, interrompit Kate. Tu sais que je n'aime pas que tu dises des gros mots.

– Quels gros mots?

Kate sourit à Donna.

– Ils essaient toujours, pour voir notre réaction.

– Oui.

Je voudrais voir Mel. Au même moment, la porte s'ouvrit et Mel entra.

– Pardon, dit-il. (Il embrassa d'abord Donna, puis son ex-femme.) Nous n'avions plus de pommade, dit-il en sortant de sa poche un petit sac en papier qu'il ouvrit. J'ai été en acheter à la pharmacie. (Il tendit le tube à Donna.) Tiens, pour ton urticaire.

Donna prit le tube et jeta un regard coupable sur ses mains.

– Merci, dit-elle.

– Hein que maman est belle? demanda Annie.

– Ta mère est toujours belle, dit Mel sincèrement. Comment s'est passé ton voyage?

– Bien. Sans histoires, répondit Kate.

– Tu es prête? demanda Mel à Annie.

– Mes valises sont là-haut.

– Je vais les chercher.

– Je crois que nous irons passer quelques jours à Disneyworld avant de rentrer à New York, dit Kate à sa fille. (Celle-ci se mit à trembler d'excitation.) J'ai loué une voiture.

– J'étais sûr que ce truc rouge était à toi, dit Mel.
– J'ai toujours aimé le rouge.
Donna pensa à la chambre à coucher qu'elle partageait avec Mel. Les murs étaient recouverts d'un papier à rayures rouges et blanches. Le tissu du dessus-de-lit et des rideaux était assorti au papier et une lampe couleur ivoire surmontée d'un abat-jour rouge était posée sur la table de nuit. Donna décida que la décoration de la pièce était à revoir le plus vite possible.
– Partons, s'écria Annie.
– Je vais chercher les affaires d'Annie, proposa Donna.
Mme Harrison était en congé et cela évitait à Donna d'assister à des adieux prolongés sur le pas de la porte. Lorsqu'elle redescendit avec les deux valises d'Annie et son sac de jouets, c'était la fin des embrassades. Mel prit les valises et Kate le sac.
– Tu embrasses Donna? demanda Mel. Tu ne vas pas la revoir de tout l'été.
– Non, répondit vivement l'enfant.
– Annie! s'écria son père.
– Annie! s'écria sa mère.
– Non, répéta Annie.
– Ça ne fait rien, dit Donna. Je vous assure!
Mel sortit de la maison et se dirigea vers la Plymouth rouge. Kate et Annie lui emboîtèrent le pas. Donna resta sur le pas de la porte.
– Bonnes vacances! leur cria-t-elle.
Personne ne lui répondit. Elle rentra dans la maison. Petite garce, pensa-t-elle, furieuse, cela ne t'aurait pas tuée de m'embrasser avant de partir.
Au bout de cinq longues minutes, Donna entendit la voiture reculer et s'engager sur la route. Mel devait être en train d'agiter la main pour leur dire un dernier au revoir. Un instant plus tard, il rentra. Ce n'était plus de la colère qu'éprouvait Donna, c'était de la rage.

– Il faut que je retourne à la clinique...
– Ne t'avise pas de me refaire un coup pareil!
– Comment?
– Je n'avais pas besoin de cette foutue crème! Je n'étais pas à la minute! J'aurais pu m'en passer! (Elle jeta le tube sur le carrelage. Mel attendit en silence que Donna poursuive :) Tu es malade, non? Tu ne crois pas que j'en ai assez bavé ces derniers temps! Non, il faut qu'en prime je fasse la conversation à ton ex-femme pendant une demi-heure! Pourquoi ne lui avais-tu pas dit que je vivais ici? De quel droit parles-tu d'Adam et de Sharon avec elle? Mets-toi à ma place! Comment as-tu pu me faire une chose pareille?
Mel laissa Donna se calmer. Ensuite, il s'approcha d'elle et la prit dans ses bras.
– Pardon, dit-il d'une voix tendre. Je n'ai rien compris. Je suis vraiment désolé.
Donna éclata en sanglots.
– Pourquoi n'a-t-elle pas voulu me dire au revoir, Mel? demanda-t-elle d'une voix rauque. Pourquoi n'a-t-elle pas voulu m'embrasser?

Le premier appel téléphonique eut lieu à 2 h 03 exactement. C'était un vendredi après-midi. Victor était parti depuis quatorze semaines.
– C'est pour vous, dit Mme Harrison en tendant l'appareil à Donna.
Depuis longtemps déjà, elle avait abandonné tout espoir de recevoir un coup de fil intéressant. Mel n'avait pas gardé le détective engagé par Me Stamler. Les choses en étaient toujours à leur point de départ.
– Allô?
– Je pensais bien te trouver là.
Donna resta figée. Elle se sentit pâlir et fut assaillie par une douleur sourde au creux de l'estomac. Elle se força à parler normalement.

– Victor?
– Tu te souviens de moi? Je suis flatté.
– Pour l'amour de Dieu, où es-tu?
– Tu m'en demandes trop, comme d'habitude.
– Où es-tu?
– Si tu me poses cette question encore une fois, je raccroche.

Donna fut prise de panique.

– Ne raccroche pas!
– Tu as exactement une minute pour demander des nouvelles de tes enfants.

Donna l'imagina regardant sa montre. Elle fit tous les efforts possibles pour garder son sang-froid.

– Comment va Adam? Comment va Sharon? demanda-t-elle docilement.
– Très bien, répondit-il d'un ton froid. Sharon ne te réclame pas du tout.

Donna revoyait sa petite fille, ses boucles brunes et ses yeux bleu pâle, immenses, qui enregistraient tout. C'est impossible qu'elle m'ait oubliée, pensa Donna. C'est impossible.

– Adam a demandé où tu étais.

Le cœur de Donna battait la chamade.

– Que lui as-tu dit?
– Que tu ne voulais plus le voir. Que tu avais trouvé une autre famille qui te plaisait davantage.
– Victor, tu n'as pas pu dire une chose pareille! Tu ne lui as pas dit ça?

Il la connaissait bien. Il lisait dans ses pensées. Puisqu'elle se laissait aller à aimer Mel et sa fille – une autre famille qui lui plaisait davantage –, elle allait perdre ses enfants pour toujours.

– La minute est écoulée, Donna. Au revoir.

Il raccrocha.

– Non, cria-t-elle, Victor! Victor!

Elle pouvait le voir sourire. Elle jeta violemment le récepteur par terre. Mme Harrison entra, alarmée. Donna la bouscula et s'écroula dans l'un des grands fauteuils. C'est là que Mel la trouva, immobile, lorsqu'il rentra de son bureau.

Ils demandèrent à la police de mettre leur téléphone sur table d'écoute. On leur répondit que ce n'était pas du ressort de la police, que cela leur coûterait horriblement cher et ne servirait à rien si Donna ne pouvait pas tenir au bout du fil son interlocuteur pendant plusieurs minutes. Donna savait que Victor ne serait pas assez bête pour risquer de se faire repérer lorsqu'il retéléphonerait. Et elle était sûre qu'il le ferait, tôt ou tard. Il s'était trop amusé cette fois-ci, pour ne pas avoir envie de recommencer.

Ils quittèrent le commissariat déçus et déprimés.

– Au moins, nous savons qu'ils ne sont pas à l'étranger, dit Mel.

– Nous le savions déjà.

– Nous le supposions... Que penses-tu de la lettre d'Annie?

Donna comprit que Mel essayait de la faire penser à autre chose. Elle ne put s'empêcher de lui en vouloir. Elle ne voulait pas penser à autre chose. Pas encore.

– Je n'ai pas eu le temps de la lire.

– Elle est arrivée il y a deux jours.

– Je n'ai pas eu le temps.

– Elle fait très adulte.

– Tant mieux.

– Kate l'a emmenée voir plusieurs pièces de théâtre à Broadway.

– Formidable.

– Ça n'a pas l'air de t'intéresser beaucoup?

– Je t'écoute, non?

Ils arrivèrent au parking où ils avaient laissé la MG blanche. Un papillon jaune était posé sur le pare-brise.

Il mit le papillon dans la poche de son pantalon et sortit les clefs de la voiture. Il ouvrit d'abord la portière de Donna puis la sienne. Donna s'assit et boucla sa ceinture de sécurité.

– Où allons-nous? demanda-t-il. Veux-tu que nous allions faire un tour?

– Oui.

– Nous pourrions aller manger un sandwich à Lauderdale.

– Ça fait loin pour un sandwich.

– La route est jolie. Elle longe la mer.

Donna haussa les épaules.

– Comme tu veux.

Ils roulèrent un long moment en silence. Une fois arrivés en bordure de mer, Mel obliqua vers le sud.

Il finit par demander :

– Veux-tu que nous parlions de tes problèmes?

Donna n'en croyait pas ses oreilles. Décidément, depuis quelque temps, Mel était bizarre.

– De mes problèmes? Eh oui, j'ai des problèmes, figure-toi.

– Calme-toi, Donna.

– Tu as vraiment l'art de poser des questions idiotes. Victor téléphone, la police dit qu'on ne peut pas et qu'on ne pourra jamais détecter l'appel et tu me demandes ce que j'ai comme problème? Tu veux que je te parle des lettres d'Annie! Nous n'avons pas avancé d'un pouce depuis le jour où Victor est parti. Et je dois faire semblant de rien! Je n'ai qu'à imaginer que mes enfants sont pensionnaires! Qu'est-ce que tu crois, Mel? Je ne suis pas un surhomme!

– La question n'est pas là.

– Alors, que veux-tu que je fasse?

Il secoua la tête.

– Rien. N'en parlons plus. Excuse-moi si j'ai dit quelque chose qui ne t'a pas plu.

– Tu es déçu parce que je n'ai pas lu les lettres d'Annie?

– Je pensais que tu aurais trouvé une minute pour les lire.

– Elles te sont toutes adressées.

– Elle sait que tu les lis.

– Si elle voulait que je les lise, elle me les adresserait aussi.

– Tu connais les enfants.

Donna le fusilla du regard.

– Pardon. Je voulais dire qu'elle les écrit aussi à ton intention.

– Je suis sûre que non, Mel. A-t-elle seulement mentionné mon nom dans une seule de ses lettres? A-t-elle écrit une seule fois « Bonjour à Donna » ou quelque chose de ce genre?

– Non.

Donna rit jaune.

– Et toi, Donna, lui as-tu écrit?

– Parce qu'il faut que je lui écrive?

– Je te demande simplement si tu l'as fait. Ecoute, Donna, vous avez pris un mauvais départ, toutes les deux. Non, en fait, vous avez pris un bon départ. Pendant cinq mois, ça a très bien marché entre vous. Et puis les choses ont commencé à se détériorer. Annie comprend ce qui t'arrive, mais elle n'est encore qu'une enfant. Elle comprend aussi que tu ne t'intéresses pas beaucoup à elle, que tu es préoccupée, qu'elle ne compte pas... Elle est très sensible, Donna. Elle a déjà perdu une mère et elle n'a pas envie d'aimer quelqu'un d'autre sans être sûre qu'elle sera aimée en retour. Elle sait très bien que tu l'échangerais vingt fois contre tes propres enfants.

Donna poussa un profond soupir. Tout ce qu'il disait était la stricte vérité.

– Que crois-tu que je devrais faire? demanda-t-elle sincèrement.

Pourquoi agissait-elle ainsi? Elle aimait Mel; ce n'était pas difficile d'aimer aussi sa fille. Pourquoi était-elle si méchante avec Annie? Pourquoi refusait-elle son affection? Elle voulait l'accepter. Elle voulait aimer Annie. Mais elle continuait de penser que si elle ouvrait sa porte à Annie, elle la fermerait en même temps à ses propres enfants. « Elle a trouvé une autre famille qu'elle aime davantage », lui avait dit Victor. Elle voulait chasser ces paroles. Non, mes petits chéris, se dit-elle. Elle revoyait Adam, et entendait sa petite voix répéter avec elle : jamais. Jamais je ne trouverai une autre famille.

– Je pense que tu devrais lui écrire une lettre. Elle serait ravie.

Donna hocha la tête.

– Bon. D'accord.

Le vent qui s'engouffrait par les fenêtres ouvertes lui fouettait le visage et faisait voler ses cheveux. Ça sentait la mer. Elle se laissa bercer par le bruit des vagues et s'abandonna au rythme de la nature; les muscles de son cou se détendirent. C'était encore meilleur qu'un massage. Donna se demanda comment, une fois qu'on avait vécu au bord de la mer, on pouvait supporter de vivre ailleurs.

– Ça va mieux? demanda Mel au bout d'une demi-heure de silence.

Elle le regarda et lui sourit.

– Oui. Nous arrivons bientôt? demanda-t-elle comme une enfant.

– Dans cinq minutes.

Donna posa sa main sur la cuisse de Mel.

– Je pense que, toi aussi, je t'ai délaissé ces temps-ci.

– Je suis patient.

Donna secoua la tête.

– Comment se fait-il qu'il existe des types aussi bien que toi?

– C'est une simple histoire de gènes.

Donna éclata de rire et, pour la première fois depuis des semaines, elle pensa à sa mère. Qu'aurait fait celle-ci à sa place? Ils quittèrent l'autoroute et suivirent une pancarte indiquant *Chez Manny.*

– J'écrirai à Annie dès que nous serons à la maison, dit-elle. (C'était ce qu'aurait fait sa mère.)

Mais, lorsqu'ils arrivèrent chez eux, vers 5 heures du soir, elle jeta un coup d'œil sur le téléphone et, tout à coup, se sentit complètement vidée. Elle informa Mel qu'elle souhaitait se reposer un peu dans la chambre, et lui demanda de la réveiller à l'heure du dîner.

Mais il n'en fit rien et, lorsqu'elle se réveilla à 3 heures du matin, elle le trouva endormi à côté d'elle.

Elle se leva sans bruit et comprit que Mel l'avait déshabillée et lui avait passé sa chemise de nuit. Elle redescendit, puis alluma le transistor que Mel lui avait offert et commença timidement à nettoyer la cuisine. Un quart d'heure plus tard, elle sortit une bouteille de M. Propre et tous les autres produits d'entretien.

Il était presque 4 heures et demie lorsqu'elle arrêta la radio, éteignit les lumières et remonta se coucher.

18

Donna regardait d'un œil critique le papier à rayures qui tapissait les murs de la chambre à coucher. Mel lui avait donné le feu vert pour redécorer la pièce à son goût. L'après-midi, une fois Annie rentrée de l'école, Donna montait dans la chambre et, assise en tailleur sur la moquette, se creusait la tête pour trouver une idée originale. Mais au bout de quelques jours, elle se rendit compte que ce rite quotidien n'avait plus rien à voir avec la décoration : il lui servait simplement de prétexte pour se perdre dans de vagues rêveries sans objet.

La sonnerie du téléphone avait déjà résonné quatre fois lorsque Donna en prit conscience. Elle se précipita vers l'appareil, posé sur la table de nuit.

– Allô?

– Tu as l'air bien essoufflée, dit une voix calme.

– Victor?

– Sharon pleure.

Il raccrocha.

– Victor? Victor? Allô! Allô! cria Donna, désespérée, en remuant le téléphone dans tous les sens. Voyant qu'il n'y avait plus rien à faire, elle posa le récepteur.

– Il a encore téléphoné? demanda une petite voix derrière la porte.

Donna se retourna et vit Annie qui regardait dans sa direction. Elle hocha la tête. Depuis trois mois, Victor avait appelé quatre fois.

– Qu'est-ce qu'il a dit cette fois? demanda l'enfant.

– Rien.

– Tu peux me le dire!

– Tu n'as pas de devoirs à faire?

– Je n'ai que huit ans, bon Dieu.

– Ne dis pas de gros mots.

– Ne me commande pas!

– Ne m'embête pas, Annie. Ce n'est vraiment pas le moment.

– Ce n'est jamais le moment. Pour rien.

– Où est Mme Harrison? Pourquoi ne vas-tu pas l'ennuyer un peu?

Donna vit les yeux de l'enfant se troubler et sa lèvre inférieure se mettre à trembler.

– Elle est sortie faire les courses.

Donna détourna le regard. Elle se sentait coupable. Annie avait les grands yeux sombres de Mel et elle se tenait droite comme sa mère. Qu'elle aille au diable! Et moi aussi. Je me sens coupable envers elle. Pourquoi? Elle n'est qu'une enfant. L'enfant de Mel. Pas *mon* enfant. Dieu sait où est ma petite fille. Victor a dit qu'elle pleurait. Si Sharon pleure, tu peux bien pleurer toi aussi, pensa-t-elle en regardant Annie.

Annie restait debout, immobile. Elle empêchait la larme qui s'était formée dans son œil de couler. Donna se baissa et tendit les bras à l'enfant.

– Pardon, Annie. Pardon. Tu sais, chaque fois que

Victor appelle, je suis si bouleversée. Il me faut un peu de temps pour récupérer. Viens ici, chérie, viens dans mes bras.

– Arrête de me commander, hurla Annie en laissant librement couler ses larmes. Tu n'es pas ma mère! Tu es une méchante mère! Ça ne m'étonne pas que Victor ait pris tes enfants! Je te déteste!

Annie quitta la pièce. Donna resta seule et s'appuya contre le mur de la chambre.

– Tu n'es pas encore habillée? demanda Mel en entrant dans la chambre.

Il n'arrivait pas à s'habituer à la nudité des murs. Donna avait arraché l'ancien papier, trois semaines plus tôt. Depuis, elle avait tout laissé tel quel. Assise sur le bord du lit, elle suivait Mel des yeux.

– Je ne sais pas quoi me mettre.

– Ne te casse pas la tête. Rod nous a dit de venir en décontracté.

– J'ai renversé du café sur mon pantalon blanc.

– Mets le bleu.

– Quel bleu?

– Peu importe.

– Merci du conseil.

– Excuse-moi, ma chérie. Mais je ne sais pas quoi te dire.

– Je te demande une chose, une petite chose très simple, et c'est au-dessus de tes forces.

– Ecoute...

– Je n'arrive pas à me décider. Que dois-je porter? Cette soirée... tu la trouves importante puisque tu as insisté pour que nous y allions.

– Je crois simplement qu'il est important que nous sortions un peu plus souvent...

– Tu me coupes la parole. Je t'ai demandé un tout petit service : m'aider à choisir ce que je dois mettre. Mais tu estimes sans doute que ce n'est pas un problème digne de toi.

– Cela ne vaut surtout pas la peine de se disputer pour ça.

– Je ne suis pas forcément de cet avis.

– Vraiment?

Donna enfouit son visage dans ses mains. Mel se précipita vers elle, s'assit à côté d'elle et la prit dans ses bras.

– Qu'est-ce qui se passe, Donna? Victor a appelé, aujourd'hui?

Elle secoua la tête.

– Non. (Cinq semaines s'étaient écoulées depuis son dernier appel.) Je pensais qu'il allait le faire, alors je suis restée plusieurs heures assise à côté du téléphone, à attendre.

– C'est très mauvais.

– Donne-moi quelque chose à faire.

– Donna, tu ne peux pas passer ton temps assise comme ça à ne rien faire. C'est mauvais pour toi, pour nous tous.

– Je ne peux pas sortir, car il faut que je sois là si Victor appelle.

– Peut-être n'appellera-t-il plus jamais... Tu ne peux pas passer ta vie à attendre un coup de téléphone hypothétique.

– Qu'est-ce que tu proposes?

– Cherche du travail.

– Pas si facile. Je suis sortie du circuit depuis longtemps.

– Je le sais bien.

– Je n'ai pas travaillé depuis sept ans.

– Je ne te dis pas que ce sera facile. Mais ça vaut le coup d'essayer. Peut-être que ce sera plus simple qu'on ne le pense.

– Ben voyons. Je n'ai qu'à décrocher mon téléphone et appeler Steve McFaddon.

– Pourquoi pas?

– Oh, Mel. Ne sois pas naïf.

– Oh, Donna, ne sois pas négative.

– Va te faire foutre, dit-elle tranquillement.

Il haussa simplement les épaules, se leva et se dirigea vers le placard.

– De plus, ajouta-t-elle promptement, je croyais que tu étais content que je reste à la maison pour Annie.

– C'était une bonne idée au départ, dit-il en insistant sur le mot « idée ».

– Ce qui veut dire?

– Ce qui veut dire que tout le monde respirerait, y compris Annie, si tu sortais un peu plus souvent de la maison.

– Annie t'a dit quelque chose?

– Depuis un mois, Annie n'a en tout prononcé qu'une dizaine de phrases.

– Et tu penses que c'est ma faute?

– Je pense que tu devrais t'habiller.

– Je t'ai dit que je ne savais pas quoi me mettre.

Mel ouvrit un placard et en sortit un pantalon mauve et un haut assorti, à rayures mauves et blanches.

– Que reproches-tu à cette tenue?

Donna haussa les épaules.

– Rien.

– Eh bien alors?

– Faut-il vraiment que nous sortions?

– Oui, il le faut. (Il regarda sa montre.) Bon, je vais passer un moment avec ma fille. Quand tu seras prête, viens me chercher dans sa chambre.

Donna fit un salut militaire.

– Bien, monsieur.

Mel s'arrêta.

– Ce n'était pas un ordre, Donna. (Au moment de quitter la chambre, il se retourna et dit :) Si ça t'ennuie tellement de venir, après tout, peut-être vaut-il mieux que tu restes à la maison.

– Tu restes avec moi?

– Non. Moi, j'y vais.

– Tu ne veux pas que je vienne.

– Je veux que tu fasses ce que tu as envie de faire. (Sans attendre la réponse de Donna, il poursuivit :) Je suis chez Annie.

Donna resta un moment assise, puis se leva et commença à se préparer.

Donna lut dans les yeux de Mel que celui-ci était étonné de la trouver installée dans la voiture. Il resta silencieux et immobile pendant de longues minutes. Puis, serrant les dents, il mit la voiture en marche. Sans regarder Donna, il recula et s'engagea sur la route. Donna ne l'avait jamais vu aussi bouleversé. Pardon, Mel, avait-elle envie de lui dire. Elle voulait lui caresser la joue, regagner la confiance que, par sa faute, elle avait perdue. Je voudrais tellement pouvoir aimer ta fille, pouvoir t'exprimer tout l'amour que, tu le sais, j'ai pour toi. Comprends-moi. Comprends l'épreuve que je traverse. Il m'a enlevé mes enfants. Quoi que je fasse, quoi que je dise, où que je sois, cette idée ne me quitte pas. Je vois partout le visage de Victor en train de me narguer. Je vois partout mes enfants qui me tendent les bras en pleurant. Chaque fois que je regarde Annie... je vois ma petite fille que, peut-être, je ne connaîtrai jamais à l'âge d'Annie. Voilà pourquoi j'évite Annie, voilà pourquoi je n'ai pas pu aller dans sa chambre pour lui dire bonsoir. Tu sais combien tout cela m'est pénible. J'attends tous les jours un coup de fil de Victor. Je suis encore plus bouleversée lorsqu'il n'appelle pas que lorsqu'il appelle. Je sais que ça peut paraître idiot, mais lorsqu'il appelle, j'ai l'impression de me rapprocher de mes enfants. Je t'en supplie, Mel, dis-moi que tu me comprends.

– Tu devrais mettre ta ceinture, dit-il.

Donna obéit. Pourquoi allaient-ils à cette soirée idiote? Quel bien cela allait-il leur faire? Et si Victor appelait pendant ce temps-là? Mme Harrison dirait que Mme Cressy était sortie, Victor raccrocherait et peut-être ne téléphonerait-il plus jamais. Pourquoi s'était-elle habillée? Pourquoi n'était-elle pas restée à la maison pour attendre le coup de téléphone de Victor?

– Tu ne crois pas que tu conduis trop vite?

Mel jeta un coup d'œil sur l'indicateur de vitesse.

– Peut-être, dit-il en ralentissant.

– Ils habitent loin?

– Pas trop. A Boynton.

– Il y aura beaucoup de médecins?

– Un certain nombre. Pourquoi? Tu n'aimes pas les médecins?

– Tu sais comment ils sont. Ils ne parlent qu'entre eux et toujours de médecine.

Mel, exaspéré, déclara :

– Bon, alors, voyons. On ne peut pas parler médecine parce que c'est trop ennuyeux; on ne peut pas parler enfants parce que c'est trop pénible; pas question de parler de cinéma : cela fait des mois que nous n'y sommes pas allés. Des mois aussi que tu n'as pas lu un livre ou même un journal. Alors on ne peut pas parler de ça non plus. Tu ne t'intéresses à aucun sujet, à personne. Que nous reste-t-il? Toi. Mais on ne peut pas parler non plus de ce que tu fais parce que tu ne fais rien du tout.

Donna, à la fois sidérée et furieuse, regarda Mel fixement.

– Il y a longtemps que tu as préparé ta petite sortie?

Mel poussa un profond soupir, puis hocha la tête comme s'il pensait à quelque chose et dit :

– Pardon. Je n'aurais pas dû te dire ça. Ce n'est pas le moment.

– Comme tu dis, répliqua Donna, encore plus furieuse qu'il se soit excusé et qu'il ait ainsi mis fin à la dispute.

Soudain, elle s'agrippa à la poignée de la portière.

– Qu'est-ce qui te prend? demanda Mel. (C'était la première fois qu'il la regardait depuis qu'ils avaient quitté la maison.)

– Rien, répondit Donna. Je suis simplement un peu nerveuse quand tu prends les tournants à cette vitesse-là.

– Calme-toi, Donna. Au pire, j'aurais pu nous tuer.

– Bravo.

– Je pensais que ça te plairait.

– Qu'est-ce que tu entends par là?

– Absolument rien.

– Non, dis-moi ce que tu entends par là.

– N'en parlons plus.

– Si, parlons-en.

– Non.

– Alors, nous devons toujours faire ce que tu veux, toi?

– Ça me paraît une excellente idée.

– Tu crois que c'est aussi mon avis?

Mel, sans rien dire, regarda droit devant lui.

Donna reprit :

– Je t'ai posé une question!

– Et je t'ai demandé de laisser tomber. Cette conversation est ridicule.

Un quart d'heure plus tard, Mel prit le chemin d'une grande résidence située à Boynton Beach, sur le front de mer. Il arrêta la voiture dans le parking réservé aux visiteurs et décrocha sa ceinture.

– Je crois que nous devons mettre les choses au point avant d'entrer, dit Donna.

Mel la regarda dans les yeux.

– Donna, te rappelles-tu encore la raison pour laquelle tu tiens tant à te mettre en colère? (Donna détourna les yeux. Mel poursuivit :) Bon. Tu viens ou tu préfères que je te ramène?

Donna décrocha sa ceinture en silence et sortit rapidement de la voiture.

– Je suppose que tu viens.

Mel prononça cette phrase plutôt pour lui-même que pour elle.

Debout dans un coin de la pièce, Donna observait Mel qui prenait le frais dans un patio donnant sur la mer. Il tenait le bras d'une grande fille rouquine assez sexy avec qui il semblait du dernier bien depuis une heure. Donna se regarda rapidement dans une glace. Mel lui avait toujours dit qu'il l'aimait avec les cheveux roux.

Elle regarda la pièce, entièrement décorée dans les beiges et jaunes. Une atmosphère chaleureuse s'en dégageait. Donna luttait pour ne pas s'abandonner au plaisir de se trouver là. Elle avait découragé les quelques invités venus l'entretenir. Elle avait repoussé Mel.

Elle jeta de nouveau un coup d'œil vers le patio. La rouquine riait. Sa tête était à deux centimètres de celle de Mel. Oh, Mel, pourquoi m'as-tu entraînée ici?

– Excusez-moi, dit-elle en s'adressant au maître de maison, pourrais-je donner un coup de fil?

– Bien sûr. Allez dans ma chambre, vous y serez plus tranquille.

Il lui indiqua une porte sur la droite.

Elle traversa un petit vestibule et entra dans une chambre tapissée de gris et de vert foncé. Repoussant l'édredon à figures géométriques, elle s'assit sur le lit et s'empara du téléphone. Mme Harrison répondit presque immédiatement.

– Madame Harrison, quelqu'un a-t-il appelé?

– Non, madame. Tout est tranquille ici. Annie a lu un petit moment, puis elle s'est endormie.

– Personne n'a téléphoné?

– Personne.

Elle raccrocha lentement. Personne, se répétait-elle. Personne. Puis elle se leva et retourna dans le salon. Lorsqu'elle entra, la seule chose qu'elle entendit fut le mugissement des vagues. La pièce, spacieuse, était prolongée par un patio qui surplombait la mer. Toutes les portes étaient ouvertes. La seule chose qui paraissait vraiment immuable était le flux incessant de l'océan vers le rivage. Elle chercha Mel des yeux. Il n'était plus là. La rouquine, par contre, n'avait pas bougé. Il a dû aller lui chercher un autre verre, pensa-t-elle. Où était-il? Il était presque 11 heures. Elle voulait rentrer.

– Es-tu prête à partir? lui demanda Mel, derrière son dos.

– Je l'ai été pendant toute la soirée.

– C'est ce que j'ai pu constater. Tu t'es seulement abstenue d'agiter les clefs dans ma direction. (Donna fusilla Mel du regard.) Ne me demande pas ce que j'entends par là, car cette fois-ci, je pourrais bien te le dire.

Il la prit par le bras et l'entraîna vers la porte.

– Pourquoi râles-tu? murmura-t-elle. Ce n'est pas moi qui ai passé toute la soirée à flirter avec une rouquine mal fagotée.

– Non, c'est moi, dit-il en faisant au revoir de la main à son hôte. Et, au cas où tu ne l'aurais pas remarqué, je n'ai pas l'habitude de me livrer à ce genre de sport. Pour tout te dire, je suis furieux contre moi-même. Je n'ai jamais recouru à pareil manège depuis la fois où, au lycée, ma petite amie m'ayant laissé tomber, je suis sorti avec sa meilleure copine pour me venger.

– Tu essaies de me dire que c'est ma faute si tu t'es conduit comme ça, ce soir?

Ils attendaient l'ascenseur. Celui-ci arriva presque immédiatement. Ils entrèrent et se tinrent le plus loin possible l'un de l'autre.

– Je dis que c'est ma faute, dit-il. Tu n'es pas responsable de mes actes.

Ils sortirent de l'ascenseur et se dirigèrent vers leur voiture.

Il ouvrit sa portière et monta. Donna pensa un

instant qu'il allait peut-être partir tout seul et la planter là, mais elle le vit se pencher et entrouvrir la portière; elle l'ouvrit toute grande et s'assit à côté de lui.

– Bon, qu'as-tu à me dire? demanda-t-elle tandis qu'il s'engageait sur la grand-route.

– Attendons d'être à la maison pour parler, d'accord? (C'était plus une affirmation qu'une question.) Pour l'instant, je suis tellement hors de moi que j'ai besoin de me concentrer pour conduire...

– Je ne vois pas pour quelle raison tu es hors de toi...

– Tu vas bientôt le savoir.

Ils trouvèrent la maison plongée dans l'obscurité. Ils entrèrent. Mel alluma la lumière du vestibule et l'éteignit aussitôt. Ils restèrent dans la pénombre. Leurs silhouettes étaient faiblement éclairées par les rayons de la lune qui pénétraient dans la maison, par le vasistas, au-dessus de la porte. Il était 11 heures et demie. Ils ne disaient mot. Donna se rendit compte qu'elle avait peur de parler : elle n'avait jamais vu Mel dans un état pareil. Lui qui était toujours si patient... Donna observait son visage impassible, presque solennel, son profil aux traits contrastés par l'éclairage. Elle ne voyait pas la limite entre la masse sombre de sa barbe et l'obscurité. Elle voulait s'approcher de lui, lui caresser le visage, mais elle n'arrivait pas à se décider.

– Allons dans la chambre du fond, dit-il en joignant le geste à la parole.

Donna le suivit sans un mot. Située à l'arrière de la maison, la pièce, à l'origine, servait à Kate de salle de couture, mais, depuis quelque temps, elle était inutilisée. Lorsqu'elle l'avait vue pour la première fois, Donna avait pensé que cette pièce ferait une excellente salle de jeux pour les enfants. Elle s'arrêta devant la porte. Pourquoi l'amenait-il là? Il savait bien qu'elle avait envisagé d'en faire une salle de jeux pour Adam et Sharon.

– Pourquoi ne peut-on pas discuter dans le salon? demanda-t-elle à Mel qui se tenait au milieu de la pièce.

Il se tourna vers elle et, pour la première fois depuis qu'ils avaient quitté Boynton, il la regarda dans les yeux.

– Parce que je n'ai pas envie de courir le risque de réveiller Annie ou Mme Harrison.

– Tu as l'intention de faire du tapage? demanda-t-elle sur le ton de la plaisanterie.

Elle espérait ne pas avoir à jouer la scène que, depuis des mois, elle avait montée de toutes pièces. Elle désirait faire machine arrière et qu'on ne parlât plus de rien.

– Je ne sais pas ce que j'ai l'intention de faire.

Il était trop tard pour jouer la comédie.

– Je ne veux pas entrer dans cette pièce.

– Evidemment. Peut-on savoir pourquoi?

Elle hésita.

– Tu sais ce que j'envisageais d'en faire.

Elle essayait de le culpabiliser. En vain.

– Ne soyons pas bêtes. Entre et ferme la porte. Inutile de se rappeler des choses qui n'ont jamais existé.

– Mes enfants ont existé!

– Tes enfants existent toujours! S'il existe un fantôme dans cette pièce, il est dans tes chaussures!

Donna sentit qu'elle allait se mettre en colère. Il la poussa à l'intérieur de la pièce et ferma la porte derrière lui. Elle jeta un coup d'œil sur les deux canapés verts disposés l'un en face de l'autre et séparés par une longue table basse.

– Alors, docteur, qu'avons-nous à nous dire?

– Faut-il que je te fasse un dessin?

– Absolument.

– Tu n'as aucune idée de ce que je veux te dire?

– Cesse de parler par énigmes, bon Dieu, c'est toi qui as quelque chose à dire!

Mel commença à arpenter la pièce de long en large.

– Je ne comprends toujours pas pourquoi tu es si furieux, poursuivit Donna sans attendre la réponse de Mel. (Elle avait peur maintenant d'entendre ce qu'il avait à lui dire.) Je suis allée à cette soirée idiote, oui ou non? Au bout d'une heure, tu as disparu. L'heure suivante tu as flirté avec toutes les filles potables qui étaient dans le secteur et la dernière heure – la meilleure – tu l'as passée avec cette rouquine à gros nichons. Je ne me suis jetée sur aucun des mâles disponibles. Je ne t'ai pas mis de bâtons dans les roues.

– Non, tu n'as rien fait de mal! Tu m'as accompagné à cette soirée. Tu as dit bonjour à Rod et à Bessie. Tu as peut-être fait un sourire, je n'en suis pas tout à fait sûr, je crois que je prends mes désirs pour des réalités. C'est tout ce que tu as fait, en dehors du fait que tu as regardé ta montre toutes les trois minutes.

– Ça recommence, l'interrompit Donna. Dans un instant, ça va être ma faute, si tu as agi comme tu l'as fait.

– Non, s'écria Mel. Je t'ai déjà dit que je suis seul responsable de mes actes. Et si tu veux tout savoir, je ne suis pas fier de la façon dont j'ai agi ce soir. J'ai manipulé les gens. Il y a longtemps que ça ne m'était pas arrivé...

– Depuis le lycée, coupa Donna. Tu me l'as déjà dit.

– Je sais pourquoi je tenais tant à aller à cette soirée. Bien sûr, je pensais que cela nous ferait du bien de sortir un peu, mais ce n'était pas la vraie raison. La vraie raison, c'est que je voulais éviter la scène que nous avons maintenant, ou la retarder de quelques heures. Mais les choses n'ont pas pris la tournure que j'espérais. Il y a si longtemps que je me retiens que si je ne m'exprime pas maintenant, je ne sais pas de quelle façon ma rage va éclater. C'est pourquoi le Dr Mel Segal s'est transformé en séducteur. Pas une seule femme qui, ce soir, n'ait eu ma main autour de sa taille. Certaines n'ont pas été indifférentes. Tu sais, cette rouquine a une autre chose pour elle que sa belle poitrine. C'est une chose très simple. Cette chose, tu l'avais autrefois : c'est le sens de l'humour. Tu riais de tout, même dans les pires circonstances... Oui, c'est cela. Un peu de... vie. Je lui parlais, elle me répondait et, pour la première fois depuis des mois, j'ai compris que je n'étais pas en train de m'excuser. Je l'écoutais et, merveille des merveilles, elle m'écoutait aussi. Elle trouvait ce que j'avais à dire intéressant. Et elle a même ri à quelques-unes de mes plaisanteries. Quand je lui ai dit que j'avais une fille, elle m'a souri. Elle a même manifesté un certain intérêt. Bien sûr, je savais qu'à travers Annie, c'était à moi qu'elle s'intéressait. Quant à moi, je n'arrivais pas à m'intéresser vraiment à elle, parce qu'il se trouve que je suis encore amoureux de toi...

Donna vit que Mel commençait à pleurer. Il ne cherchait ni à cacher ses larmes, ni à les retenir.

– Et je me rends compte que j'ai mal agi envers toi, envers la rouquine – qui, soit dit en passant, s'appelle Caroline – et envers moi-même. (Il s'interrompit un moment. Il tournait et retournait autour de la table basse.) Tinka Segal – tu te rappelles, je t'ai parlé d'elle? – était une femme adorable, le cliché maternel par excellence, mais enfin, il en faut. Tinka citait fréquemment une phrase de Shakespeare, qui, comme tant d'autres, est devenue aujourd'hui un proverbe. « Avant tout, disait-il, il faut être fidèle à soi-même. »

Donna retint son souffle. Cette phrase, sa mère la citait aussi.

– Eh bien, je me suis rendu compte que, en ce qui concerne nos relations, j'en suis arrivé à n'être plus fidèle à moi-même. Ou, si tu préfères, je ne peux pas à la fois être fidèle à moi-même et prolonger nos relations.

Donna avait la gorge serrée, elle se sentait glacée. Ce n'était pas possible.

– Je t'aime, Donna. Je t'aime vraiment. Je sais, crois-moi, je le sais, par quoi tu es passée et par quoi tu passes en ce moment. Je le comprends. Si j'étais seul, je pourrais sans doute tenir le coup un peu plus longtemps. Sans doute. Je ne sais pas. Mais enfin, peu importe : je ne suis pas seul. Il y a une petite fille de huit ans là-haut qui, si cela continue, va bientôt fêter son quarantième anniversaire. Il y a six mois, c'était la petite fille la plus heureuse du voisinage. Maintenant, elle a peur de faire un pas. L'autre soir, quand elle a renversé du lait par terre, tu lui es tombée dessus, tu lui as dit qu'elle l'avait fait exprès pour te mettre en colère. Elle a peur de dire quoi que ce soit devant toi parce qu'elle sait que tu ne vas jamais être d'accord. Donna, cela ne te rappelle-t-il rien?

Donna voulait répondre, mais les mots s'étranglaient dans sa gorge.

– Donna, réfléchis. Pense au mal que tu fais à mon enfant. Et à moi! Oui, mieux vaut que je vide mon sac, au point où j'en suis. J'ai toujours l'impression de marcher dans un champ de mines – un faux pas, et c'est l'explosion. Je dois censurer la moindre chose que je te dis. Si, à la clinique, j'ai vu un cas intéressant et que ce cas a un rapport, même lointain, avec un enfant, je ne peux pas t'en parler parce que parler d'enfants te rend malade. C'est deux fois plus difficile pour moi de me taire du fait que j'aime beaucoup parler des enfants.

» Il se trouve que je suis heureux d'avoir une fille, figure-toi. Ces derniers mois, j'ai espéré que la Donna dont j'étais tombé amoureux allait retrouver ses esprits. Je me rappelle cette Donna-là. Je me rappelle le jour où je l'ai rencontrée, la première fois que je l'ai embrassée, la première fois que nous avons fait l'amour – elle ressemblait à un petit boy-scout. Je me la rappelle aussi quelques mois après son divorce, je me la rappelle même avec attendrissement lorsqu'elle était malheureuse en ménage parce qu'au moins, à cette époque-là, elle luttait. Elle luttait pour survivre. Aujourd'hui, elle ne lutte que pour détruire. (Il poussa un soupir de découragement.) Victor a fait ce qu'il avait prédit : il t'a rayée de la carte.

Il se tut, puis se remit à parler, plus rapidement qu'avant :

– Je ne comprends pas comment tu l'as laissé faire une chose pareille. Tu l'as fui pour éviter qu'il ne te détruise. Mais on a l'impression que tu n'as pas fui assez loin. (Il secoua la tête.) Tu sais, ma mère m'a dit autre chose. Je venais de lui annoncer que Kate et moi allions nous séparer. C'était quatre mois environ avant sa mort. Je lui ai expliqué que Kate se cherchait et tout le bazar; sais-tu ce qu'elle m'a dit? Elle m'a dit que toutes ces histoires modernes de recherche d'identité, c'était de la blague. Elle m'a dit que l'on reconnaît quelqu'un à sa façon d'agir, de se conduire. Elle avait raison. (Il se passa la main dans les cheveux.) Tu as été mariée avec Victor pendant six ans. Je crois que cela suffit pour nous deux.

Donna se tenait, immobile, au milieu de la pièce. Ils se turent pendant plusieurs minutes.

– Ce qui veut dire, je suppose, que tu en as marre de moi? dit-elle d'une petite voix enfantine.

– Je te dis que j'aime Donna Cressy, mais que je ne peux pas vivre avec ce qu'elle est en train de devenir.

– Toi aussi, tu désertes? Mes enfants se sont envolés, finissons-en. C'est ça l'idée? Achevons Donna.

– Non, ce n'est pas ça du tout.

– On reconnaît quelqu'un à sa façon d'agir, docteur, glapit-elle. Tu as dit que tu ne me quitterais jamais. Tu m'as promis que tu ne me quitterais pas!

Il leva les yeux vers elle, incapable de parler. Elle ne lut dans son regard que douleur et angoisse.

– Tu m'as promis que tu m'aiderais à retrouver mes enfants!

– Nous avons essayé, Donna. Nous avons fait tout ce qu'il était humainement possible de faire. Mais combien de temps vas-tu vivre à attendre la sonnerie du téléphone? Combien de fois vas-tu encore arrêter des petits garçons dans la rue parce qu'ils ont la même taille qu'Adam? Après combien de poussettes vas-tu encore courir, espérant apercevoir Sharon? Je ne dis pas que tu doives abandonner tout espoir...

– Non, hurla-t-elle, sans l'écouter davantage.

Il poursuivit.

– J'essaie seulement de te dire ceci : que tu retrouves tes enfants ou non, *toi,* Donna Cressy, tu dois vivre ta vie.

Elle devint hystérique.

– Tu m'as menti! hurla-t-elle. Tu m'as menti!

– Donna, dit-il en s'approchant d'elle.

– Menteur! Menteur!

– Donna! (Il leva les bras pour tenter de la consoler.)

– Non! cria-t-elle.

– Calme-toi. (Il se dirigea vers la porte.) Je t'en prie, calme-toi. Je vais te chercher quelque chose à boire.

– Je ne veux rien de toi. Je veux sortir d'ici!

Elle se dirigea vers la porte.

– Tu ne quitteras pas la maison ce soir.

– C'est ce qu'on va voir!

– Donna, tu ne sortiras pas maintenant. Essayons de dormir, nous parlerons demain matin...

– Je ne resterai pas ici cette nuit! Tu ne peux pas me forcer à rester!

Elle le repoussa de toutes ses forces.

– Donna...

– Pousse-toi. Je n'ai pas besoin de toi. Tu n'es qu'un sale menteur! Laisse-moi sortir ou je te garantis que je réveille toute la maison!

Mel essaya, une fois encore, de lui tendre les bras, mais elle le rejeta d'un coup sec.

– Laisse-moi passer! Ne me touche pas!

Puis les mots se transformèrent en cris, en hurlements gutturaux. Elle criait comme s'il allait la tuer. On aurait dit une bête sauvage prise au piège, face à un chasseur qui a sorti son couteau.

Mel lui mit la main sur la bouche pour étouffer ses cris. Donna, terrifiée, avait de la peine à respirer. Elle lui mordit la main de toutes ses forces. Elle le griffait, le martelait de coups de pied, de coups de poing.

– Laisse-moi passer!

Il résistait.

– Je te déteste, espèce de salaud! hurla-t-elle.

Puis, de toutes ses forces, elle le frappa au visage. Il leva la main droite et la frappa avec la même violence. Alors, tous deux comprirent avec horreur ce qu'ils étaient en train de faire.

Il fut le premier à parler.

– Donna, pardon...

– Non, coupa-t-elle. Je ne veux plus rien entendre. Tu es pire que Victor, Victor m'a fait beaucoup de choses, mais il n'a jamais levé la main sur moi.

Mel s'écarta pour la laisser passer.

– Quelquefois, on peut tuer quelqu'un sans lever la main sur lui, dit-il.

Donna ouvrit la porte et sortit sans se retourner.

19

Depuis maintenant quatre semaines, elle venait tous les jours dans ce même square. Elle ne savait plus exactement l'origine de ce qui était devenu un rite. L'après-midi, de 3 à 5 heures, elle se retrouvait sur ce banc vert, toujours le même, dans un petit square situé en bordure de Flagler Boulevard. Et là, elle regardait jouer les enfants.

La tête vide, elle attendait que la nuit tombât pour

aller se coucher et dormir. Le matin, elle se réveillait entre 7 et 8 heures. Elle passait des heures à se laver, à se brosser les dents, etc. Ensuite, elle s'habillait, mettait les vêtements qui lui tombaient sous la main. Elle les portait plusieurs jours, jusqu'à ce qu'ils soient trop sales. Puis elle allait se promener au bord de la mer, ou bien elle remontait Worth Avenue, évitant le regard des touristes qui sortaient de chez Gucci, de chez Van Cleef et Arpels, comme s'il s'était agi d'un quelconque Prisunic. Quelquefois, elle allait jusqu'à Palm Beach Mall ou Southern Boulevard. Parfois, elle s'arrêtait pour manger quelque chose; la plupart du temps, elle ne prenait rien. Mais, quel que fût son itinéraire, elle aboutissait toujours à ce petit square qui avait été l'un des lieux de prédilection d'Adam, à cause de ses balançoires en forme d'animaux, de ses toboggans, de ses agrès. Adam adorait venir là galoper et sauter.

Elle ne pensait pas y trouver son fils, non. Mais il restait une très faible chance pour que Victor n'ait jamais quitté Palm Beach ou qu'il y soit revenu après une courte absence. Pourtant, elle savait bien que cette idée n'était pas raisonnable. Non, Palm Beach était trop petit. Victor y connaissait trop de gens; il aurait été tout de suite reconnu. En outre, le détective avait passé toute la région au peigne fin, il avait visité toutes les administrations, les crèches, les agences de placement. Victor n'était pas en Floride. Mais, qui sait, peut-être était-il revenu, en dépit de tout...

Les yeux de Donna se posèrent sur un petit garçon aux cheveux bruns qui entra en courant dans l'aire de jeu et se précipita vers les agrès. Elle le vit grimper et faire le cochon pendu. Où est la mère? se demanda-t-elle, mécontente. Comment peut-on laisser un enfant faire une chose aussi dangereuse? Ce petit garçon n'était pas plus grand qu'Adam. La mère était vraiment irresponsable de le laisser courir ainsi. Elle observa l'enfant plus attentivement : il avait un petit quelque chose d'Adam, du moins de loin. En clignant un peu les yeux, on aurait pu s'y tromper.

– Todd, où es-tu? (La femme courut dans l'aire de jeu et, furieuse, s'approcha du petit garçon.) Combien de fois t'ai-je dit de m'attendre, de ne pas partir en courant. Tu sais que je ne peux plus courir aussi vite qu'avant.

Donna vit que la femme, qui devait avoir cinq ou six ans de moins qu'elle, était enceinte de six ou sept mois.

Puis elle regarda son propre corps. Jamais elle n'avait été aussi maigre. La fragilité de sa silhouette était encore accentuée par ses cheveux légèrement trop longs.

– Mon Dieu, je ne sais pas comment je vais me débrouiller avec deux gosses, dit la femme en s'approchant de Donna.

Elle s'assit à côté d'elle. Donna fut étonnée de voir qu'elle n'était pas mécontente de parler à quelqu'un, chose qu'elle n'avait pas faite depuis longtemps, en dehors des indispensables bonjour-bonsoir.

– Ça ira, vous verrez, dit-elle en souriant. Au début, on croit qu'on n'arrivera jamais à s'organiser. Mais on y arrive, et ensuite c'est vraiment bien.

– Ah oui? demanda la femme en arrangeant sous son foulard des cheveux décolorés dont on voyait les racines noires. Je l'espère. Je n'ai pas les moyens de me faire aider. Et Todd était un bébé pénible : il pleurait tout le temps. Je ne crois pas que je pourrai supporter ça une seconde fois.

– Avec mon premier enfant, c'était pareil, dit Donna; Adam a crié jour et nuit pendant trois mois. Ensuite, il s'est calmé. Sharon, au contraire, n'a jamais pleuré. Peut-être que ce sera la même chose pour vous.

– Je l'espère bien. (La femme regarda le groupe d'enfants. Ils étaient une dizaine.) Lesquels sont les vôtres?

Donna fut prise au dépourvu par cette question.

– Ils ne... ils ne sont pas là, bégaya-t-elle.

La femme eut l'air étonné. On a bien le droit de s'asseoir dans un square même si on n'a pas d'enfants, pensa Donna.

– Ils sont partis avec leur père visiter Disneyworld.

– Oh, c'est formidable. Nous y sommes allés l'année dernière. Je crois que j'ai encore plus apprécié que Todd.

Donna sourit.

La femme poursuivit :

– Vous ne passez pas Noël avec eux?

Donna regarda la jeune femme sans comprendre. Comment pouvait-elle avoir oublié que, quelques jours plus tard, c'était Noël? Elle regarda autour d'elle les palmiers, la pelouse verte, elle sentit sur ses épaules l'air tiède de décembre. On pouvait très bien oublier que c'était l'époque de Noël, pensa-t-elle. La température était toujours la même, à quelques degrés près. Elle n'avait de cadeaux à acheter pour personne; personne ne lui demandait dix fois par jour : c'est bientôt, Noël? Personne ne lui avait envoyé de cartes. Et pour cause, elle était partie sans laisser d'adresse.

Elle habitait maintenant de façon quasi permanente au motel Mt Vernon, sur le Belvédère. Au début, elle avait eu l'intention d'y rester quelques jours seulement, le temps de se trouver un appartement (le bail de sa maison était arrivé à expiration; les propriétaires la reprenaient). Elle avait déménagé au motel le strict nécessaire et avait laissé le reste dans un garde-meuble. Puis elle avait pensé qu'à la fin de la saison touristique, il lui serait sans doute plus facile de trouver un appartement. Elle avait donc décidé d'attendre un peu.

– J'avais oublié que c'était Noël, dit-elle.

Elle regretta immédiatement ses paroles. La jeune femme eut un mouvement de recul. Donna lut dans ses yeux une expression de peur. Elle se souvint tout à coup de l'énorme sapin de Noël qui s'élevait au bout de Worth Avenue, avec ses lumières et ses guirlandes; les vitrines des magasins décorées et illuminées. Les blocages mentaux sont une chose étonnante, pensa Donna. Elle s'était arrangée pour chasser entièrement Noël de son esprit.

La femme eut un sourire forcé, se leva, murmura quelques mots à propos de son fils qui avait besoin d'aide, et partit le plus rapidement possible. Après avoir dit quelques mots à l'enfant, elle alla s'asseoir sur un banc placé à l'autre bout du square et sortit immédiatement un livre de son sac. Pas une fois elle ne regarda dans la direction de Donna. Qu'est-ce que c'était que cette dingue qui oubliait que c'était Noël? Donna se leva et s'éloigna à pas lents.

C'était un type grand et mince qui, contrairement à ce qu'elle avait pensé au début, n'avait rien à voir avec John Travolta. Travolta était brun et avait une démarche féline.

Le garçon – elle voyait bien, même dans la pénombre, qu'il était très jeune – avait les cheveux châtains, un regard doux et sensuel; il était bien planté sur ses jambes. Que faisait-elle ici? Non, mieux valait se demander ce qu'*il* faisait ici? Ils étaient dans sa chambre, après tout. Elle était assise sur le lit; il était debout devant la glace en train de se coiffer. Il portait un jean noir ultra-moulant et des bottes à talons hauts; il était torse nu. Donna se regarda : elle portait, comme les jours précédents, un short de velours bleu ciel et un haut assorti. Avaient-ils déjà fait l'amour? S'était-elle rhabillée et attendait-elle qu'il finisse de se pomponner avant de prendre la porte?

Elle regarda de nouveau dans la direction du jouvenceau. Oui, c'était bien ce qu'il était : un jouvenceau. Plus tout à fait un gamin, pas encore un homme. Il avait au bas mot dix ans de moins qu'elle. Quc faisait-il dans sa chambre? Où l'avait-elle dégoté?

– Quel jour sommes-nous? demanda-t-elle soudain.

Il se tourna lentement vers elle, l'air un peu étonné.

– Vendredi, répondit-il. (Sa voix semblait étrange à Donna; elle n'arrivait pas à se souvenir si elle l'avait déjà entendue ou non.) J'arrive dans deux secondes, cocotte.

Il se regardait dans la glace sous toutes les coutures, bien plus intéressé par sa propre personne que par Donna.

« Quel jour sommes-nous? » Sa propre voix, aussi, lui paraissait étrange. On aurait dit une bande magnétique. En fait, il lui semblait être à la fois actrice et spectatrice : deux étrangers, l'un à demi vêtu, absorbé par sa propre image, l'autre encore habillée, assise sur le lit à attendre. A attendre quoi? Qu'il s'en aille? Qu'il vienne près d'elle? Qu'il lui fasse l'amour? Qui était ce type? Comment était-il entré dans cette chambre? Quel jour sommes-nous?

– Quel jour sommes-nous? redemanda-t-elle.

– Eh, cocotte, tu me demandes ça sans arrêt! Qu'est-ce que tu as? Ça ne va pas?

Quel jour sommes-nous? Donc, ils avaient déjà parlé.

– C'est encore et toujours vendredi, le 31 décembre. (Il se tourna de nouveau vers la glace, puis regarda la montre qu'il avait enlevée et posée sur la commode.) Comme je t'ai dit au jardin, je ne peux pas rester longtemps. J'ai rencard ce soir. Réveillon et tout le truc.

Avaient-ils déjà fait l'amour? Etait-ce la raison pour laquelle il était là?

Il enleva ses bottes en expert, d'un coup de pied, s'approcha de la femme en bleu, assise sur le lit. La femme en bleu et celle qui regardait la scène virent qu'il défaisait sa ceinture et baissait son jean noir. Il ne portait pas de sous-vêtements.

– Vous avez un très beau corps, dit la femme tandis qu'il sautait prestement hors de son pantalon.

Il se dirigea vers le miroir en exécutant quelques pas de danse et regarda son corps nu sous tous les angles.

– Pas mal, hein, affirma-t-il. Je fais de la gym tous les jours. Au coin, là-bas, près du jardin. Faut garder la forme, dit-il, en revenant vers la femme, tu sais, pour les nanas.

La scène avance trop vite, pensa Donna. Le technicien pourrait-il arrêter le film pendant quelques minutes, le rembobiner et repasser le début? J'ai raté l'exposition du sujet. Je ne connais pas ces gens et je ne sais pas ce que ce type fait dans la chambre de cette femme. Pourquoi celle-ci a-t-elle l'air troublée? Je ne comprends rien à ce qui se passe là-dedans! Je déteste arriver au milieu d'un film. Peut-on le remettre au début? Que l'on me dise qui sont ces gens!

– Un peu trop vieux pour faire ça, non?

C'était une voix féminine qui parlait. Il faisait le cochon pendu sur le portique. Son jean noir entourait la barre; son T-shirt noir retombait sur son estomac et laissait voir un nombril qui semblait sourire. Il se remit rapidement sur ses pieds et se tourna vers elle. Il ressemble à John Travolta, pensa-t-elle.

– Vous êtes gardienne? demanda-t-il en mâchonnant furieusement un chewing-gum.

Elle secoua la tête.

– Non, non. Je viens ici de temps en temps.

– Ah ouais? dit-il. Vous avez des gosses, ici?

– Non, répondit-elle en secouant la tête.

Il regarda, en hochant la tête, les quelques enfants en train de jouer. Puis ses yeux rencontrèrent de nouveau ceux de la femme.

– Alors, euh, vous venez comme ça, quoi?

– Oui.

– Ouais. Je connais ce truc-là.

– Quel truc?

Il haussa les épaules.
– J'sais pas.
– Je m'appelle Donna.
– Ouais?
– Ouais.
Il sourit timidement.
– Enchanté de faire ta connaissance.
– Quel jour sommes-nous?
– Euh, vendredi. Ouais, vendredi.
– Le combien?
Son sourire commença à s'évanouir.
– Le vendredi 31 décembre. Jour du réveillon.
– Maintenant?
– Comment ça, maintenant? Il est 3 heures. Plus tard. Dans quelques heures, ce sera le réveillon. Tu veux aussi savoir en quelle année on est?
Le ton était à la fois ironique et étonné. Elle secoua la tête. Elle se moquait de l'année. Elle regardait toujours le jeune homme fixement.
– Bon, j'y vais. J'ai rendez-vous ce soir. Tu connais le truc.
– Quel truc?
– Bon. Ben... bonne année!
Il tourna les talons et s'éloigna.
– Attends!
– J'peux pas rester, dit-il en se retournant.
– Tu veux coucher avec moi?
Cette bonne femme ne manque pas de culot, pensa Donna en regardant la scène.
– C'est une blague ou quoi?
Il fit demi-tour.
– Non. Tu veux coucher avec moi? J'habite au Belvédère.
– Dingue, la nana, dit-il en se mettant à rire. OK pour une partie de jambes en l'air. Mais j'aï pas beaucoup de temps.
– Tu as une voiture?
– Là-bas.

Donna vit la main du garçon toucher négligemment le dos de la femme. Ils quittèrent le square ensemble.

– Tu crois pas que tu devrais enlever ça? demanda-t-il en tirant sur le haut en velours bleu de la femme. (Ils étaient de nouveau dans la chambre. Donna suivit des yeux la femme qui levait les bras et le jeune type qui la déshabillait.) Ouais! Un soutien-gorge! dit-il en riant, ça fait un bail que je n'ai pas vu un outil pareil!

Il regardait l'outil comme si celui-ci venait d'une autre planète. Puis il chercha à le dégrafer.

– Il se dégrafe par-devant, murmura Donna.

– Ouais? Ça alors! Ben... ça fait longtemps que... (Il trouva l'agrafe et la décrocha sans difficulté.) Enfin, j'ai pas perdu la main, on dirait, dit-il. (Il enleva le soutien-gorge et le laissa tomber par terre.) Tu réalises tes fantasmes, comme on dit, non? demanda-t-il en la poussant sur le lit et en enlevant d'un coup son short et son slip.

– Il y a longtemps que je n'ai plus de fantasmes, dit la femme. Une fois, j'étais dans un avion et une bonne sœur est venue s'asseoir à côté de moi alors que je gardais la place pour Warren Beatty. Mes fantasmes en ont pris un coup.

Donna rit toute seule de son histoire.

Le jeune homme cessa soudain de mâcher son chewing-gum et se redressa. Il regardait Donna d'un œil clinique.

– Qu'y a-t-il?

– Qu'est-ce que c'est que ça? demanda-t-il.

– Quoi?

– Ça. On dirait une cicatrice.

Ses doigts tracèrent une ligne verticale entre le nombril et le pubis de Donna.

– Mes bébés.

– Tes bébés? T'as des bébés?

– Deux, dit-elle. J'ai eu des césariennes.

Le jeune homme s'assit un peu plus loin.

– C'est dommage. Pour la cicatrice, il n'y a rien à faire, hein?

Donna avait réintégré le corps de la femme. Mais ça ne collait pas très bien. Elle voulait partir, quitter cet endroit, ce type, mettre un terme à cette conversation ridicule. Mais elle était coincée dans la peau de cette femme; elle était prisonnière d'un corps marqué d'une cicatrice.

– Elle ne m'a jamais gênée.

C'était sa propre voix. C'était vrai. Victor avait toujours considéré cette cicatrice comme une sorte de fétiche. Mel n'en avait jamais parlé sauf pour dire, en l'embrassant du haut en bas, que le chirurgien avait fait du bon travail. Elle cessa de rêver. Elle ne voulait plus penser à Mel. Elle regarda de nouveau le garçon et lut dans ses yeux un dégoût certain.

– Tu n'aimes pas beaucoup les cicatrices, on dirait?

Il secoua la tête.

– Pas terrible. Mais je parie que ce genre de truc ne te dérange pas, toi. Tu es une femme moderne.

Une femme moderne? Qu'est-ce qu'il me chante?

Il se mit à rire.

– Dis donc, dit-il. (Il se leva et retourna vers la glace.) Si on faisait ça un autre jour? Il est déjà tard. J'ai rendez-vous et tout le bazar.

Donna hocha la tête sans dire un mot. Ainsi, même un type ramassé dans un jardin la repoussait.

– T'es divorcée? demanda-t-il en remettant son pantalon en vitesse.

– Oui.

– Ah bon! (Il enfila son T-shirt.) Vous allez peut-être vous recoller ensemble un de ces quatre.

Manifestement, elle ne trouverait personne d'assez dingue pour...

– Peut-être, dit Donna. (Sa propre voix lui était de nouveau étrangère.) Cela vaudrait peut-être le coup.

Etait-ce si terrible? En tout cas, ses enfants seraient auprès d'elle. Lorsqu'elle leva les yeux, elle vit que le garçon était parti. Elle s'endormit en se demandant si elle n'avait pas rêvé la scène.

Elle se réveilla en sursaut vingt minutes plus tard et se précipita dans la salle de bains. Elle prit son rasoir dans l'armoire à pharmacie, l'ouvrit et remplaça la lame usée par une neuve. Elle se savonna les aisselles et les rasa. Elle se coupa légèrement à plusieurs reprises sans y prêter attention. Puis elle passa aux jambes. Elle en mit une dans le lavabo, la mouilla avec un gant de toilette et appliqua le savon. Puis elle commença à la raser méthodiquement. La première coupure fut accidentelle. Donna avait appuyé un peu trop fort le rasoir contre sa jambe. La seconde fut le fruit de sa négligence; la troisième fut délibérée, ainsi que les quatrième, cinquième et sixième. La seconde jambe reçut le même traitement que la première. Donna regardait le sang gicler de chaque petite blessure, former un flot épais et descendre le long de ses jambes en formant des coudes et des zigzags. Le savon la piquait, mais, à sa grande surprise, elle trouvait la douleur agréable. Victor n'aurait pas approuvé, et, bien sûr, il aurait eu raison. Il avait toujours raison. Elle aurait voulu le retrouver pour le lui dire. Peut-être, alors, aurait-il accepté de la reprendre? Penses-y, Donna, se dit-elle en sortant de la salle de bains. Elle remit son short et son haut bleu. Tu as beaucoup exagéré. La vie avec lui n'était pas si terrible. Reconnais-le, se dit-elle.

– Mon Dieu, que vous est-il arrivé?

Donna regarda tour à tour la coiffeuse ahurie et ses propres jambes.

– Je me suis coupée en me rasant.

– Avec quoi vous êtes-vous rasée? Avec une scie? demanda la jeune femme.

– Quand pouvez-vous me prendre?

La femme dont le front était garni de mèches teintes en violet jeta un coup d'œil vers le salon bourré à craquer.

– Je ne sais pas, madame Cressy, dit-elle. Nous sommes le 31. Les gens ont pris rendez-vous depuis des semaines.

– Je vous en prie...

– Bon. Ecoutez, revenez dans une heure. Nous essaierons de vous caser entre deux rendez-vous. Que vous fera-t-on?

Donna regarda la femme dont elle avait fréquenté le salon avec assiduité juste après la naissance de Sharon. Ses cheveux étaient coupés court, asymétriques. Ils étaient d'un roux cuivré parsemé de larges mèches violettes retombant sur le front.

– J'aimerais être coiffée comme vous, dit Donna.

Elle ne savait pas ce qu'elle était venue faire ici. Elle avait une heure à perdre avant de s'abandonner aux mains de Lorraine. Mais pourquoi était-elle venue ici précisément?

Elle n'avait jamais remis les pieds dans ce cimetière depuis le jour de l'enterrement de sa mère. Elle ne croyait pas à la magie des pierres tombales. Pourquoi donc était-elle venue? Donna marcha entre les rangées de tombes blanches couvertes de vraies fleurs. « Fleurs artificielles interdites », disait une pancarte. Elle parcourut plusieurs allées avant de trouver la tombe qu'elle cherchait.

Sharon Edmunds
1910-1963
épouse bien-aimée d'Alan
mère bien-aimée de Donna et de Joan
« Une bonne âme; un esprit profond »

Donna resta là un certain temps, à suivre des doigts l'inscription comme si elle avait été en braille. Puis elle caressa doucement la dalle en albâtre. Je ne sais pas quoi dire. Je ne sais pas comment te parler. Ensuite, elle se laissa glisser tout contre la dalle et resta là, assise, un bon moment. Je ne sais pas quoi dire. Elle savait qu'elle n'avait pas besoin de parler pour que sa mère la comprenne. Dis-moi ce que je dois faire. Qui je suis. Ce que j'ai fait de ma vie. Pourquoi suis-je en train de tout gâcher? La vie avec Victor était-elle vraiment un enfer? Aide-moi, maman, je t'en supplie. Réponds-moi. Dis-moi quoi faire! Aucune voix, aucun murmure, aucun signe mystérieux venu de l'au-delà ne se manifesta. Rien. Tout était calme. Merveilleusement calme.

Donna parcourut du regard les rangées régulières de tombes dont rien ne détruisait l'harmonie. Elle ne vit apparaître aucun fantôme. Soudain, elle entendit la voix de Mel : s'il existe un fantôme dans cette pièce, Donna, il est dans tes chaussures. Elle chassa Mel de ses pensées, comme elle avait pris l'habitude de le faire. Cette fois-ci, le mécanisme ne fonctionna pas.

Mel : Es-tu prête à partir?

Donna : Je l'ai été pendant toute la soirée.

Mel : Tu n'as pas agité les clefs dans ma direction.

Mel encore : Va-t'en.

Donna : Cela veut dire, je suppose, que tu en as marre de moi?

Mel : Je te dis que j'aime Donna Cressy, mais que je ne peux pas vivre avec ce qu'elle est en train de devenir.

Donna s'appuya contre la tombe de sa mère. Elle entendit la voix de Mel juste derrière son dos.

« Tu as été l'épouse de Victor pendant six ans, Donna. Je crois que ça suffit pour nous deux. »

Les pensées de Donna commencèrent à se bousculer dans sa tête. Elle revécut en accéléré ses six ans de vie commune avec Victor. Des mots. Encore des mots. Sans fin. Des corrections. Des suggestions. Des ordres.

Des demi-vérités. Des vérités cachées. Assez de vérités pour lever le lièvre. La transformer en petite fille. L'envoyer bouler à travers le miroir. En faire une enfant.

Un poème de Margaret Atwood lui revint soudain en mémoire. Encore des mots.

Tu me conviens
Comme un hameçon convient à un œil
Un hameçon
Un œil ouvert.

Choisir les mots. Elle repensa à la mère de Victor. Dix ans de tristesse. Puis à sa première femme. Trois ans sur le divan d'un psychiatre à cause de ce fumier, avait-elle dit. Et elle-même, toujours dingue? Qu'était-elle devenue à cause de lui?

Sharon Edmunds

Donna regardait fixement le nom de sa mère.

– Oui, dit-elle tout haut, en revoyant les dernières séquences de sa vie avec Victor, c'était un enfer.

Elle se leva. Elle sentait à côté d'elle la présence de Mel.

« Es-tu en train de me dire que c'est ma faute si tu t'es conduit de cette façon-là? »

« Je te dis que c'est *ma* faute. Tu n'es pas responsable de mes actes. »

Victor n'était plus responsable d'elle. Les réponses à ses questions, personne ne les lui donnerait. Il fallait qu'elle les trouve en elle-même. Elle était seule responsable de sa vie, de ses choix. De l'étranger dans sa chambre, des coupures sur ses jambes, de la loque qu'elle était devenue.

Donna parcourut le cimetière des yeux.

– Il n'y a que des morts ici, dit-elle à voix haute.

Elle se sentit portée par sa mère. Il n'y a pas de réponse, pensa-t-elle. Seulement la vie. Le tout est de s'y faire.

Mel travaillait tard ce soir-là pour être libre le jour suivant. Donna sentit son cœur bondir dans sa poitrine en montant l'escalier qui menait à son cabinet. Je suis une gamine, pensa-t-elle. Elle savait qu'il était possible qu'il ne veuille pas d'elle, qu'il se soit lassé de l'attendre ou qu'il estime qu'elle lui en avait fait trop baver. Elle s'arrêta au milieu de l'escalier, à bout de souffle. Et s'il ne voulait pas d'elle, que ferait-elle? Reprendrait-elle ses errances, ramasserait-elle des types dans les squares, se tailladerait-elle les jambes? Non, se dit-elle. Elle avait été suffisamment punie. Elle avait payé.

– Une minute, dit-il, en l'entendant entrer dans la salle d'attente. Je termine un papier pour un laboratoire et j'arrive.

Donna resta figée au milieu de la pièce et attendit. Je survivrai, se dit-elle. Si tu me rejettes, je survivrai. Tu n'es pas responsable de moi. Je m'assumerai toute seule.

– Pardon, je ne savais pas que j'avais encore un rendez-vous.

Il s'arrêta net en l'apercevant. Elle vit que ses yeux se remplissaient de larmes. D'une voix claire, elle lui dit :

– Je t'en prie, laisse-moi parler jusqu'au bout avant de dire quoi que ce soit.

Il acquiesça en silence.

– J'ai été lamentable et même pire que cela, commença-t-elle. J'ai passé les neuf derniers mois de ma vie à essayer de pousser mon rocher jusqu'au sommet de la montagne alors que tout le monde sait bien que c'est impossible. Il a dégringolé sur moi et sur ceux qui étaient avec moi. (Mel ne disait rien, sachant qu'elle n'avait pas terminé.) J'ai eu une sacrée journée, aujourd'hui. J'ai dragué un gamin dans un square, je me suis tailladé les jambes, j'ai failli teindre mes cheveux en violet. J'ai été voir ma mère. En venant ici, j'ai beaucoup pensé à ce bouquin, *Sisyphe*. Et je crois que j'ai compris quelque chose. Ma seule chance de survivre est d'accepter l'idée que je n'ai plus aucun espoir de revoir mes enfants. Plus j'ai d'espoir, plus je suis malheureuse. Je ne peux plus me permettre d'être malheureuse.

Maintenant, tous les deux pleuraient.

– Je ne sais pas quels sont tes sentiments pour moi. Je sais que je t'aime, que je veux vivre avec toi, être ta femme et une mère pour Annie. Je sais aussi que je ne vais pas m'écrouler si tu me dis qu'il est trop tard. (Elle se mit à rire à travers ses larmes.) Ça ne veut pas dire que je ne serai pas catastrophée, mais je ne m'écroulerai pas. Je te le jure. Voilà, c'est tout ce que j'avais à te dire. A toi, maintenant.

Il sourit d'un air triste. Au bout d'un long moment, il dit :

– Des cheveux violets?

Elle haussa les épaules.

– Cela veut-il dire que tu m'aimes?

– Cela veut dire que je t'aime à en perdre la raison.

L'instant d'après, ils étaient dans les bras l'un de l'autre. Ils n'éprouvaient plus le beoin de parler.

20

Donna était assise devant un monceau de quittances et de factures impayées et elle essayait de les ranger par ordre alphabétique. La fille qui l'avait précédée avait laissé un désordre inimaginable. Pas étonnant qu'on ait fait appel à *Kelly Girl* pour la remplacer.

Le téléphone sonna d'une façon très bizarre. Ils ne peuvent pas avoir une sonnerie comme tout le monde? Elle décrocha le récepteur.

– Household Finance, dit-elle en articulant... Sa

ligne est occupée. Voulez-vous ne pas quitter? Bien. Je vous le passe dès que possible.

Elle appuya sur un bouton et se replongea dans ses quittances et factures. Une autre sonnerie se fit entendre. Cette fois, c'était la porte d'entrée. Un homme grand, élégant et bronzé entra. Il devait avoir dans les quarante ans.

– M. Wendall?

– Un instant, s'il vous plaît. (Elle appuya sur un bouton. Encore un.) Votre nom, s'il vous plaît?

– M. Ketchum.

– Monsieur Wendall, M. Ketchum désire vous voir. Oui. Très bien. Asseyez-vous, monsieur. M. Wendall en a pour une minute.

Elle lâcha le bouton.

Le téléphone sonna de nouveau. Quelqu'un d'autre entra dans le bureau. Encore des boutons. Encore des sonneries. Pas étonnant que l'autre fille ait laissé les choses dans un désordre pareil. Elle n'avait pas une minute à elle. Depuis deux heures qu'elle était là, Donna avait à peine eu le temps de séparer les A des B. Ça promettait!

Maintenant elle avait trois personnes en ligne, deux autres attendaient et son bureau était envahi de paperasses. Le téléphone sonna de nouveau.

– Household Finance. (Elle changea d'expression en reconnaissant la voix de Mel.) C'est une maison de fous, ici. C'est presque l'heure du déjeuner et je n'ai encore rien pu faire. Comment vas-tu? Oh, ne quitte pas, Mel, quelqu'un d'autre vient d'arriver... Maintenant, il y a trois personnes qui attendent M. Wendall. Je ne sais pas ce qu'il fabrique... Oui, ça m'amuse. Ce n'est pas embêtant. Ça change de la banque.

Depuis trois semaines qu'elle était entrée chez *Kelly Girl*, elle avait travaillé à la caisse des dépôts et consignations, chez un comptable et dans une banque. Et maintenant, elle avait été engagée pour une ou deux semaines comme réceptionniste comptable à l'agence de Palm Beach de Household Finance. La plupart de ces jobs étaient dénués de responsabilité et d'initiative. C'étaient des emplois de bureau.

Mais elle avait tout de même fait un pas dans le monde du travail; elle était active et elle avait l'esprit assez libre pour penser à ce qu'elle allait faire par la suite. Son amie Susan lui avait dit qu'elle avait des idées sur la question; elles devaient en discuter le samedi suivant.

– Bon, merci d'avoir appelé. Oh, n'oublie pas que j'ai rendez-vous avec Annie chez Saks. Nous mangeons un morceau ensemble. Non, tu n'es pas invité. Annie préfère que nous restions entre femmes. Je suis affreusement nerveuse. Oui, d'accord. Bon. A tout à l'heure. Au revoir.

Le téléphone résonna dès qu'elle eut posé le récepteur. A midi, elle avait quatre personnes en ligne, six attendaient M. Wendall qui venait de l'informer par l'interphone qu'il allait déjeuner, et son bureau était recouvert de quittances et de factures impayées. Elle avait aussi un mal de tête carabiné. De quoi Annie voulait-elle donc lui parler?

Tout s'était bien passé jusque-là. Depuis le retour de Donna à Seabreeze Drive, les trois habitants de la maison avaient rétabli entre eux de bonnes relations, fondées sur la confiance et l'estime réciproques. Les premiers jours, ils s'étaient observés comme des chats, mais avaient bientôt rentré leurs griffes et donné libre cours à leur joie et à leur tendresse. Annie semblait ravie des projets de mariage de son père avec Donna. Elle fut un peu étonnée le jour où Donna lui demanda qu'elle l'accompagne chez Saks pour l'aider à choisir la robe qu'elle porterait le soir de ses fiançailles avec Mel. Ensuite, Annie avait jeté sa petite bombe : elle voulait parler à Donna en tête à tête. Allait-elle lui sortir : je te donne un million pour que tu dégages et fiches la paix à mon papa?

Avant que Donna ait eu le temps de résoudre le

problème, le téléphone sonna et deux personnes se présentèrent à la porte.

– Quelle journée, tu ne peux pas savoir!
– Raconte.
Donna sourit à la petite fille. Elles étaient assises l'une en face de l'autre chez *Doherty's*. Annie essayait d'avaler un énorme sandwich au saucisson en une seule bouchée, yeux écarquillés. Chaque jour, elle était moins méfiante. Et Donna était extrêmement reconnaissante à Annie de lui accorder une seconde chance. Elle savait combien il était important pour l'enfant de se sentir en confiance avec elle, de partager les petites choses de la vie quotidienne, d'être acceptée par elle.
– Ça n'arrête pas là-dedans, dit Donna. Je n'aurais jamais cru qu'autant de gens avaient des dettes.
– Qu'est-ce que c'est, dcs dettes?
– Ils empruntent de l'argent et ils doivent le rembourser, expliqua Donna. Et il y a ce M. Wendall. C'est un cas. Il a dû emprunter quelques cerveaux pour arriver là où il est aujourd'hui, mais, à mon avis, il les a rendus trop tôt. (Annie se mit à rire.) Il est tellement lent. On dirait un escargot. Il est en retard à tous ses rendez-vous. Les gens l'attendent pendant des heures. Ils me demandent sans arrêt quand il va les recevoir. Comme je suis là, c'est moi qui...
– En prends plein la gueule?
– Oui, enfin, si tu veux. Merci.
Annie se mit à rire.
Donna poursuivit :
– Cet après-midi, c'est devenu dingue. Il y avait au moins dix personnes qui l'attendaient, plus quelques-unes venues sans rendez-vous. Je l'appelais sans arrêt par l'interphone. Il ne répondait pas. Finalement, je suis allée voir ce qui se passait dans son bureau. Il n'était pas là. Le bureau était vide. Je m'apprêtais à retourner à ma place quand j'entends une voix : « Madame Cressy? » Je m'arrête. Je regarde autour de

moi : personne. Au moment où je vais sortir de la pièce, j'entends encore : « Madame Cressy? » Je réponds : « Monsieur Wendall? » La voix dit : « Oui. » Je ne voyais toujours personne. Devine où il était?

L'enfant riait déjà.

– Dans le placard! Il était caché dans le placard! Incroyable! Apparemment, parmi les gens qui n'avaient pas rendez-vous, se trouvait une femme qu'il ne voulait voir à aucun prix. Il paraît qu'elle lui casse continuellement les pieds, qu'elle le poursuit partout. Lorsqu'il l'a vue arriver, il s'est précipité dans le placard. Quand je l'ai trouvé là, il y était depuis une demi-heure.

– Est-ce qu'il est sorti?

– Oui. Et, par malchance, à peine était-il sorti qu'elle a fait irruption dans son bureau. C'était trop drôle. Il me tarde d'être à demain pour voir ce qu'il va encore inventer.

Annie cessa de rire et dit gravement :

– Es-tu heureuse maintenant, Donna?

Donna regarda la petite fille avec tendresse.

– De plus en plus.

– Tu m'aimes plus?

– Je m'aime plus moi-même. Toi, je t'ai toujours aimée.

Annie sourit.

– Est-ce qu'Adam et Sharon te manquent?

– Je fais en sorte qu'ils ne me manquent pas.

Annie regarda son assiette, puis Donna, puis elle baissa de nouveau la tête.

– Tu ne partiras plus, hein? murmura-t-elle.

Donna prit la main de l'enfant et secoua la tête.

– Qui m'aiderait à choisir mes robes, si je partais?

– Sérieusement? dit l'enfant.

– J'ai l'intention de rester, Annie, dit Donna d'un ton un peu solennel.

Le visage d'Annie s'éclaira d'un large sourire.

– C'est ça que tu voulais me dire?

Annie secoua la tête.

– Pas vraiment. Je voulais être sûre que tu allais rester avant de poser ma question.

– Quelle question?

– C'est sur le sexe.

– Le sexe?

– Oui, tu sais.

– Eh bien oui, le sexe, quoi. Que veux-tu savoir?

Annie regarda autour d'elle pour s'assurer que personne ne pouvait l'entendre.

– Enfin, papa m'a tout expliqué, maman aussi. Je connais le truc du pénis, du vagin, tout ça... (Donna essaya de regarder la bouche d'Annie. Elle avait peur d'éclater de rire si elle regardait dans les yeux cette petite fille tellement sérieuse.) Ce que je ne comprends pas, c'est comment le pénis entre dans le vagin?

– Tu veux savoir comment le pénis entre dans le vagin?

– Ne me dis pas que l'homme se couche tout près de la femme parce que je le sais déjà et que ça ne répond pas à ma question.

A son tour, Donna s'assura que personne ne l'écoutait.

– Tu veux une réponse tout de suite? Enfin, si je comprends bien, tu ne veux pas attendre l'été prochain pour poser la question à ta mère?

– Tu es un peu ma mère, non?

Donna eut un large sourire.

– Je t'aime, Annie.

– Alors, dis-moi comment le pénis entre dans le vagin. Est-ce que l'homme le pousse dedans avec sa main?

Donna essaya de répondre le plus honnêtement et le plus clairement possible.

– Il peut le faire, mais ce n'est pas nécessaire. Tu vois, le pénis est rempli par un liquide qui arrive des testicules. Tu sais ce que sont les testicules?

– Evidemment.

Rien de plus désopilant que l'air dédaigneux d'une enfant de huit ans, pensa Donna.

– Bon, eh bien, le fluide rend le pénis dur, alors l'homme n'a plus qu'à...

– Le flanquer dedans?

– En quelque sorte.

Donna avala une longue gorgée d'eau.

– Ça fait mal?

Donna secoua la tête.

– C'est très agréable.

Annie regardait autour d'elle d'un air coupable.

– Je savais déjà tout ça, confessa-t-elle.

– Oui? Alors pourquoi me l'as-tu demandé?

– Je voulais voir ce que tu allais dire, répondit-elle d'un air espiègle.

– J'ai réussi l'examen?

– Mais on ne m'avait pas dit que c'était agréable, dit Annie, ignorant la question de Donna. (Elle se tut quelques instants.) Je t'aime, Donna.

J'ai passé l'examen, pensa Donna, les yeux remplis de larmes. Mon premier examen. Y en aura-t-il d'autres?

– Formidable!

Donna traversa la chambre et fit demi-tour sur elle-même.

– Elle n'est pas mal, non?

– Merveilleuse. C'est la robe qu'Annie t'a aidée à acheter?

– Elle était très contente d'elle.

Mel prit Donna dans ses bras et l'embrassa.

– Elle a fait du bon boulot.

– Et toi, que vas-tu mettre?

– Je ne sais pas. Pourquoi ne me choisis-tu pas quelque chose?

– OK.

Mel se dirigea vers la porte.

– Où vas-tu?

– J'ai promis à Mme Harrison d'aller lui régler sa télé, pour qu'elle puisse voir son film du samedi soir.

– Reviens vite, lui dit-elle. N'oublie pas que nous sommes les invités d'honneur.

– Je reviens tout de suite, cria-t-il en descendant l'escalier.

Donna exécuta un autre demi-tour devant la glace. Ça pouvait aller. Elle s'assit sur le lit. Elle avait recouvert celui-ci, ainsi que les murs, d'un tissu bleu et crème de chez Laura Ashley. Oui, tout semblait rentré dans l'ordre : la chambre, elle-même, sa vie. Tout allait bien. Seules deux personnes manquaient à l'appel. Elle se leva et regarda le réveil. Il était sept heures. Elle prit dans le placard la brosse qu'elle avait achetée lors de sa dernière visite chez le coiffeur : vous ne me les raccourcissez que de quelques centimètres, s'il vous plaît. Pas trop court. Elle se mit à se brosser les cheveux énergiquement, regrettant d'avoir laissé une lueur d'espoir s'infiltrer en elle. Elle ne voulait pas penser à Adam et à Sharon. Elle ne se laisserait pas démonter. Ce soir, elle fêtait ses fiançailles. Donna Cressy, c'est de ta vie qu'il s'agit! entendit-elle une voix lui crier. Des cloches se mirent à sonner triomphalement. Fort. Toujours plus fort.

C'était le téléphone. Avec les carillons du bureau, elle avait perdu l'habitude des sonneries. Elle se dirigea vers la table de nuit et décrocha.

– Allô? Comment ça va?

Elle ne pensait pas qu'il appellerait. Elle ne s'était pas préparée aux interventions de Victor. Elle s'était fait une nouvelle vie : mais elle avait oublié de définir la marche à suivre en cas de coups de téléphone sadiques.

– Cesse de m'appeler, Victor, dit-elle en s'apprêtant à raccrocher.

– Donna, attends. Il y a quelqu'un ici. J'ai pensé que tu voudrais peut-être lui dire bonjour. Sharon, viens ici. Une dame veut te parler.

Donna l'imaginait en train de diriger l'appareil vers l'enfant. Elle voulait raccrocher, mais elle n'en avait pas la force. Mon enfant, pensa-t-elle. J'ai le droit de parler à mon enfant. Peut-être que... elle entendait le rire des enfants et, en arrière plan, d'autres bruits familiers.

– Elle ne veut pas te parler, dit Victor.

Aussitôt, elle se sentit prise au piège. Le poisson comprenait, mais trop tard, qu'il avait avalé l'appât et que l'hameçon lui arrachait la joue. Il se débattait.

Une fois de plus, elle s'était laissé avoir. Facilement. Comme toujours.

Donna s'appuya contre le lit.

– Cesse de m'appeler, Victor, dit-elle, en sentant un goût âcre de sang dans sa bouche.

L'hameçon s'était détaché. Elle raccrocha. Tout était de nouveau dans l'ordre. Lorsque Mel arriva quelques secondes plus tard, il la trouva tranquillement assise sur le lit.

– Je n'ai eu qu'à brancher une rallonge.

– Il n'appellera plus.

– Tu te sens bien? (Elle hocha la tête.) Qu'est-ce que tu t'es fait à la bouche? Tu saignes?

Il prit un Kleenex et s'approcha d'elle.

– Je me suis mordu l'intérieur de la joue, dit-elle. Ça va aller. Je ne sens rien.

– As-tu envie de hurler et de te cogner la tête contre les murs?

Donna épongea le sang avec le Kleenex que lui tendait Mel.

– Non, dit-elle en se levant.

– Il n'y aurait rien d'anormal à cela. Au contraire...

– Ça va aller, dit Donna, en repensant au coup de téléphone.

Elle alla choisir les vêtements de Mel.

Les gens venaient vers elle, l'embrassaient sur les

deux joues, lui serraient la main, lui souriaient, la complimentaient sur sa robe et sa coiffure.

Tu es très belle, lui disait-on. Donna était vaguement consciente de tout cela.

Donna, attends. Il y a quelqu'un ici, j'ai pensé que tu voudrais peut-être lui dire bonjour. Sharon, viens ici. Une dame veut te parler.

Va te faire foutre, Victor. Elle sentait la colère l'envahir. Je ne te laisserai plus gâcher mes soirées. Je ne penserai pas à toi. Sharon. Adam. Mes petits.

– Félicitations, Donna. Tu es superbe.

– Oh, merci.

– Tu as trouvé un type bien.

– Oui. Oui. Je sais.

Le bruit des enfants en train de jouer.

– Félicitations!

Et un autre bruit encore.

– Ce n'est pas la femme qu'il faut féliciter, mais le mari! C'est lui qui a de la chance!

Donna regarda l'hôtesse, Bessie Milford, qui venait de parler. Elle et son mari, Rod, étaient des gens très gentils. C'était très aimable de leur part d'avoir organisé cette soirée en l'honneur de ses fiançailles avec Mel. Donna regarda du côté du balcon. Elle se remémorait cette fameuse soirée. La rouquine n'était pas là. Ils n'avaient réuni qu'une poignée d'amis intimes. Dommage que je n'arrive pas vraiment à participer, pensa-t-elle. Sa tête était pleine de ce qui s'était passé avant.

Un autre bruit. Le bruit des enfants en train de jouer. Et un autre bruit.

– Donna, comment vas-tu?

Donna se retourna et vit son amie Susan.

– Bien, dit-elle.

– Tu as l'air en pleine forme.

– Merci.

– On a simplement l'impression que tu n'es pas dans cette pièce.

– Comment?

– Tu es ailleurs. Où?

– Quelle heure est-il, Susan?

Susan regarda sa montre.

– 9 heures. 9 h 10, même. Pourquoi? Tu as quelque chose sur le feu?

– Il a téléphoné à 7 heures.

– Qui ça?

– Il a téléphoné à 7 heures et il a dit que les enfants étaient en train de jouer.

– Victor a téléphoné?

– Il m'a fait écouter les enfants en train de jouer.

– Tu parles de Victor?

– Comment se fait-il qu'ils étaient en train de jouer à 7 heures? Sharon est toujours couchée à cette heure-là. Les feux sont éteints. Victor est intraitable sur l'heure du coucher. (Susan ne dit rien.) Ou alors, il n'était pas 7 heures.

– Je ne comprends pas.

– Le décalage horaire.

– Ils seraient sur la côte ouest?

Le bruit des enfants en train de jouer. Et un autre bruit. Un bruit familier.

Donna se dirigea vers les portes du patio.

– Peut-on ouvrir, s'il vous plaît? demanda-t-elle.

Mel s'approcha d'elle.

– Tu as besoin d'air, ma douce?

Les portes s'écartèrent comme la mer Rouge. Elle traversa le patio orangé et alla s'appuyer sur la balustrade en fer forgé. Un bruit familier.

Elle scruta l'obscurité. On ne voyait pas d'étoiles. La météo avait annoncé de la pluie pour le lendemain matin. Sans le voir, on entendait l'océan protester contre le mauvais temps qui approchait. Donna n'avait pas besoin de le voir pour sentir sa présence. En arrière-plan. Et pourtant, il était plus qu'un arrière-plan. Presque indistinct de l'air, mais plus fort que lui. Une force vitale.

Une force qui pouvait se propulser à travers un

téléphone et à une distance de quatre mille cinq cents kilomètres. Un bruit familier. Un autre bruit. La mer.

Elle se tourna vers Mel.

– Ils sont en Californie, dit-elle.

Annie, assise sur son lit, regardait fixement devant elle. Elle ne levait jamais les yeux sur Donna et, lorsqu'elle parlait, s'adressait uniquement à son père.

– Nous ne serons absents que quatre semaines, Annie, dit Donna. (Elle avait l'impression qu'elle répétait cette phrase pour la centième fois.) Si nous n'avons rien trouvé au bout de quatre semaines, nous rentrons. Je te le promets.

Annie gardait un silence obstiné. Donna poursuivit, en retenant ses larmes.

– Cela n'a rien à voir avec l'amour que j'ai pour toi. Tu comprends? (Elle posa un genou par terre.) Je t'aime, Annie. C'est vrai. Tu es ma petite fille.

– Je suis grande.

Donna hocha la tête.

Tu es ma grande fille. Et je t'aime.

Pour la première fois depuis une heure, Annie regarda Donna dans les yeux.

– Alors, pourquoi me laisses-tu?

– Seulement quatre semaines, interrompit Mel. Et Mme Harrison restera ici avec toi...

– Parce que Sharon et Adam sont aussi mes enfants et que je voudrais les retrouver, répondit Donna, sachant que l'enfant se moquait pas mal et de la durée de leur absence et de Mme Harrison. J'ai essayé d'en faire trop et cela n'a pas marché. Je ne peux pas renier mes enfants. Ils existent. Je les aime. Je veux les revoir. Je ne peux pas vivre si je n'ai pas l'espoir de les revoir. J'ai essayé, mais c'est impossible. (Elle s'interrompit et inspira profondément.) Ce n'est pas comme avant, Annie, quand je ne pensais qu'à une seule chose : les retrouver. Et que j'excluais tout le reste. Cela n'arrivera plus jamais. Je te le jure.

Annie regardait fixement le plancher. Donna voyait qu'elle retenait ses larmes.

– Je t'aime. J'aime ton père. Je ne vous laisserai jamais partir. Essayez un peu de vous débarrasser de moi et vous verrez...

Annie se jeta au cou de Donna. Elles restèrent longtemps ainsi.

– J'espère que tu vas les retrouver, dit enfin Annie.

– Moi aussi, répondit Donna.

Mel se dirigea vers la porte.

– Il faut y aller. L'avion décolle dans moins d'une heure.

Annie leur fit un dernier au revoir de la main tandis qu'ils s'engageaient sur la route.

– A quoi penses-tu? lui demanda-t-il.

Ils volaient à onze mille mètres d'altitude.

– Je pense que ce voyage ne va probablement mener à rien, répondit-elle. Oh, zut! Voilà qu'il faut attacher les ceintures. Pourquoi y a-t-il des turbulences chaque fois que c'est l'heure de manger?

Mel secoua la tête.

– Il y a probablement un ivrogne dans l'allée centrale.

– Pourquoi dis-tu ça?

– Un jour, un de mes amis est monté en avion, raconta-t-il en se penchant vers elle. Il s'est rendu compte que le pilote était un de ses amis. Au milieu du voyage, il a vu apparaître un signe lumineux : il fallait attacher les ceintures et rester assis. Quelques minutes plus tard, une hôtesse vint lui demander s'il désirait visiter la cabine de pilotage. Il répondit que non, à cause des turbulences. Qu'il n'avait pas le droit de quitter son siège. Mais comme l'hôtesse insistait, il a fini par céder. Son ami le pilote, tout à fait détendu, lui montra la cabine, le fit asseoir à la place du copilote et tout ça... Mon ami n'en revenait pas. Et les turbulences? demanda-t-il. Mais non! il n'y a pas de turbulences. Nous faisons cela pour que les gens dégagent l'allée centrale et que les hôtesses puissent tirer leur chariot.

– Ce n'est pas possible!

– Ils le font aussi lorsqu'il y a un ivrogne ou un voyou à bord. Ça remet un peu d'ordre.

– Pourquoi suis-je sûre qu'ils se trouvent en Californie?

– Tu as procédé par déduction. Je suis très fier de toi. Tu es digne d'Agatha Christie.

– La Californie est un Etat immense.

– Il n'y a que la côte qui nous intéresse.

– La côte est très longue.

– Tu veux faire demi-tour?

– Qu'allons-nous faire en arrivant?

– Louer une voiture.

– Ça m'ennuie beaucoup.

– Pourquoi?

– Tu vas devoir conduire tout le temps.

– Le paysage est ravissant.

– Là, n'est pas la question.

L'hôtesse s'approcha d'eux avec leur plateau-déjeuner. Comme les chiens de Pavlov, ils abaissèrent immédiatement leurs tablettes.

– A notre retour, je vais me remettre à conduire. Résolution tardive mais ferme. Que nous les trouvions ou pas, je me remets à conduire.

– Parfait. En attendant, sois la gardienne des clefs.

– Comment est ta sœur?

– C'est une dame sympa. Elle te plaira.

– C'est très gentil de nous recevoir chez elle.

– Elle est très excitée. Cela fait deux ans que je n'ai pas vu mes neveux. Tout le monde est ravi.

– J'espère que je vais leur faire bonne impression.

– A ta place, je ne me ferais pas de souci.

Donna posa sa fourchette et regarda devant elle.

– Le signe indiquant les turbulences s'est éteint.

– L'ivrogne a dû aller s'asseoir.
– Mel...
– Oui?
– Je ne sais pas...
– Tu te demandes ce qui va arriver si nous ne les trouvons pas?
Donna regarda Mel dans les yeux.
– Cela fait maintenant onze mois. Adam a presque six ans, Sharon presque trois. Peut-être ne vont-ils même pas se souvenir de moi. Peut-être ne voudront-ils pas de moi. Et Victor. Tous les jours depuis près d'un an, je prie pour qu'il meure. Je lui souhaite des accidents, les maladies les plus terribles. Le pire. Et si je le vois? Que vais-je faire? Que vais-je lui dire? Mel...
– Oui?
– C'est une histoire de fous. Je ne me demande pas ce qui va se passer si nous ne les trouvons pas. Je me demande ce qui va se passer si nous les trouvons.
Juste à ce moment-là, il y eut un trou d'air; la voix du pilote annonça de nouvelles turbulences; il fallait attacher sa ceinture et rester à sa place.

21

Le paysage était encore plus beau au naturel que dans les livres. D'un côté de la route s'étendait l'océan, de l'autre, incroyablement proche, se profilait la chaîne de Santa Lucia. Donna regardait par la fenêtre de la voiture. Ils parcouraient les cent quarante-cinq kilomètres de côte rocailleuse et imposante comprise entre San Simeon au sud et Carmel au nord. Cette partie de la côte s'appelait Big Sur. C'était un spectacle à couper le souffle, austère, presque abstrait, désincarné. Elle inspira lentement une bouffée d'air frais. Mel la regarda du coin de l'œil.

– Tout va bien?

– Très bien, dit-elle. C'est si beau.

– C'est vrai. Tu as faim?

– Un peu. (Elle regarda autour d'elle. On ne voyait que l'étroite bande d'autoroute sur laquelle ils roulaient.) Crois-tu que nous allons trouver un restaurant gastronomique par ici? dit-elle en souriant.

– On ne va pas tarder à arriver à cette fameuse galerie, lui rappela-t-il.

A San Simeon, ils avaient rencontré une femme originaire de la région qui leur avait conseillé de s'arrêter sans faute dans une petite galerie d'art cachée dans les bois, non loin du rivage. Les propriétaires de la galerie, avait-elle expliqué, étaient des gens charmants. Ils avaient toujours des sandwichs en réserve, une bonne mémoire des visages et ne détestaient pas bavarder. Donna et Mel cherchaient des yeux la petite maison. Ils n'espéraient pas grand-chose : seulement manger un sandwich et donner un coup de téléphone à Los Angeles.

La galerie était encore plus petite et plus retirée qu'ils ne le pensaient. Ils faillirent la dépasser sans la voir. Mais une odeur de feu de bois attira leur attention. Mel conduisit leur Buick blanche de location dans une allée recouverte de gravier, presque cachée par des feuillages. Ils sortirent de la voiture. Donna tira sur son pull : l'air de la montagne était beaucoup plus frais. A Los Angeles, il faisait à peu près aussi chaud qu'en Floride. Brenda, la sœur de Mel, l'avait prévenue qu'elle aurait besoin d'un pull, surtout au petit matin. Donna repensa avec affection à Brenda, qu'ils avaient quittée exactement une semaine plus tôt. Elle s'était montrée très compréhensive et efficace.

Ils avaient passé dix jours à Los Angeles, visité tous les villages et communes des alentours, passé au peigne fin les plages de Malibu et de Pacific Palisades, parcouru à pied les rues de Newport Beach et de Long

Beach, discuté sans fin et inutilement avec les habitants de Palos Verdes et des autres communautés de la côte. C'était un travail surhumain. Les possibilités étaient trop nombreuses. Par exemple, Victor avait appelé un samedi : il avait pu amener les enfants au bord de la mer pour la journée ou pour le week-end, ou simplement rendre visite à des amis. Ils pouvaient habiter n'importe où : à Westwood, à Beverly Hills ou même à San Fernando Valley. Ils se rendirent dans toutes les agences immobilières de Los Angeles en essayant de savoir qui avait acheté ou loué une maison un an plus tôt. Mais, là encore, les possibilités étaient trop nombreuses : il y avait trop d'agences, trop de maisons; leur temps était limité et les gens ne se montraient pas toujours coopératifs. Ils enquêtèrent auprès de toutes les compagnies d'assurances de Los Angeles pour savoir si un homme répondant à la description de Victor Cressy avait été engagé dans l'une de leurs agences

Ils passèrent ces dix jours à visiter garderies, écoles maternelles, jardins, squares et parcs d'attractions. En vain. Plusieurs fois, Donna avait cru reconnaître Adam ou Sharon. Hélas, elle avait vite déchanté. Finalement, sur les conseils de Brenda, ils avaient engagé un détective privé pour les aider sur place dans leurs recherches et eux-mêmes avaient décidé de suivre lentement la côte. Chaque jour, ils téléphonaient au détective – qui s'appelait Marfleet – pour avoir les dernières nouvelles. En même temps, ils l'informaient de leurs déplacements. Mais, jusqu'à présent, M. Marfleet, le Dr Segal et Mme Cressy n'avaient pas avancé d'un pouce. L'enquête en était toujours à son point de départ.

– Hum, ça sent bon ici, dit Donna en mettant dans son sac les clefs que Mel lui tendait. (Mel la précéda vers une petite maison en bois, à un étage.) Oh, Mel, regarde, dit Donna.

Mel se retourna et vit un énorme chien-loup se

précipiter sur Donna et enfouir son museau dans la main de celle-ci pour se faire caresser.

– Bon chien, dit Donna, en le flattant.

Quelques secondes plus tard, après une dernière caresse, elle suivit Mel dans la maison.

Celle-ci était exactement comme Donna l'avait imaginée. Le sol était fait de planches de bois irrégulières; le plafond, relativement haut, était soutenu par de grosses poutres de bois d'où pendaient des lampes, en bois également. Le plancher était recouvert de tapis ovales, tissés à la main; les meubles en pin étaient de style colonial. Il aurait été intéressant également, pensa Donna, de prendre le parti pris opposé, c'est-à-dire de décorer l'intérieur avec du chrome et du plexiglas – l'homme moderne contre les éléments. Mais un tel décor n'aurait sans doute pas aussi bien mis en valeur les dessins et peintures accrochés tout autour de la pièce. Au bas de chaque tableau était inscrit un prix qui semblait varier de soixante à deux cents dollars. La qualité des toiles n'était pas extraordinaire, mais le décor leur conférait un charme indéfinissable.

– Vous désirez?

La voix était agréable et chaude. La femme à qui elle appartenait devait avoir la quarantaine. Elle était grande et large d'épaules, bâtie un peu comme un homme; ses cheveux bruns étaient tirés en arrière en une simple queue de cheval. Elle n'était pas maquillée et sa peau, couverte de taches de rousseur, portait d'anciennes traces d'acné. Elle avait un visage ouvert et, en même temps, déterminé. Elle ressemblait au paysage environnant et à la maison dans laquelle elle vivait. Au fond de la pièce, Donna aperçut un homme en jean et bottes de cow-boy.

Ce fut Mel qui prit la parole le premier.

– Quelle merveilleuse maison, dit-il.

Donna le laissa parler. Elle n'était pas très diplomate et préférait laisser Mel aborder seul le sujet qui les intéressait. Les gens se méfiaient des étrangers, surtout lorsqu'ils étaient curieux. Il fallait faire d'abord connaissance, les mettre en confiance.

– Peu de monde s'arrête ici, dit la femme. C'est notre faute, d'ailleurs, nous sommes trop bien cachés. Désirez-vous quelque chose à manger? Des sandwiches? Du café?

Après s'être restaurés, Donna et Mel apprirent que le ménage Garratt, David et Kathy, tenait cette petite galerie dans laquelle ils habitaient également – il y avait deux autres pièces en haut – depuis plus de quinze ans. Les peintures étaient d'eux et de quelques amis. Elles leur permettaient de survivre. David faisait également des chantiers – il était charpentier – dans les alentours. Ils avaient eu l'idée d'ouvrir la galerie car ils aimaient la compagnie des gens et pouvaient ainsi garder un contact permanent avec le monde extérieur.

Donna était à la fois intéressée et impatiente. Lorsqu'elle ne put plus tenir, elle dit :

– Vous rappelez-vous les gens qui s'arrêtent ici?

Kathy Garratt lui lança un regard de curiosité.

– Pensez-vous à quelqu'un en particulier? demanda-t-elle, sachant d'avance que la réponse serait positive.

– Il s'agit d'un homme. Il s'appelle Victor Cressy. Il a trente-neuf ans. Grand, brun...

– Beau garçon?

Donna acquiesça à contrecœur. Elle sortit de son portefeuille une photographie de Victor.

– Le voici. Cette photo a déjà quelques années. Peut-être s'est-il fait pousser depuis la barbe ou la moustache...

Kathy et David Garratt regardèrent la photographie.

Donna poursuivit :

– Il était probablement accompagné de deux enfants. Un petit garçon, Adam, cinq ans, et une petite fille de deux ans, Sharon. C'était il y a un an environ.

Kathy Garratt se leva et se dirigea vers un lutrin en pin.

– Regardons le livre d'or. S'il est venu ici, il a dû le signer. Quand avez-vous dit...

Lorsqu'elle se leva, Donna sentit son cœur battre plus vite et ses genoux faiblir.

– C'était en avril dernier, mais vérifiez aussi mai et juin. Peut-on tout regarder depuis avril?

La femme laissa à Donna sa place devant le lutrin.

– Je vous en prie.

– Puis-je donner un coup de téléphone? demanda Mel. A Los Angeles. Je demanderai à l'opératrice de me rappeler pour me donner le montant de la communication.

Sans dire un mot, David Garratt conduisait Mel vers un vieux téléphone mural qui se trouvait à l'autre bout de la pièce.

Donna cherchait en vain le nom de Victor.

Un quart d'heure plus tard, elle dit à Mel qui venait la rejoindre :

– Je n'ai rien trouvé.

– Je viens d'avoir Marfleet, dit Mel d'un ton encourageant. Il a peut-être une piste. Là-haut, à Carmel. Il attend de plus amples renseignements. Je lui ai dit que nous y serions ce soir et que nous l'appellerions.

Kathy Garratt arpentait la pièce de long en large.

– J'essaie de me souvenir, dit-elle. En avril ou en mai dernier, un homme est venu ici avec deux enfants. (Elle s'adressa à son mari.) Tu te rappelles, David? La petite fille était terrorisée par Muffin – c'est notre chien.

Donna se rappela le gros chien-loup qu'elle avait caressé dehors. Elle se souvenait que Sharon avait très peur des chiens, surtout des gros.

– Oui, je me rappelle. Il a acheté un tableau!

– Il n'avait pas deux enfants?

– Je crois que si. Mais je ne me rappelle plus si le second était une fille ou un garçon.

Mel s'écria :

– Attendez. Vous dites qu'il a acheté un tableau. Tenez-vous un registre de vos ventes?

– Bien sûr, dit Kathy Garratt. Cela ne nous intéresse pas de frauder pour économiser quelques malheureux centimes. Nous déclarons tout.

Mel s'excusa immédiatement.

– Je suis désolé. Je ne voulais pas dire que...

– C'est simplement parce que nous les cherchons depuis si longtemps que..., ajouta Donna.

– Vous n'y êtes pour rien, dit David Garratt en se dirigeant vers le canapé, son registre dans les mains. C'est une vieille histoire entre Kathy et moi. Cela n'a rien à voir avec vous. Vous voyez, poursuivit-il en ouvrant le livre, si cela ne dépendait que de moi, je ne serais pas complètement honnête.

– Et tu serais en prison, déclara Kathy, tandis qu'ils se rassemblaient tous autour de son mari. Et nous ne pourrions pas vous aider.

Elle tourna plusieurs pages.

– C'est ici, dit-elle triomphalement. *Solitude* est le nom du tableau qu'il a acheté. Il l'a payé quatre-vingts dollars. Le 21 mai. (Elle baissa le livre.) Mais le nom n'est pas le même. Vous avez dit Victor Cressy?

Donna acquiesça.

– Non, celui-ci s'appelle Mel Sanders.

– Mel? demanda Donna. Mel Sanders? (Elle se tourna vers Mel.) Crois-tu qu'il aurait emprunté ton prénom? Et qu'il aurait choisi Sanders, qui commence aussi par un S, à la place de Segal? Ce serait une farce cruelle...

– Dont il est tout à fait capable, approuva Mel. Même s'il est le seul à en savourer l'ironie.

– Encore plus s'il est le seul. (Donna retourna vers le lutrin.) Le 20 mai?

– Le 21.

Donna trouva rapidement la date recherchée.

– Voici. Mel Sanders.

– Est-ce son écriture?

– Difficile à dire. C'est mal écrit. Ça pourrait l'être.

Mel regarda la signature. Il lut tout haut :

– Mel Sanders, 1220 Cove Lane, Morro Bay. Joli cadre, excellent accueil.

– Nous arrivons de Morro Bay, murmura Donna.

– Cela ne nous prendra pas plus d'une heure pour aller vérifier.

– Je croyais que nous avions passé l'endroit au crible.

– Comme tu veux...

– Nous avons peut-être une piste. Il ne faut pas la négliger.

– Elle est bien mince, dit Mel prudemment. Un homme accompagné de deux enfants dont nous ne savons même pas si le second est un garçon, qui arrive ici deux mois après avoir disparu...

Donna s'adressa à David Garratt.

– A-t-il payé par chèque ou en liquide?

David Garratt regarda son registre.

– En liquide.

– Il ressemblait à la photo, dit Kathy Garratt, dont la mémoire semblait se rafraîchir, et je me souviens que sa petite fille pleurait à cause du chien et qu'elle a commencé à réclamer sa maman. Tu te rappelles, David?

David secoua la tête.

– Non, pas du tout.

– Si, poursuivit Kathy, il essayait de la calmer. Il l'a prise dans ses bras et lui a expliqué que sa maman ne pouvait plus s'occuper d'elle mais qu'il était là et que tout allait s'arranger. Tu ne te souviens pas de ça?

– Non, répéta-t-il. (Il se tourna vers Donna et Mel :) Je n'ai pas la mémoire de Kathy. Elle se souvient de tout ce que les gens font et disent. Elle est imbattable sur les détails.

Donna et Mel réglèrent aux Garratt les sandwichs et le coup de téléphone, signèrent le livre d'or, les complimentèrent sur leur installation et regagnèrent leur voiture. Donna lança les clefs à Mel. Il faisait un peu plus chaud. Donna jeta un dernier coup d'œil autour d'elle et enleva son pull.

La maison n'était ni grande ni petite. L'extérieur avait besoin d'un coup de peinture. Elle s'élevait sur un petit carré de terrain, comme toutes les autres maisons de Cove Lane. C'était comme si chaque propriétaire avait mis un point d'honneur à ne rien faire qui pût détruire la similitude de toutes les habitations. Leur charme, leur intérêt, leur originalité venaient du fait qu'elles étaient identiques. Sur chaque rebord de fenêtre, les mêmes pots remplis des mêmes fleurs rouges et blanches; tout le monde avait les mêmes haies, les mêmes boîtes aux lettres. Donna se demandait si toutes les maisons de la rue avaient besoin du même coup de peinture.

– Qu'en penses-tu? demanda Mel.

– C'est le genre de maison qu'il pourrait acheter...

– Mais?

– Mais? répéta-t-elle.

– Il y avait un « mais » à la fin de ta phrase.

Elle se mit à rire.

– Au fond, c'est vrai.

Ils s'étaient garés un peu plus bas que le 1220 Cove Lane.

– Mais je ne le vois pas vivant ici. C'est si... si tranquille.

– Palm Beach n'est pas une ville particulièrement bruyante non plus.

– Je sais, mais... je ne sais pas. Quelque chose ne colle pas.

Mel regarda sa montre.

– Il est 2 heures. Les enfants reviennent de l'école vers 3 heures. Ou 4 heures. En admettant qu'ils rentrent directement. Soit nous attendons soit nous montrons les photos aux voisins.

– Non. Il s'est peut-être fait des amis ici. Quelqu'un risque de le prévenir. Attendons. Si nous nous sommes trompés, nous n'aurons perdu que quelques heures.

– Tu as envie de te dégourdir les jambes?

Donna s'appuya contre le dossier rouge.

– Non. Je suis un peu fatiguée. J'ai un peu froid. L'énervement, peut-être.

Mel la prit dans ses bras.

– Ça va s'arranger. Mais ne te fais surtout pas trop d'illusions.

Donna ferma les yeux. Ils restèrent un moment sans rien dire.

– Tu dors? demanda Mel à voix basse.

– Non, dit-elle sans ouvrir les yeux. Je me demandais ce que j'allais devenir en rentrant chez nous. Je parle sur le plan professionnel.

– Et à quoi pensais-tu?

Il posa un baiser sur son front.

– Cela m'a beaucoup plu de refaire notre chambre, commença-t-elle. Et cette galerie que nous avons visitée m'a donné des idées. Je crois que j'ai un assez bon œil pour la décoration, mais un œil mal exercé. J'ai toujours vécu dans des endroits qui, pour une raison ou pour une autre, étaient déjà meublés. Cela me plaisait car j'avais ainsi une responsabilité de moins à prendre. Je viens de décider à l'instant que, quoi qu'il arrive, que je retrouve ou non mes enfants, en rentrant en Floride, je suivrai des cours pour devenir décoratrice. Qu'en penses-tu?

– Je trouve que tu es la plus belle femme que j'aie jamais vue.

Donna se mit à rire et, aussitôt, son rire se transforma en grimace.

– Qu'y a-t-il? demanda Mel.

– Je ne sais pas. Quand j'ai ri, j'ai eu une douleur ici. (Elle changea de position.) On dirait que ça continue.

– Où, exactement?

– Ici. (Donna montra son côté gauche, juste au-dessus de la taille.) Ce n'est pas une crise cardiaque, tout de même.

– Ce qui me plaît chez toi, Donna, c'est que tu vois toujours les choses en grand. Quel genre de douleur ressens-tu?

– Un peu comme une brûlure. Ou une piqûre.

– Voyons un peu.

– Que veux-tu dire?

– Relève ton pull.

Donna obéit.

– Eh bien? Tu vois quelque chose?

– Seulement un grain de beauté, dit-il en rabaissant son pull.

– Comment cela, un grain de beauté?

– Un grain de beauté, voilà tout.

– Je n'ai pas de grain de beauté à cet endroit.

– Si. Je viens de le voir.

– L'as-tu déjà remarqué?

– Non, répondit-il en levant de nouveau le pull de Donna. (Il toucha la tache ronde et noire.)

– Aïe! dit-elle. Qu'est-ce que c'est?

– On dirait une tique!

– Une tique! Où aurais-je attrapé une tique?

– Aucune idée. Mais ça ressemble bien à une tique.

– Bon. Alors comment ça s'enlève?

– Avec une aiguille stérilisée et de l'eau bouillante ou une allumette. Cette voiture ne semble pas équipée pour ce genre d'opération.

– Alors, on attendra.

– Il ne faut pas trop tarder. Les tiques peuvent être dangereuses, vous rendre malade comme un chien. Plus on attend, et plus elles pénètrent à l'intérieur de la peau.

– Tu cherches à me faire vomir ou quoi?

– J'essaie de te faire comprendre qu'il vaut mieux enlever cette bestiole le plus vite possible.

Mel mit le contact.
– Qu'est-ce que tu fais?
– Je t'emmène dans une pharmacie. Nous allons acheter une pommade et essayer de...
– Non!
– Donna...
– Pas maintenant.
– Tu ne comprends pas...
– Je sais. Il ne faut pas plaisanter avec les tiques. Je comprends, Mel. Mais si j'attends une heure ou deux, je ne vais pas mourir, n'est-ce pas, Mel?
– Non. Tu ne vas pas mourir.
– Je t'en prie, Mel.
Mel céda à contrecœur.
– Bon. Mais si tu commences à te sentir mal, tu me le dis.
– Promis. (Elle l'embrassa sur la joue.) Merci.
– Tu pourrais le regretter... Nous attendons deux heures, pas davantage.
– Deux heures et demie.
– Deux heures, dit-il. Pas une minute de plus.

Ils attendaient depuis deux heures vingt minutes lorsque Mel vit un break Ford marron s'engager dans l'allée du 1220 Cove Lane.
– Voilà quelqu'un, dit-il, en réveillant Donna d'un léger coup de coude.
Depuis une heure, Donna se sentait de plus en plus mal, mais avait refusé qu'ils quittent leur poste. Elle s'était à moitié assoupie.
– C'est Victor?
– Je ne vois pas bien. (Il ouvrit la portière.) Veux-tu attendre ici?
– Tu plaisantes?
Elle ouvrit également sa portière.
– Comment te sens-tu?
– Bien.
Donna sortit de la voiture et se sentit aussitôt

extrêmement faible. Elle pria le ciel de ne pas s'évanouir avant d'avoir atteint la maison. Ils arrivèrent devant l'allée du 1220 Cove Lane au moment précis où les occupants de la voiture sortaient du garage pour se rendre dans la maison. Il y avait un homme grand et brun. Il avait quelque chose de Victor. Mais ce n'était pas lui. C'était un homme ordinaire. Ses deux enfants étaient des enfants ordinaires.

Donna s'évanouit sur la pelouse fraîchement tondue qui s'étendait devant la maison.

Elle n'avait jamais vu de telles couleurs. Donna regardait intensément. Elle se demandait vaguement où elle se trouvait, comment elle était arrivée là. Il y avait différents verts profonds, des bruns sombres et des noirs, comme dans un tableau du Douanier Rousseau, pensa-t-elle, sauf que, bien entendu, cela ne voulait rien dire. Qu'aurait-elle fabriqué au milieu d'un tableau du Douanier Rousseau?

Elle posa le pied sur la mousse et s'enfonça immédiatement jusqu'au tibia dans de la vase gluante. Elle avait une sensation de froid et d'humidité tout au long de la jambe, comme si des douzaines de sangsues assoiffées s'y étaient accrochées. Elle leva le pied et vit avec terreur un serpent bleu roi enroulé autour de sa cheville. Elle essaya de le faire tomber en secouant la jambe, mais il s'accrochait à elle comme s'il avait été un prolongement de son corps.

La jungle – elle voyait maintenant qu'elle était dans la jungle – commençait à se refermer sur elle, les branches des arbres se penchaient vers elle : à leur extrémité était fixée une espèce de ventouse qui s'ouvrait et se refermait comme une bouche effrayante.

Lorsqu'elle regarda de nouveau ses pieds, le serpent bleu avait disparu. La surface du sol était claire et transparente. Au-dessous, elle voyait des poissons évoluer autour d'elle, des anguilles frétiller et d'autres animaux bizarres l'inviter à nager avec eux. Et voici qu'elle nageait dans la jungle. Elle voyait la partie inférieure de son corps comme si celle-ci avait appartenu à quelqu'un d'autre; ses jambes nues avançaient dans l'eau calme; et puis arriva cet animal à la peau vibrante et colorée : quelle sorte d'animal était-ce au juste? Son corps était celui d'un serpent et ses mains, semblables à celles d'un homme, se tendaient vers elle, la touchaient, l'entouraient et la tiraient sous l'eau, vers le fond, dans la vase. Ses narines se remplissaient de sable. Elle étouffait, étouffait...

Des voix. Elle entendait des voix dans le lointain. On venait la sauver. Tout allait bien. Ce n'était qu'un rêve. Elle ouvrit les yeux.

Un grand serpent bleu, caché dans une poutre juste au-dessus d'elle, bondit sur elle et s'entoura autour de son cou. Il serrait sa gorge de plus en plus fort.

– Non! hurla-t-elle en s'asseyant et en tentant désespérément de détacher le serpent de son cou.

– Donna! Donna!

Elle ouvrit une nouvelle fois les yeux. Elle vit, tout près du sien, le visage de Mel. Il essayait de lui maîtriser les bras qu'elle agitait comme une furie.

– Mon Dieu! Que se passe-t-il? dit-elle en sanglotant.

Mel remonta ses oreillers et l'installa plus confortablement. Son corps était trempé de sueur. Elle était couchée dans une chambre étrange, mais confortable; en face d'elle se trouvait un poste de télévision allumé.

– Tu vas aller mieux maintenant, dit-il. Tu es malade depuis quelques heures.

– Quelques heures? Quelle heure est-il? (Elle inspira longuement.)

– Un peu plus de minuit.

Donna regarda la télévision et reconnut Johnny Carson. Une jolie jeune femme blonde essayait de faire entrer un boa constricteur dans une boîte. Mel la regarda.

– Nous avons eu un spectacle passionnant, dit-il en riant. Une dame du zoo, une starlette, racontait qu'elle avait été baptisée dans la piscine de Pat Boone, que celui-ci lui avait tenu la tête sous l'eau trop longtemps et qu'au lieu de renaître, elle avait cru mourir. (Il lui toucha le front.) Tu ouvrais les yeux de temps à autre et ensuite tu décrochais. La fièvre est tombée.

Elle ressentit soudain une douleur au côté gauche.

– Attention. Tu as un pansement.

– La tique?

– Elle est partie depuis longtemps.

Elle passa la main dans ses cheveux mouillés.

– Combien de temps ai-je été hors circuit?

– Avant ou après que tu t'es évanouie dans les bégonias de ce pauvre M. Sanders?

– Ce n'est pas vrai! Raconte!

– Il a été très chic. Il a appelé une ambulance et nous t'avons conduite à l'hôpital.

– Nous sommes dans un hôpital?

– Non. Dans un motel. A l'hôpital, on n'a fait qu'enlever la tique; et on t'a donné quelques médicaments. C'est tout.

– Alors, M. Sanders était...

– M. Sanders était M. Sanders. Point final. Il a perdu sa femme il y a dix-huit mois et s'est retrouvé seul avec ses deux petites filles.

– Deux filles?

– Eh oui.

– C'était cela la mémoire infaillible de Kathy Garratt!

– Et de son chien!

– Qui nous a dit d'aller dans cette galerie idiote, d'ailleurs? C'est cette bonne femme de San Simeon. Elle devait être à la solde de Victor!

Mel se mit à rire.

– Je vois que tu vas mieux. (Il éteignit la télévision.) Veux-tu un thé ou quelque chose d'autre?

Elle secoua la tête.

– Je suis seulement un peu fatiguée. Penses-tu que nous allons pouvoir nous mettre en route ce matin?

– Oui. Quelque chose me dit que rien ne t'en empêchera. J'ai appelé Marfleet. Il dit qu'il y a une piste sérieuse à Carmel. Un homme accompagné de deux enfants a acheté une maison là-bas il y a six mois. Marfleet va y aller ce soir et voir ce qu'il en est. Nous l'y retrouverons demain.

– Oh, Mel... dit Donna en sentant tout son corps se mettre à trembler.

– Ce n'est peut-être pas eux, Donna.

– Je sais, je sais, répéta-t-elle.

Elle s'enfonça sous les couvertures.

Mel se coucha à côté d'elle.

– Je sais.

22

A la minute où ils quittaient l'autoroute pour entrer dans Carmel, Donna sentit tous ses sens renaître. Elle avait les narines dilatées par la merveilleuse odeur de la mer, regardait de tous ses yeux les maisons qui ressemblaient à des cabanes en pain d'épice, ou à des maisons de poupée, et écoutait le fracas des vagues qui contrastait avec la tranquillité de la ville. Chaque cellule de son corps était en éveil. Il était là. Elle le sentait. C'était là qu'il avait amené ses enfants.

– Du calme, Donna, dit Mel.

– Je suis sûre qu'ils sont ici, Mel. Mon corps me le dit.

– Ton corps, aussi beau soit-il, s'est déjà trompé. Souviens-toi que c'est lui qui t'a conseillé d'épouser Victor,

– Ils sont ici, Mel, répéta-t-elle.

Ils s'engagèrent sur Ocean Avenuc, qui était perpendiculaire à la mer. Donna lisait le nom des rues – Carpenter, Guadalupe, Santa Rita, Santa Fe, Torres, Junipero. Elle était de plus en plus sûre d'elle. Ils traversèrent Carmel Plaza, un centre commercial de style colonial comprenant soixante-sept boutiques, et tournèrent à gauche, dans Dolores Street.

– Où avons-nous rendez-vous avec Marfleet?

– Dans un restaurant qui s'appelle *Au Paradis de la Pizza*.

– Une pizza, à cette heure-ci?

– C'est l'heure du déjeuner, lui rappela Mel après avoir regardé sa montre.

– Pourquoi m'as-tu laissé dormir si tard?

– Je voulais que tu tiennes la forme du combattant, répondit-il.

Elle sourit.

– Je sais qu'ils sont ici, Mel. Ne le sens-tu pas?

– Ce que tu sens, et que je sens aussi, est une impression de déjà vu. Cet endroit a des points communs avec Palm Beach. Il a la même... pulsation.

Donna acquiesça. C'était le mot juste.

– En mieux, ajouta-t-elle. Victor voulait toujours que tout soit mieux. (Elle aperçut soudain *Au Paradis de la Pizza* sur sa droite.) C'est ici, Mel.

Mel gara la voiture. Ils descendirent et Mel lança les clefs à Donna. Elle était toujours la « gardienne des clefs », comme il l'avait baptisée dans l'avion.

– N'oublie pas que Victor a aussi passé la plus grande partie de sa vie dans le Connecticut.

– Je sais, dit Donna en prenant le bras de Mel, mais il est dur de retourner vivre dans les glaces et la neige quand on a connu le soleil et la mer.

Ils allaient entrer dans le restaurant lorsque Mel retint Donna. Elle le regarda d'un air interrogateur.

– Ecoute, Donna, commença-t-il, si Marfleet s'est trompé, si nous ne trouvons pas les enfants, n'oublie pas que je t'aime et qu'il nous reste Monterey à visiter.

Elle se mit à rire.

– C'est tout ce que tu as à me dire?

– Oui, dit-il solennellement. Combien faut-il de psychiatres pour changer une ampoule électrique?

– Combien? demanda-t-elle en riant jaune.

– Un seul, répondit-il, mais il faut que l'ampoule tienne vraiment à être changée.

Elle riait encore lorsque le maître d'hôtel les conduisit dans un patio protégé du vent où les attendait M. Marfleet.

– Nous les avons manqués, annonça d'emblée M. Marfleet.

Donna n'en croyait pas ses oreilles.

– Que voulez-vous dire?

– Ils étaient ici. Mais nous avons perdu leur piste.

– Comment ça, nous avons perdu leur piste?

Ce n'était pas possible! Elle rêvait!

– J'ai envoyé un homme ici pour faire une enquête. M. Cressy ou M. Whitman – c'est le nom d'emprunt qu'il a choisi – s'est douté de quelque chose et il a filé. Sa maison était surveillée dans la journée mais il a dû plier bagage au milieu de la nuit.

Donna secouait la tête de gauche à droite. Elle refusait d'accepter ce qu'enregistraient ses oreilles. Etre venue de si loin, s'être trouvée si près du but pour rater Victor d'une nuit, une nuit où elle dormait dans un motel parce qu'elle avait été mordue par une tique. Non. C'était trop injuste!

– Avez-vous retrouvé sa voiture?

– Oui. Il l'a laissée à l'aéroport de Los Angeles, ce matin de bonne heure. Il peut être n'importe où, à l'heure qu'il est. Mais nous allons continuer les recherches. Nous l'avons trouvé une fois, nous le retrouverons.

Pour la première fois depuis qu'ils étaient arrivés au restaurant, Donna regarda le détective. Il était grand, tout en bosses, il avait les mâchoires carrées, les épaules carrées également; sa pomme d'Adam saillait de sa chemise à col ouvert. Il avait le teint cireux. On aurait dit qu'il ne prenait jamais l'air. Il leur avait semblé plus à l'aise à Los Angeles, au milieu des dossiers qui s'amassaient sur son bureau.

– Il a changé le nom des enfants, dit-il soudain.

– Comment?

– La petite fille s'appelle Carol et non Shannon.

– Sharon, corrigea Donna.

– Oui, Sharon. Et le petit garçon... (il consulta son carnet) il l'appelle Tommy...

– Etes-vous sûr que c'est bien d'eux qu'il s'agit?

Le détective haussa les épaules.

– Le signalement correspond tout à fait. Et pourquoi auraient-ils pris la fuite si ce n'était pas eux?

– Où habitaient-ils? demanda-t-elle d'un ton morne et distant.

Peu importait, au fond. Ils s'étaient envolés dans la nuit. Ils avaient disparu. Une fois de plus. Pour combien de temps, cette fois-ci? Onze mois? Onze ans?

– Non loin d'ici. (Marfleet eut un petit rire gêné.) Rien n'est loin de rien, ici. Sa maison était à Monte Verde, dit-il en regardant de nouveau son carnet, 147, Monte Verde.

Donna se leva.

– Je voudrais la voir, dit-elle.

– Elle est vide et fermée à clef.

Mel se leva également.

– Nous allons y jeter un coup d'œil.

– Bien sûr, dit le détective. (Il regarda devant lui la pizza qu'il n'avait pas encore touchée.) Cela ne vous ennuie pas que je mange un morceau?

– Prenez tout votre temps, dit Donna.

Elle détestait cet homme, non seulement pour son insensibilité mais surtout pour l'espoir qu'il avait fait naître en elle, et qu'il lui avait enlevé tout aussi brutalement.

Non, pensa-t-elle, en sortant du restaurant avec Mel. Ce n'était pas la faute de Marfleet si elle était dans un état pareil. C'était son œuvre à elle toute seule. De même que c'était elle qui avait bouleversé leur emploi du temps à cause d'un gros chien-loup répondant au nom de Muffin!

Elle lança les clefs de la voiture à Mel. Elle n'en pouvait plus. Ils s'étaient enfuis. Elle les avait laissé s'échapper. Mais, quelle qu'en fût la raison, elle désirait voir la maison où ses enfants – qui portaient maintenant les noms bizarres et étrangers de Carol et Tommy – avaient vécu ces six derniers mois. Peut-être que, comme une extralucide qui enregistre les vibrations d'une personne par l'intermédiaire d'un de ses vêtements, elle aurait une impression, une intuition, quelque chose.

Elle monta dans la voiture. Trop, c'en était trop. A partir de maintenant, elle abandonnait l'enquête à des professionnels – inutile de m'appeler tant qu'il ne se trouve pas derrière les barreaux – et, dès qu'elle serait certaine que Victor et ses enfants avaient bien quitté Carmel, elle rentrerait en Floride. Retrouver Annie. Pousser son rocher sur de nouvelles montagnes.

Ils décidèrent de passer la nuit à Carmel et de repartir pour Los Angeles le lendemain matin. Donna n'avait presque rien dit de l'après-midi; elle s'était contentée d'accepter les quelques suggestions que Mel avait faites. Elle se répétait sans cesse que c'était trop bête, qu'il aurait mieux valu qu'ils n'aient trouvé aucune piste, plutôt que de les rater à un jour près... Elle n'arrivait pas à y croire. Et maintenant, ils pouvaient être n'importe où. L'enquête était revenue à son point de départ. Et, nouveau désavantage, Victor allait se méfier.

Mel et Donna passèrent environ une heure à rôder autour de la maison de Monte Verde. Manifestement, celle-ci était vide. Ils regardèrent par les fenêtres et attendirent en vain un visiteur éventuel. Tout indiquait un départ précipité. L'océan n'était pas à deux pas de la maison, mais était tout de même assez près.

Qu'avait dit Marfleet? Que rien n'était loin de rien. Victor lui avait téléphoné de Carmel, c'était absolument certain. Et il était parti. Il avait enlevé les enfants une deuxième fois.

– Où sommes-nous? demanda-t-elle.

Il lui semblait qu'elle n'avait pas regardé par la fenêtre de la voiture depuis des heures.

– Nous sommes dans la vallée de Carmel. Le coin est joli; nous pourrions trouver un petit motel agréable; le guide en indique un à Carmel Valley Road. Il s'appelle *l'Hacienda.* J'ai pensé que nous pourrions acheter un steak et une bonne bouteille de vin dans un endroit qui s'appelle *Yavor's Deli and wines*, et qui se trouve à côté du motel. On pourrait manger et peut-être discuter et gueuler un petit coup.

Elle eut un sourire las.

– C'est une bonne idée. Quelle heure est-il?

– Presque 4 heures, dit-il en regardant sa montre. Nous y voici.

Il gara la voiture dans le parking de *l'Hacienda.*

– Préfères-tu rester dans la voiture? (Elle acquiesça.) OK. Je vais voir s'ils ont de la place.

Elle le vit entrer dans le bureau de l'administration et en ressortir quelques minutes plus tard, une grande clef à la main.

– Chambre 112, annonça-t-il, là-bas, avec patio privé.

– Bien, dit-elle d'une voix mourante.

– Veux-tu aller t'étendre un peu pendant que je vais acheter le vin et la viande?

Elle secoua la tête.

– Non, je préfère t'accompagner.

– D'accord. La boutique est à quelques kilomètres, tout au bout de la rue. Et il y a un supermarché à côté où nous pourrons acheter les steaks.

Elle mit la clef de la chambre dans son sac.

– Formidable! (Son « formidable » était à peine moins mourant que son « bien ».)

– Je t'aime, dit calmement Mel. Et je suis très fier de toi.

– Pourquoi? Parce que je ne me comporte pas comme une crétine accomplie?

– Qui prétend cela?

Elle sourit et sentit ruisseler sur ses joues les larmes qu'elle avait retenues depuis si longtemps.

– Merde, dit-elle en se blottissant contre Mel. Merde, merde et merde.

– A la bonne heure, dit-il, rassurant. Ne te retiens pas, ma douce. Laisse-toi aller.

Mel trouva une place dans le parking encombré du centre commercial. Il se gara, tendit les clefs à Donna et sortit de la voiture.

– Tu viens?

– Je vais aller acheter la viande pendant que tu prends le vin, dit-elle.

– Bonne idée. Tu as de l'argent?

Donna ouvrit son porte-monnaie pour vérifier.

– Tout plein, dit-elle.

– OK. Je te retrouve ici. Tu vas bien?

– Oui, ça va.

Ils prirent les directions opposées. Quand Donna se retourna, Mel était déjà entré chez *Yavor's Deli and wines*. La pensée qu'elle ne le retrouverait pas à la sortie du supermarché lui traversa l'esprit. Peut-être allait-il s'évanouir comme tous ceux qui, un jour ou l'autre, partageaient sa vie. Ils mouraient ou s'en allaient. Non, pensa-t-elle en touchant son sac, à moins qu'il tienne à retourner en Floride à pied. C'était elle, la « gardienne des clefs ». Il serait là. Il serait toujours là.

Le supermarché était magnifiquement aménagé. De grandes fresques ornaient l'extérieur : des arbres peints offraient leurs fruits appétissants dans des présentoirs placés devant eux. Un décor de bon goût s'alliait à des produits d'excellente qualité. Le meilleur des mondes. Quel talent il fallait, pensait-elle en marchant au hasard, pour faire d'une simple épicerie un endroit aussi agréable et réussir à attirer les gens de tout Carmel.

Le magasin était rempli de clients; il y avait des femmes mais aussi, chose étonnante, beaucoup d'hommes et d'enfants.

Donna allait s'engager dans une allée, lorsqu'elle aperçut, à l'autre bout, une petite fille installée à l'avant d'un caddie. La petite fille la regardait fixement.

Le cœur de Donna se mit à battre à tout rompre; ses jambes flageolaient. Assez, se dit-elle. Ce n'est pas la première fois. J'ai si souvent vu des enfants qui ressemblaient à Adam ou à Sharon. Tant de méprises. tant de rêves évanouis. Victor avait quitté Carmel. Il s'était volatilisé dans la nuit avec les enfants.

– Pardon.

– Vous dites? demanda Donna.

Elle se retourna et vit une jolie jeune femme qui portait un nourrisson contre sa poitrine.

– Puis-je passer? demanda la jeune femme.

– Bien sûr. Excusez-moi. Je ne voyais pas que je bloquais le passage.

Mais peut-être n'était-ce pas Victor qui s'était volatilisé, peut-être était-ce quelqu'un d'autre, une autre personne dans la même situation que Victor. Marfleet, s'était peut-être trompé? La seule chose qui comptait était cette enfant qu'elle avait vue. Elle bondit en avant et bouscula la jeune femme qu'elle avait empêché de passer quelques secondes plus tôt.

– Pardon, dit-elle.

Elle arriva au bout de l'allée et s'engagea lentement dans l'allée suivante. Elle ne voulait surtout pas attirer l'attention. L'enfant n'était pas là. Donna avait-elle eu des visions? Elle se dirigea vers le rayon des conserves. L'enfant y était. Elle tenait serré contre sa poitrine, comme un ours en peluche, un sachet d'entremets instantané. Une femme l'accompagnait. Donna regardait attentivement la femme en faisant semblant de chercher quelque chose dans les rayonnages. Elle n'avait jamais vu cette femme. Celle-ci avait les cheveux bruns, la peau légèrement basanée. Elle avait environ cinquante-cinq ans. Elle était trop vieille pour être la mère de l'enfant. Peut-être sa grand-mère. Ou une gouvernante.

Donna fixa son attention sur la petite fille. Elle ne l'avait pas vue depuis onze mois. En onze mois, un enfant se modifie mais ne change pas. Cette petite fille qui chantait, assise sur le caddie, était un peu plus mince qu'avant, elle avait un peu mûri (drôle de mot pour quelqu'un qui n'avait pas encore trois ans), mais ses traits étaient les mêmes : un petit nez en l'air, une petite bouche semblable à celle de son père, qui paraissait toujours faire la moue, des cheveux bouclés, un peu plus longs, et d'immenses yeux de sorcière qui semblaient vous transpercer. L'enfant regarda dans la direction de Donna. Aucun doute n'était plus possible. En outre, la petite fille ressemblait de plus en plus à la femme dont elle portait le nom. Ma mère, pensa Donna. Ma mère. Ma fille.

– Oh flûte! dit la femme. J'ai oublié les pommes de terre.

– De terre? demanda l'enfant.

– J'en ai pour une seconde, dit la femme. Attends-moi, j'arrive tout de suite.

Donna gardait la tête baissée vers les fruits en conserve, comme si elle comparait les mérites respectifs de chaque marque. Lorsque la femme eut tourné le dos, elle se précipita vers l'enfant. Que dois-je faire? se demandait-elle. Que dois-je faire? M'enfuir avec elle? Et si elle refuse? Que faire alors? Et mon fils? Où est mon fils?

– Bonjour, dit-elle tout doucement.

L'enfant la regarda avec attention. Me vois-tu? Me reconnais-tu? pensait Donna. La petite fille sourit.

– Jour.

Je t'ai trouvée, se dit Donna sans pouvoir y croire. J'ai trouvé ma petite fille.

– Sharon? demanda-t-elle d'une voix faible.

L'enfant fronça les sourcils.

– Pas Sharon, dit-elle d'un air boudeur. (Donna crut que son cœur cessait de battre.) Grand zoizeau.

– Quoi?

– Grand zoizeau.

Donna se mit à trembler.

– Ah bon. Je vois.

– Je peux être le grand zoizeau? demanda l'enfant d'une voix suppliante.

– Bien sûr. Grand zoizeau est un très joli nom.

Elle caressa les cheveux de l'enfant.

– Tu as de beaux cheveux bouclés, grand zoizeau.

– Non, gémit l'enfant au bord des larmes. Pas cheveux. Plumes!

– Oui, bien sûr, tu as de belles plumes.

L'esprit de Donna tournait en rond. Elle ne voulait pas effrayer l'enfant; elle ne voulait pas faire un scandale; elle se disait que les vendeuses et les caissières connaissaient peut-être la femme, que celle-ci venait peut-être régulièrement avec Sharon. Si elle tentait de s'emparer de l'enfant, on l'en empêcherait, on la prendrait pour une folle et la femme s'envolerait avec Sharon.

Elle ne pouvait pas se permettre de prendre un tel risque. Mieux valait affronter la femme en dehors du magasin. Mel, avec un peu de chance, serait là. Ils lui feraient dire où se trouvait Adam. Elle retrouverait ses deux enfants.

Donna entendit un bruit de pas et elle se tourna vers une pile de boîtes d'ananas. Du coin de l'œil, elle vit la femme mettre un gros filet de pommes de terre dans le caddie.

– Ton père aurait été furieux si j'avais encore oublié les patates, dit la femme vérifiant ses achats. Bon, je crois que nous avons tout.

Elle relut sa liste de commissions. Une liste, se dit Donna, elle fait des listes.

– Bon, ça va. On va chercher ton frère et on rentre.
– Je veux une glace.
– Après dîner.
– Une glace rose.
– Après dîner.
Donna les suivit à distance respectueuse. La femme faisait la queue pour régler ses achats. Donna, qui n'avait rien acheté, sortit et se posta devant l'entrée. De là où elle était, elle pouvait voir la façade de la boutique des vins. Mel y était-il toujours? Etait-il retourné l'attendre dans la voiture? Mel, je t'en prie, arrive. Elle regarda du côté de la femme. Elle était la troisième de sa file mais il semblait qu'une nouvelle caisse allait s'ouvrir. Donna n'était pas sûre d'avoir le temps d'aller chercher Mel. Elle ne pouvait pas se permettre de perdre ses enfants encore une fois. Mon Dieu, pensait-elle, je l'ai retrouvée. J'ai vraiment retrouvé ma petite fille. C'est fini. Le cauchemar est fini.

Pas tout à fait, cependant. Les cauchemars ne se terminent que lorsque le dormeur se réveille. Et elle ne serait complètement réveillée que lorsque, en compagnie de ses deux enfants, elle quitterait l'Etat de Californie.

Une nouvelle caisse s'ouvrit effectivement et la femme se mit immédiatement à décharger ses achats sur le petit tapis roulant. Donna regardait tour à tour la femme et la boutique des vins. Où était passé Mel? Pourquoi tardait-il autant? Elle essaya de distinguer, parmi toutes les voitures garées, la Buick blanche qu'ils avaient louée à Los Angeles. Elle jeta encore un coup d'œil sur la boutique des vins : il n'y avait toujours personne en vue. Puis elle regarda la femme : la caissière continuait à débiter ses articles. Vite, Mel. J'ai besoin de toi! Et si Mel ne revient pas immédiatement? pensa-t-elle, prise d'une terreur soudaine. S'il n'arrive pas à temps? La boutique proposait toutes sortes de vins rares et exotiques. Mel devait être plongé dans ces merveilles. Il n'y avait aucune urgence. Victor et les enfants avaient filé en avion la nuit précédente! A ceci près que ce n'était pas Victor qui avait pris cet avion. Carol et Tommy n'étaient pas ses enfants. Ses enfants étaient ici même, à Carmel. Et sa petite fille était dans ce supermarché. A deux pas. Il n'était pas question qu'elle la perdît de vue. A aucun prix. Tant pis si Mel n'était pas là. S'il le fallait, elle affronterait cette femme toute seule, elle appellerait la police. Cette étrangère ne lui échapperait pas, même si elle devait s'opposer à tous les vendeurs et clients de l'épicerie réunis.

Quatre grands sacs étaient maintenant remplis de provisions.

– Puis-je avoir quelqu'un pour m'aider à transporter tout cela dans ma voiture? demanda la femme.

Donna sentit la peur l'envahir de nouveau. Elle n'avait pas prévu qu'il se trouverait un témoin supplémentaire à la confrontation. Elle chercha de nouveau Mel des yeux. Il n'était toujours pas là.

La femme sortit du magasin en tenant fermement la petite fille par la main. En passant devant Donna, la petite fille la regarda fixement sans dire un mot.

– Allons, ne traîne pas, dit la femme en tirant l'enfant.

Un employé de l'épicerie les suivait avec un caddie. Donna, après un dernier coup d'œil aux alentours, emboîta le pas au jeune homme.

La femme marchait lentement, visiblement ralentie par l'enfant. Mais elle regardait la petite avec tendresse. Il ne faisait aucun doute que cette femme aimait Sharon. Et Donna lui en était reconnaissante.

La voiture de la femme était garée une rangée avant la Buick blanche. Donna vit l'employé mettre les provisions dans le coffre d'une Plymouth beige et verte, immatriculée NKF 673. Elle s'efforça de retenir le numéro. NKF : Nikita Khrouchtchev Foutu, se dit-elle. Les clefs. Gardienne des clefs. Elle avait les clefs de la voiture. La femme donna la pièce à l'employé qui lui tint la portière ouverte tandis qu'elle installait Sharon dans un petit siège fixé sur la banquette arrière. Mon Dieu, elles vont partir, pensa Donna. L'employé referma la portière. Mon Dieu, elles s'en vont. Vais-je rester plantée là et les laisser filer? Donna regarda du côté de la boutique des vins. Mel n'était pas là. Merde! La femme mettait la voiture en marche.

Non, pensa Donna en saisissant les clefs de la voiture dans son sac. Elle ne les laisserait pas partir. Sans quitter des yeux la Plymouth, elle courut vers la file où était garée la Buick. Elle arriva à la voiture et, après un dernier regard désespéré vers la boutique des vins, elle mit la clef dans la serrure, ouvrit la portière et s'assit derrière le volant.

La femme avait du mal à sortir sa voiture du parking. Donna tremblait comme une feuille; elle avait l'impression que son corps était attaqué par des milliers de tiques. Elle se sentait en même temps euphorique et affreusement malade.

Il lui semblait que toute la scène ne s'était pas déroulée il y a quatre ans mais cet après-midi-là. C'était le jour de la fameuse soirée. Ils étaient prêts à partir. Un mot en entraînait un autre. Un cauchemar en entraînait un autre, étroitement mêlé au précédent. Ta robe, Donna, ça fait vulgaire, attention, bon Dieu, tu as failli rentrer dans la poubelle, où vas-tu, il fallait tourner trois rues avant, tu roules trop vite, regarde, tu as presque brûlé un stop, qu'est-ce que tu fous, tu veux nous tuer, tu as brûlé un feu rouge, tu as brûlé un feu rouge, sors de cette voiture, Donna, je ne sais pas ce que tu as l'intention de faire, mais moi, j'y vais, amuse-toi bien, et Adam, tu comptes te séparer de lui aussi, je te ferai interner, mouche-toi Donna, ferme-la pour changer un peu. Son corps pesant sur le sien, s'enfonçant dans ses entrailles, s'enfonçant dans sa tête, je suis morte, je ne lutterai plus contre toi.

Elle vit la Plymouth beige et verte se tirer de sa situation délicate. Elle voyait le visage de Victor grimacer à travers la vitre. Son enfant était en train de disparaître dans cette voiture qui quittait l'aire de stationnement.

Je ne suis pas morte. Donna entendait une voix murmurer ces mots. Elle toucha son pansement. Je ne suis *pas encore* morte et tu m'emmerdes depuis suffisamment longtemps! L'image de Victor feignit la surprise. « Fous le camp, Victor Cressy! » cria-t-elle. Elle mit le contact et passa la marche arrière. Elle appuya sur l'accélérateur, fit reculer la voiture, quitta sa place. Tandis qu'elle s'arrêtait derrière la Plymouth, elle aperçut Mel dans le rétroviseur. Il avait les bras chargés de bouteilles; il avait sans aucun doute choisi de bons crus. Elle vit son regard étonné. Je t'expliquerai plus tard, pensa-t-elle, en suivant la voiture de la femme. Je ne peux plus t'attendre. Un instant plus tard, elle s'engageait dans Carmel Valley Road, derrière la Plymouth, puis tournait vers l'ouest pour rejoindre l'autoroute 1.

23

La femme, avec Donna à ses trousses, prit l'autoroute 1 dans la direction sud-nord. Plusieurs fois, Donna vit qu'elle regardait dans son rétroviseur. Donna baissa la tête en retenant son souffle. La femme se doutait-elle qu'elle était suivie? Avait-elle remarqué Donna au supermarché? Victor lui avait-il montré des photos d'elle? Lui avait-il recommandé de se méfier des inconnus? Donna régla son rétroviseur. Bien qu'elle fût légèrement au-dessus de la limite de vitesse, elle vit qu'une voiture de sport gris métallisé essayait de la dépasser, d'abord sur sa gauche, puis sur sa droite. Au bout de quelques minutes, exaspérée, elle fit au conducteur un geste obscène. Surpris, celui-ci ralentit. Donna crut qu'il renonçait à la doubler et elle poussa un soupir de soulagement. Mais elle comprit rapidement que, maintenant, il était absolument décidé à la dépasser, au besoin en l'envoyant dans le décor. Connard, se dit-elle. Il réussit à se faufiler par la droite et plaça son petit bolide entre la voiture de Donna et celle où se trouvait sa fille. Après quoi, il ralentit et fit exprès de rouler à trente à l'heure.

Donna l'injuria, en elle-même d'abord, puis tout haut. Elle voulait klaxonner mais elle avait peur d'attirer l'attention de la Plymouth qu'elle ne quittait pas des yeux. Cependant, celle-ci prenait de plus en plus d'avance car la voiture de sport ralentissait encore.

– Barre-toi, espèce de salaud! hurla Donna. Elle ne savait plus quoi faire.

Comme s'il l'avait entendue, le conducteur de la voiture de sport accéléra soudain, passa en quatrième et dépassa la Plymouth, laissant derrière lui un nuage de poussière.

– Fumier! cria Donna.

La femme mit son clignotant à gauche; Donna en fit autant. Donna reconnut Ocean Avenue. La femme continua un moment dans la même direction puis tourna de nouveau à gauche dans la rue Casanova. Elle traversa cinq ou six petites rues et s'engagea dans une allée conduisant vers une grande bicoque qui semblait assez mal entretenue.

Etait-ce là qu'ils habitaient?

La femme donna un coup de klaxon, puis un second, plus impatient. Non, ce n'est pas là, pensa Donna. Elle se remémorait ce qu'avait dit la femme un peu plus tôt : « On va chercher ton frère et on rentre. » Personne ne répondant à ses coups de klaxon, la femme, laissant Sharon bien installée dans son petit siège, se dirigea vers la porte d'entrée de la maison.

A ce moment précis, la porte s'ouvrit et un groupe de gamins sortit. Tous ces garçons avaient à peu près la même taille sauf un. Ils riaient et s'amusaient à se faire tomber. La femme se dirigea d'un pas déterminé vers le centre de la mêlée et en extirpa un petit garçon.

Donna essaya de distinguer les traits de celui-ci, mais il était trop loin. Elle le vit se libérer de la main de la femme et faire plusieurs fois le tour de la voiture en courant comme un fou.

Enfin, la femme réussit à le faire asseoir à côté de sa sœur, à l'arrière de la voiture. Elle ouvrit ensuite sa portière et fit un signe de la main à une autre femme qui venait de sortir sur le pas de la porte. Donna imagina un dialogue entre les deux femmes :

« Au revoir, madame Smith, merci d'avoir invité Adam à jouer après l'école. – C'était un plaisir pour moi, madame Jones. A la prochaine fois. »

Non merci, madame Smith, pensa Donna. Non merci, madame Jones. Il n'y aura pas de prochaine fois. Il n'en est même pas question.

La femme fit une marche arrière dans l'allée et poursuivit son chemin dans la rue Casanova. Donna continua à la suivre, à bonne distance. Ses deux enfants étaient maintenant dans la voiture. Elle n'était séparée d'eux que par une dizaine de mètres. Dix mètres de tôle, de vitres, de chrome. Combien de temps allait-il encore falloir attendre pour qu'elle les ait auprès d'elle?

Dans quelques heures, tout serait fini. Sa souffrance, sa peur et son désir d'être avec eux, tout cela serait du passé. Le dénouement, quel qu'il soit, était proche.

La femme continua son chemin jusqu'à la 13e Avenue où elle tourna à droite, dans la direction de la mer, puis, de nouveau à droite, dans une rue nommée San Antonio. Les maisons, d'assez petite taille, donnaient directement sur Carmel Bay. Elles avaient une vue à couper le souffle. A un jet de pierre s'étendait une magnifique plage illuminée par le soleil couchant. La femme roula encore quelques mètres et s'engagea dans une allée conduisant à l'une de ces maisons. Elle arrêta la voiture. Donna poursuivit un peu sa route et se gara quelques maisons plus loin. Elle sortit rapidement de la voiture, poussa la portière sans la claquer ni la fermer à clef et se posta à un endroit d'où elle pouvait tout observer sans être vue. La femme ouvrit une grille en fer forgé et les enfants se précipitèrent vers une petite maison en bois, peinte en marron clair avec des volets blancs.

– Vous pouvez jouer dans la cour en attendant l'heure du dîner, leur cria la femme.

Elle ouvrit le coffre de la voiture et en sortit l'un des sacs à provisions.

Le dîner! pensa Donna. Eh oui, il devait être plus de 5 heures. S'il ne faisait aucun doute que Victor était absent, il pouvait en revanche arriver d'un moment à l'autre. Donna regarda les quelques voitures qui passaient. Puis elle pensa à Mel, bloqué à Carmel Valley. Elle vit la femme qui déchargeait un second sac du coffre de la voiture.

Grouille-toi, bon sang! avait-elle envie de crier. Il n'y a pas une minute à perdre!

Mais la femme ne se pressait pas. Elle déchargea les quatre sacs l'un après l'autre et les porta dans la maison. Lorsque la femme en eut fini avec le déchargement et qu'elle eut enfin refermé la porte d'entrée, Donna se précipita jusqu'à la maison. Elle atteignait pratiquement la grille lorsque la femme rouvrit la porte et sortit de nouveau, Donna, retenant son souffle, se réfugia derrière un arbre. Mon Dieu, faites qu'elle ne me voie pas. Pas maintenant. Pas encore.

La femme retourna vers la voiture, ouvrit la portière avant, appuya sur un bouton placé au-dessus du pare-brise et qui, manifestement, commandait la porte du garage. Elle rentra la voiture.

Puis elle ressortit du garage et regagna tranquillement la maison. Histoire de souffler un peu, Donna s'assit un instant au pied de l'arbre derrière lequel elle s'était cachée. Ensuite, elle se releva. A ce moment précis, comme si la femme avait soupçonné sa présence et décidé, pour l'effrayer au maximum, de répondre à la moindre action de sa part par une autre action, la porte du garage se referma bruyamment toute seule. Donna resta comme figée derrière son arbre. Mel l'avait surnommée Agatha Christie. Mais elle ne ressemblait pas à Agatha Christie. Elle était plutôt Sherlock Hemlock, le détective bidon de « 1, rue Sésame ». Cette pensée la ragaillardit. Son grand zoizeau l'attendait dans la cour. Le temps n'était plus à la peur. Elle progressa lentement et prudemment vers la grille. Et si Victor arrivait maintenant? Et si sa voiture freinait juste à côté d'elle? Elle entendit un bruit de pas. Oh, mon Dieu, non, se dit-elle en entendant quelqu'un marcher juste derrière elle. Elle se retourna brusquement. Un jeune homme la dépassa sans faire attention à elle. Peut-être n'existait-elle pas. Peut-être cela n'était-il qu'un rêve, comme l'histoire des serpents. Eh bien, si c'est un rêve, se dit-elle, en ouvrant délicatement la grille, autant voir comment il va se terminer. La grille s'ouvrit facilement et sans bruit. Une fois dans le jardin, elle referma la grille et s'arrêta un instant pour écouter le bruit des enfants qui jouaient dans la cour derrière la maison.

La maison avait une large baie vitrée en façade. Donna la regarda un moment, ne sachant pas quoi faire. Elle avait dans l'idée de contourner la maison, de se faufiler dans la cour, de voir ses enfants, de leur expliquer qui elle était et de les emmener le plus vite possible dans sa voiture. Donna regarda dans la maison à travers la vitre. Si encore elle avait su où se trouvait la femme! Sans doute rangeait-elle les provisions et commençait-elle à préparer le dîner. Ce qui voulait dire qu'elle était sûrement dans la cuisine. Et, selon toute vraisemblance, la cuisine donnait sur la cour. Merde, pensa Donna. A l'aide! Tu es seule, répondit une voix. C'était sa propre voix. Depuis quelques mois, elle l'entendait de plus en plus souvent. Cette voix était de plus en plus forte, de plus en plus sûre d'elle. Vas-y, Donna, dit-elle. Donna fit deux pas sur le côté de la maison et marcha par inadvertance sur un gros ballon de plage jaune. Elle reprit vite ses esprits et donna un coup de pied dans le ballon qui alla rouler au pied des marches de la porte d'entrée. Devant elle, un chemin relativement large menait à l'arrière de la maison. Elle s'y engagea prudemment.

Le mugissement des vagues l'encourageait. Donna se sentait comme transportée. Son esprit était étonnamment clair. Par la première fenêtre, elle vit un salon bien rangé, de style traditionnel. Çà et là étaient éparpillés quelques jouets. On aurait dit qu'ils avaient été disposés là exprès. Même le désordre semblait organisé. Donna continua à avancer en rasant le mur. Puis elle vit une chambre, probablement celle de la gouvernante car la pièce était trop petite pour être la chambre de Victor et trop terne pour être celle des enfants. Un peu plus loin, il y avait les fenêtres de la cuisine. Donna sentit son estomac se nouer. La femme allait la voir, c'était certain. Elle glissa le long du mur.

La femme se trouvait à l'autre bout de la cuisine. Elle était encore occupée à ranger ses achats. La pièce était carrée, spacieuse, blanche avec, çà et là, quelques touches de jaune et de vert. Elle faisait toute la largeur de la maison. Par bonheur, elle ne donnait pas directement sur la cour dont elle était séparée d'abord par un coin salle à manger, puis par un patio. La cour touchait presque la plage. Si la femme restait dans sa cuisine, Donna savait qu'elle avait une bonne chance de pouvoir s'approcher des enfants sans attirer son attention.

Elle resta un moment immobile. Le courage lui manquait. Puis elle se reprit et se dit : je n'ai pas fait tout ce chemin pour rien! Elle arriva à l'angle de la maison. De là, elle pouvait voir les enfants.

Ils jouaient à la balle. Ou, plus exactement, Adam la lançait et Sharon courait la chercher.

– Non! disait Adam à sa sœur d'un ton furieux, je te dis de garder les mains en l'air. Pas comme ça!

Donna observa attentivement le petit garçon. Il était beau. On aurait dit un vrai petit homme. C'était son fils, sans aucune erreur possible. Adam. Mon enfant.

– Tu vas m'écouter, cette fois? demanda le petit garçon avec impatience. Je ne vais pas te le répéter cent dix fois. (Il marcha rapidement vers sa sœur et lui prit les mains.) Comme ça. Bon. Reste comme ça.

Il leva la tête et resta cloué sur place. Il l'avait vue. Il la regardait fixement sans faire le moindre geste. La petite fille se retourna. Tous trois se regardèrent sans bouger.

– Jour, dit Sharon.

– Papa nous a dit de ne pas parler à des inconnus, dit Adam à sa sœur.

Donna sentit les larmes lui monter aux yeux. Non, elle n'allait pas pleurer. Adam jeta un coup d'œil vers la porte de la maison.

– Je ne suis pas une inconnue, chuchota Donna.

– Quoi? demanda Adam. J'entends pas.

Donna éleva légèrement la voix :

– Tu ne me reconnais pas? demanda-t-elle.

Il était grand. Il devait tout de même se souvenir d'elle.

– Qui tu es? demanda-t-il en passant un bras protecteur autour des épaules de sa sœur.

Donna avala sa salive et se baissa pour se mettre au même niveau que les enfants.

– Je suis votre mère, dit-elle. Je suis votre maman.

Sharon avait les yeux écarquillés; Adam, effrayé, fit plusieurs pas en arrière. Sharon resta là où elle était.

– T'es pas notre maman, dit-il d'un air provocant. Notre maman est partie. Elle voulait plus de nous!

Donna regarda dans les yeux le petit garçon apeuré. Comment Victor a-t-il pu vous dire une chose pareille? Comment a-t-il pu se conduire ainsi? Comment peut-il me haïr à ce point?

– Ce n'est pas vrai. Je ne suis pas partie. Je voulais être avec vous. Je vous ai cherchés partout depuis que votre papa vous a emmenés loin de moi.

– Menteuse, cria le petit garçon.

Donna jeta un coup d'œil vers la maison; mais la femme était invisible. Sans doute était-elle habituée aux hurlements de ses petits protégés.

– Tu sais bien que je ne mens pas, Adam, dit doucement Donna. Tu es assez grand pour te souvenir de moi. Tu ne m'as sûrement pas complètement oubliée. Tu sais bien que je suis ta maman!

– Tu n'es pas ma maman!

Il se mit à pleurer.

– Je t'en prie, mon amour, ne pleure pas. Je veux seulement te prendre dans mes bras. T'embrasser. Te ramener à la maison. En Floride.

– J'habite ici. T'es pas notre maman!

– Je suis votre maman. Et je ne veux qu'une chose : rester avec vous.

Adam continuait à regarder Donna à travers les larmes qui ruisselaient maintenant sur ses joues. Tout à coup, Donna vit que Sharon avançait doucement vers elle. Elle regardait les deux enfants et Sharon s'approchait de plus en plus, en la dévisageant de ses yeux immenses. Une fois arrivée à côté de Donna, elle leva la main droite et lui caressa la joue.

– Maman? demanda-t-elle doucement.

Donna serra l'enfant dans ses bras, de toutes ses forces.

– Oh, mon bébé, dit-elle en pleurant. Mon beau, mon beau petit bébé. (Elle couvrit les joues de Sharon de baisers.) Oh, comme je t'aime, comme je t'aime.

– Elle est pas notre maman! hurla Adam, une pointe d'hystérie dans la voix. Notre maman voulait pas de nous! Elle voulait pas de nous!

Donna entendit claquer une portière devant la maison. Mon Dieu, Victor! Elle souleva Sharon et la prit sous un bras. Puis elle se précipita vers Adam, lui mit la main sur la bouche pour l'empêcher de crier. Il se débattit, lui donna des coups de pied, essaya de lui mordre la main.

Elle entendit la porte d'entrée se refermer : Victor était dans la maison. Sa seule chance de succès était de courir vers l'avant de la maison, pendant que Victor traversait celle-ci en sens inverse.

Etonnée par sa propre force, Donna saisit le petit garçon sous son autre bras et se mit à courir.

– Papa! cria-t-il. Madame Wilson!

Mme Wilson entendit l'appel de l'enfant et comprit tout de suite, à son intonation, qu'il se passait quelque chose de grave. Elle aperçut Donna, un enfant sous chaque bras. A ce moment précis, Victor entra dans la cuisine et regarda aussi par la fenêtre. Tout sembla se figer sur place comme pour une photo. Les yeux de Victor rencontrèrent ceux de Donna. C'était comme si deux océans de haine s'étaient affrontés.

Donna courut le long de la maison. Elle devinait que Victor parcourait un chemin parallèle, à l'intérieur. Adam continuait à donner des coups de pied. Sharon n'offrait aucune résistance. Au moment où Donna atteignait la grille, elle entendit Victor ouvrir la porte d'entrée et dégringoler les quelques marches. Une seconde plus tard, elle se sentit agrippée par les épaules. Mais Victor lâcha prise : il venait de trébucher sur le ballon jaune. Il tomba lourdement dans l'herbe. Donna ouvrit la grille au moment où Victor, s'étant relevé, reprenait la poursuite. A peine étaient-ils dans la rue qu'Adam se mit à hurler. Donna avait autre chose à faire que de regarder si quelqu'un les entendait. Rien ne pouvait l'arrêter. Elle n'avait qu'une idée en tête : arriver jusqu'à la voiture. Et pour cela, les secondes étaient comptées. Elle entendit la grille se refermer bruyamment : Victor était à ses trousses.

Elle ne se souvenait pas d'avoir garé la voiture aussi loin. Elle commençait à être fatiguée. Son corps lui faisait mal. Non, pas encore, se dit-elle. Elle atteignit la voiture, ouvrit la portière, jeta les enfants à l'intérieur, se précipita derrière le volant et ferma les portières à clef.

Une demi-seconde après, Victor saisissait la poignée. Trop tard. Une fois de plus les yeux de Victor dévisagèrent Donna. Mais sa haine était maintenant sans effet. Elle démarra. Victor martelait le pare-brise de ses poings. Adam frappait la tête et le visage de sa mère.

– Adam, je t'en prie...

– T'es pas ma maman! T'es pas ma maman!

Victor voulut barrer le passage à Donna en se plantant devant la voiture.

Ne me tente pas, grommela-t-elle. Elle hésita un instant et lut dans ses yeux toute la détermination et l'entêtement dont il était capable. Elle savait qu'il se ferait tuer sur place, sous les yeux de ses enfants, plutôt que de lui céder le passage. Elle jeta un coup d'œil rapide dans le rétroviseur pour s'assurer que la route était libre, repoussa Adam, tendit son bras droit devant les deux enfants assis à côté d'elle. Elle passa en marche arrière, appuya sur l'accélérateur et recula à toute vitesse jusqu'à la 13ᵉ Avenue.

Elle poussa un rapide soupir de satisfaction. Mais elle savait que Victor n'allait pas tarder à réagir. Au moment où elle s'engageait sur la route longeant la mer, elle vit qu'il était déjà derrière elle; une seule voiture les séparait. Elle appuya sur le champignon : 10ᵉ, 9ᵉ, 8ᵉ, 7ᵉ Avenue. Elle lut une pancarte indiquant Pebble Beach et le célèbre 17, Mile Drive. Pas maintenant, pensa-t-elle. Ce nom familier lui redonna du cœur au ventre. Elle tourna brusquement à droite et partit vers l'est pour rejoindre l'autoroute. Et maintenant? pensa-t-elle, indécise.

Victor la suivait de très près. Il avait doublé la voiture qui était entre eux. Elle avait beau accélérer, il restait pratiquement collé à elle. Et pendant tout ce temps, elle devait repousser les assauts de son fils, supporter ses hurlements de colère et d'angoisse qui lui rappelaient les borborygmes *a capella* de certains chanteurs de punk rock. De nouveau, elle tourna brusquement à gauche et entendit un crissement de pneus derrière elle. Victor ne perdait pas un centimètre de terrain. Elle aperçut des passants terrifiés qui s'écartaient précipitamment.

Le vacarme à l'intérieur de la voiture était de plus en plus assourdissant. Donna avait l'impression que sa tête allait éclater. Où sont passés les flics? se demandait-elle, éperdue. Comment cette folle aventure va-t-elle finir? Elle se vit coincée pour le restant de ses jours dans une Buick blanche de location, son fils lui martelant la tête à coups de poing, sa fille regardant le paysage défiler à toute allure, poursuivie dans le labyrinthe inextricable des rues d'une ville pittoresque appelée Carmel.

Puis elle retrouva son calme. Cela va s'arranger, pensa-t-elle. Elle savait bien que ses fantasmes étaient absurdes, qu'ils étaient les séquelles de son ancien moi, celui d'avant sa grande crise. Que maintenant, les morceaux du puzzle étaient assemblés, qu'ils lui donnaient d'elle-même une image cohérente.

– Ça va aller, les enfants, dit-elle tout haut. Tout va s'arranger.

Tout d'un coup, ils entendirent un fracas épouvantable. La voiture fit un bond en avant, suivi d'une embardée. Donna se retourna, hors d'elle. « Mon Dieu! » se dit-elle en voyant Victor se préparer à une nouvelle collision.

– Tu es dingue, cria-t-elle. Tes enfants sont dans la voiture!

Victor heurta de nouveau l'arrière de la Buick. Le choc projeta les enfants en avant contre le bras tendu de Donna. La prochaine fois, pensa-t-elle, je ne pourrai pas les retenir et ils passeront à travers le pare-brise. Adam et Sharon pleuraient. Adam avait enfin cessé de se débattre. Il se retourna pour regarder son père.

Donna, affolée, leur cria :

– Pouvez-vous attacher vos ceintures, les enfants?

Sharon continuait à pleurer.

– J'ai peur, gémit-elle.

– Je sais, mon amour. Mais je t'en prie, peux-tu attacher ta ceinture?

– Je sais pas, sanglota Sharon.

Donna jeta un coup d'œil vers l'enfant et mesura des yeux la distance qui la séparait d'elle. Il lui était impossible de se pencher et d'attacher la ceinture tout en continuant à conduire. Adam restait son seul espoir. Elle regardait son petit visage fermé. Assis sur ses genoux, il s'était tourné vers l'arrière et regardait son père.

– Adam, dit-elle calmement mais fermement, peux-tu nous aider? Attache la ceinture de Sharon et la tienne. S'il te plaît.

Elle vit qu'Adam écarquillait les yeux de terreur. Victor s'apprêtait à les percuter une nouvelle fois.

– Non, papa, non! criait-il. Arrête! Arrête!

– Adam, je t'en prie, hurla Donna. Assieds-toi. Aide-nous. Je t'en prie, aide-nous!

Tout à coup, Adam se retourna rapidement, attacha la ceinture de sa sœur puis la sienne. Donna avala sa salive. Elle était en nage. Elle prit rapidement un nouveau virage. Où était-elle? Elle n'en avait aucune idée. Elle poursuivit sa route. Les enfants gémissaient de terreur. Donna remarqua que leurs mains étaient fermement entrelacées.

Après plusieurs autres tournants pris au hasard, elle se retrouva sur l'autoroute.

Mais où étaient donc les flics? Elle avait l'ordonnance du tribunal dans son sac. Si seulement quelqu'un avait pu les arrêter! Qu'on nous arrête, suppliait-elle. Elle en pleurait. Avant que nous soyons tous morts!

Il y eut un nouveau choc, mais cette fois-ci, l'impact ne se fit pas à l'arrière de la voiture, mais sur le côté. Il avait gagné du terrain et la serrait de très près.

– Oh!

Adam, de plus en plus hystérique, hurlait :

– Arrête, papa! Arrête, papa!

Donna s'agrippait au volant comme si ses mains étaient soudées dessus. Victor était-il devenu fou? Comment pouvait-il faire une chose pareille à ses propres enfants? Comment pouvait-il agir de cette manière?

Elle aperçut le visage de Victor et comprit qu'il ne savait plus ce qu'il faisait, qu'il était complètement aveuglé par la haine.

– Papa, arrête! cria Adam.

Victor se rapprochait dangereusement de la Buick.

Donna perdit le contrôle de son véhicule pendant quelques secondes. La voiture quitta la route sur une distance de plusieurs mètres. Puis, par miracle, elle réussit à reprendre le volant en main. Les enfants poussaient des cris hystériques.

– Arrête! hurla Adam qui sanglotait maintenant à l'unisson avec sa sœur. Arrête! Maman! Maman! S'il te plaît, arrête!

Donna se tourna vers ses enfants et vit leurs petits visages baignés de larmes.

– Mon Dieu, mes enfants, dit-elle en pleurant. Que suis-je en train de vous faire!

Elle ralentit, se dirigea vers le bas-côté de la route, se gara et prit les enfants dans ses bras. Quelques secondes plus tard, Victor, qui avait laissé sa voiture à quelques mètres, se précipitait, hors de lui, vers la voiture de Donna. Il les trouva tous les trois enlacés et en larmes.

24

Le visage de Donna n'était que douleur : les ongles de son fils l'avaient égratignée en plusieurs endroits et ses poings avaient laissé des traînées rouges. Ses jambes étaient raides, couvertes de bleus, traces des coups de pied bien placés d'Adam. Elle avait mal aux bras; elle pouvait à peine remuer les doigts. Son estomac n'était qu'un nœud et elle avait la voix complètement enrouée d'avoir tellement crié.

– Ça va bien? lui demanda-t-il.

Donna leva les yeux vers Mel.

– Mieux que jamais, répondit-elle en souriant.

Mel se leva et se rapprocha de Donna qui était assise au milieu de la grande salle.

– Eh bien, madame, dit-il, pour quelqu'un qui n'a pas conduit depuis quatre ans, vous vous débrouillez assez bien. Vous pouvez même tenter votre chance à Indianapolis – si on ne vous retire pas votre permis, bien entendu!

– Tu crois qu'on va me le retirer?

– Il faudrait d'abord qu'on le retrouve!

Donna se passa la main dans les cheveux.

– Quelle pagaille! incroyable! Mais enfin, puisque je n'ai pas conduit depuis quatre ans, je n'avais aucune raison de le faire renouveler.

– Pardi!

Elle se prit la tête dans les mains.

– Penses-tu que je vais être inculpée?

Mel secoua la tête.

– Sous quel prétexte? Conduite sans permis? Vol de voiture? Excès de vitesse? Trouble de l'ordre public? Imprudence? On a l'embarras du choix.

Il posa un genou par terre.

– Merci.

– Sans parler de rapt d'enfants.

– Je leur ai montré le papier du tribunal!
– Je crois qu'ils étaient beaucoup plus intéressés par les papiers que tu n'avais pas.
– Qu'est-ce que ça peut faire si mon nom ne figure pas sur le contrat de location?
– Essaie de leur expliquer, petite.
– Oh, Mel.
– Je t'aime.
Pour la première fois depuis que Mel avait été introduit dans la salle de police, ils s'embrassèrent.
– J'avais si peur de ne pas te trouver, dit-elle en s'appuyant contre lui. Je pensais : j'ai droit à un seul coup de téléphone et il ne va pas être là.
– Où voulais-tu que j'aille?
– J'avais la clef de la chambre!
– Ils ont un double.
– Tu as dû être étonné de me voir filer comme ça?
– Etonné est un mot bien faible.
Elle sourit.
– Tu leur as tout expliqué?
– J'ai essayé.
– Moi aussi. Tu crois qu'ils ont compris?
– Ils ont essayé.
Elle le regarda dans les yeux.
– As-tu vu les enfants?
– Oui. Ils ont l'air d'aller. Ils sont crevés. Ils sont avec leur gouvernante, Mme Wilson.
– Et Victor?
– Je ne l'ai pas vu.
Donna se leva et se mit à arpenter la salle de long en large.
– J'aimerais bien que quelqu'un vienne m'expliquer ce qui se passe. (Elle se tut, repensant aux événements antérieurs.) Tu sais, ils sont arrivés comme par miracle. Nous étions seuls sur la route, Victor et moi. Et une seconde plus tard, toute la police de Carmel était là. Et voilà qu'ils ont disparu de nouveau. Quelle heure est-il?

– Presque 8 heures.

– Ça fait une heure que je poireaute. Les enfants devraient être couchés.

Mel lui caressa les cheveux.

– Tu as réussi! dit-il fièrement.

La porte s'ouvrit et la pièce se remplit de policiers. Il y en avait quatre en tout, deux en uniforme et deux en civil.

– Je suis désolé de vous avoir fait attendre, dit celui qui avait l'air d'être le chef. Ce n'est pas commode de faire des vérifications en Floride, surtout avec le décalage horaire. Il n'y a plus beaucoup de gens qui travaillent à cette heure-ci. Enfin, tout est en règle, conclut-il. Vous pouvez prendre vos enfants et les ramener chez vous.

Donna éclata en sanglots. Mel la prit aussitôt dans ses bras.

– Je ne vais pas être inculpée? demanda-t-elle en s'essuyant les yeux.

– Vous voulez que j'aie tous les journalistes contre moi? Madame, si j'essayais de vous faire inculper, c'est moi que le tribunal jetterait en prison. Sans oublier que je me ferais probablement assassiner par ma femme durant mon sommeil! Allez, prenez les gosses et disparaissez.

Donna et Mel se dirigèrent vers la porte. Donna s'arrêta.

– Et Victor?

– Lui, nous pourrons le faire inculper, répondit l'homme.

– Puis-je le voir? demanda Donna. (Sa question l'étonna elle-même.)

– Si vous le désirez.

Mel fit signe à Donna qu'il l'attendait. L'un des policiers en uniforme la conduisit à travers un long couloir. La pièce où il l'introduisit était plus petite que celle dans laquelle elle avait été retenue. Victor se tenait debout près de la fenêtre et regardait la rue. Il se retourna en entendant la porte s'ouvrir. Donna vit qu'il avait pleuré.

– Tu es venue savourer ton triomphe? demanda-t-il.

Donna baissa la tête. Qu'espérait-elle au juste, en venant le voir? A quoi s'attendait-elle? Cherchait-elle à s'assurer qu'il la laisserait tranquille à l'avenir? Qu'il renoncerait à l'embêter, elle et ses enfants? Inutile de le lui demander. Elle était venue pour rien. Elle tourna les talons et s'apprêta à quitter la pièce.

– Donna...

Elle s'arrêta et se retourna. La voix de Victor était empreinte d'une grande tristesse.

– Pourrais-tu dire aux enfants que je leur demande pardon de leur avoir fait peur comme je l'ai fait? (Donna hocha la tête.) J'aime tellement mes enfants, tu sais.

Donna se souvenait qu'il lui avait déjà dit ça, il y a bien longtemps. Elle lui répondit, d'une voix calme :

– Je crois qu'il faut que tu te décides. Qu'est-ce qui est le plus important pour toi? Ton amour pour tes enfants ou ta haine envers moi? Je les emmène maintenant.

Victor baissa la tête. Donna sortit.

Lorsque Donna et Mel entrèrent dans la pièce, ils trouvèrent les deux enfants étendus, la tête appuyée sur les genoux de Mme Wilson. Ils luttaient contre le sommeil. Adam se redressa et se blottit dans les bras de la gouvernante.

– Si vous le désirez, proposa calmement la femme, je peux préparer leurs affaires et déposer les valises à votre motel, dans la soirée.

– Merci, dit Donna. Cela nous arrangerait bien. Nous avons l'intention de partir demain matin à la première heure.

Donna prit dans ses bras sa petite fille à moitié endormie. Celle-ci ouvrit les yeux, sourit en reconnaissant sa mère et lui caressa la joue. Puis elle appuya la tête contre son épaule et s'endormit instantanément. Donna regarda son fils.

Le petit garçon semblait sur la défensive. Il restait blotti contre Mme Wilson. Donna se dirigea vers Mel et lui tendit la petite fille endormie. Puis elle se tourna vers Adam et se baissa pour se mettre à sa hauteur.

– Il était une fois, commença-t-elle, sans savoir exactement ce qu'elle allait dire, un petit garçon qui s'appelait Roger et une petite fille qui s'appelait Béthanny et ils allèrent au zoo voir les girafes. Ils avaient emporté des cacahuètes. Mais on pouvait lire sur une pancarte... (Elle s'interrompit, la gorge trop serrée pour poursuivre.)

Adam la regardait, les yeux grands ouverts, retenant son souffle.

– Il est interdit de donner à manger aux animaux, murmura-t-il. (Puis il se tut.)

– Oh, Adam! Je t'aime tant. Rentre avec moi à la maison.

En un clin d'œil, il se retrouva dans ses bras. Elle sentait contre elle son petit corps, secoué de sanglots.

– Oh, mon tout petit. Mon beau petit garçon. Comme je t'aime!

Elle se leva lentement. Adam s'accrochait à elle. Il gémissait. Des sons qui semblèrent d'abord incohérents à Donna. Petit à petit, elle comprit que ces sons signifiaient quelque chose. Adam murmurait un mot, toujours le même : « Maman! Maman! »

Donna et Mel partirent chacun avec un enfant dans les bras. Donna se tourna vers Mel, lui sourit à travers ses larmes.

– Rentrons, dit-elle.

Editions J'ai Lu, 31, rue de Tournon, 75006 Paris

diffusion
France et étranger : Flammarion, Paris
Suisse : Office du Livre, Fribourg
diffusion exclusive
Canada : Flammarion Ltée, Montréal

Achevé d'imprimer sur les presses de l'imprimerie Brodard et Taupin
7, Bd Romain-Rolland, Montrouge. Usine de La Flèche,
le 13 janvier 1982
6473-5 Dépôt Légal janvier 1982. ISBN : 2 - 277 - 21276 - 8
Imprimé en France